金 學 叢 書
第一輯 1

吳 敢
胡衍南 霍現俊
主編

《金瓶梅》原貌探索

魏子雲 著

臺灣 學生書局 印行

魏子雲

1918 年出生於安徽宿縣，小名清漢。於抗日戰爭中從軍，未受完大學教育。惟自幼習經，於國學頗有根基。在軍中擔任編審工作多年，退役後轉任教職，曾任中興中學與育達商職國文教師、臺北師專兼任副教授，以及國立藝專戲劇科兼任教授。2005 年病逝於臺北，享壽八十八歲。重要著述包括《金瓶梅》研究、八大山人探研、文藝評論、戲曲劇本、國文教學及長短篇小說創作等共七十餘種，近一千萬字。著述之勤，其中尤以《金瓶梅》研究，相關論著近二十種，除帶動兩岸學術界研究風潮，糾正前人誤說頗多，更建立其國際間特出之地位。

本書簡介

本書是魏子雲先生 1985 年《金瓶梅》研究論文結集。因作者在撰寫前書《金瓶梅劄記》過程中，發現《金瓶梅》有不少情節缺失，據而判定是《金瓶梅詞話》遭到改寫所遺留的痕跡。本書共計十題，都是從《金瓶梅詞話》的情節繾出來的問題。前二題「欣欣子、東吳弄珠客、廿公」、「詞曰、四貪詞、眼兒媚」，是從敘文與題詞著眼，推斷《金瓶梅詞話》是萬曆末年或天啟初年的改寫本。後面各題則分篇討論人物、地名與情節，如苗青、苗員外、王三官、林太太等，這些人物情節上的孤起孤落，交代不清，應是後來的改寫或刪改所造成。另附錄六篇，主要是金學界的學術交流，如《金瓶梅》作者屠隆說、《金瓶梅》崇禎本出版書肆考。

金學叢書第一輯序

　　2012 年 8 月下旬，「2012 臺灣《金瓶梅》國際學術研討會」在臺北、嘉義、臺南三個場地隆重召開，大會同時紀念辭世七年、在海峽兩岸備受推崇的「金學」先驅魏子雲先生。

　　會議落幕之後，臺灣學生書局基於「辨彰學術，考鏡源流」的信念，認為很有必要出版一套「金學叢書」，將 1980 年以後逐漸豐饒起來的《金瓶梅》成果一次性展現出來，於是找了胡衍南商議此事。經過協商，臺灣學生書局接受胡衍南的兩點提議：一，此一事業理當結合海峽兩岸金學專家共同合作；二，為了紀念魏子雲先生，擬將先生在臺灣學生書局的版權書，搭配臺灣近來年輕研究者的金學著作，先以「金學叢書」第一輯的名義出版，藉此向先生獻上敬禮。因此，2013 年 5 月「第九屆（五蓮）國際《金瓶梅》學術研討會」期間，霍現俊答應共襄盛舉；同年 7 月，胡衍南代表書局親赴徐州邀請吳敢加入主編行列，確定此套叢書由吳敢、胡衍南、霍現俊共同主編。在此同時，胡衍南開始蒐集「金學叢書」第一輯的書稿，吳敢、霍現俊逐步展開「金學叢書」第二輯的規劃。

　　不同於「金學叢書」第二輯，主要為中國大陸 20 世紀 80 年代以來學人的《金瓶梅》研究精選集；「金學叢書」第一輯由魏子雲領軍，麾下俱是臺灣年輕學者專書性質的金學著作。

　　第一輯共收十六本書，魏子雲在臺灣學生書局的三本版權書《小說金瓶梅》、《金瓶梅原貌探索》、《金瓶梅的幽隱探照》，足以反映魏先生治學精神及金學見解；且因魏先生後人及學生刻正籌劃全集出版，本套叢書也就不另外爭取先生其他專著。至於其他青年學者專書，如果把金學事業分成文獻研究、文本研究、文化研究，文獻研究明顯最為匱乏，事實上臺灣除魏子雲外興趣多不在作者、成書、版本等考證方面。叢書中具綜述性質的李梁淑《金瓶梅詮評史研究》權屈於此。

　　文本研究稍好，其中又以借鑒西方敘事學理論者較有成績，鄭媛元《金瓶梅敘事藝術》可視為全面性初探，林偉淑《金瓶梅的時間敘事與空間隱喻》意在時空設計的隱喻性格，李志宏《金瓶梅演義——儒學視野下的寓言闡釋》則從敘事特色探討「奇書體」小說之政治寄託。此外，關於《金瓶梅》詩詞的研究也頗見特色，傅想容《金瓶梅詞話

之詩詞研究》、林玉惠《崇禎本金瓶梅回首詩詞功能研究》，一從詞話本、一據崇禎本，前者宏大、後者聚焦，都是考慮詩詞在小說中的美學任務。另外值得一提的是曾鈺婷《說圖——崇禎本金瓶梅繡像研究》，近年頗時興圖像與文字的辯證研究，此書透過對小說插圖的考察，從側面支持了崇禎本《金瓶梅》的文人化、藝術化傾向。

　　至於文化研究，不可免地都集中在性／別文化研究，此係因為臺灣極易取得未經刪節的全本《金瓶梅》，加上20世紀90年代中期以來對性／別議題特別熱衷，故影響了《金瓶梅》文化研究的「挑食」傾向。收在叢書中的此類著作，有胡衍南《金瓶梅飲食男女》、李欣倫《金瓶梅之身體感知與性別辯證：一個漢字閱讀觀點的建構》、李曉萍《金瓶梅鞋腳情色與文化研究》、張金蘭《金瓶梅女性服飾文化研究》、沈心潔《金瓶梅詞話女性身體書寫析論——以西門慶妻妾為論述中心》等五部，其中胡衍南、張金蘭的著作都曾公開出版，此次收入叢書都作了程度不一的增添及修改。尤需一提的是，臺灣近年來對於小說的續書研究很感興趣，特別是從解構主義的後設立場重新反思續衍現象，嚴格來講也是一種文化批評，叢書中鄭淑梅《後設現象：金瓶梅續書書寫研究》即為個中佳作。

　　「金學叢書」第一輯集結近年臺灣青年學者《金瓶梅》研究專著，有意宣示「哲人日已遠，典型在宿昔」——魏子雲先生逝世十周年前夕，金學事業薪火相傳，生生不息。綜上所述，本輯作者胡衍南、李志宏的著述較為金學界所熟識，其他多數則嶄露頭角，正見其成長茁壯。相較之下，稍晚亦將問世之「金學叢書」第二輯，收入了徐朔方、甯宗一、劉輝、王汝梅、黃霖、吳敢、周中明、張遠芬、周鈞韜等三十一位名家之《金瓶梅》研究精選集，收錄純熟之作，代表當代金學最高成就，敬請拭目以待。

吳敢、胡衍南、霍現俊（胡衍南執筆）

2014年元旦

翁　序

　　魏子雲先生致力研究《金瓶梅》一書，至今已十年有餘，著作之富，發明之多，皆遠逾前脩，海內外專家並已知悉。其初期研究，固上承吳晗、鄭振鐸諸人對該書作者與版本問題之緒論，但廣蒐明人有關記載，結合該書本文辯證，多糾歷來遞相沿襲之誤以及近人新誤。其重要結論尤在下列二項：一是作者當為曾經久居北方之江南人，以糾吳等所謂山東人云云之誤，一是有萬曆四十五年序之《金瓶梅詞話》以前，絕無更早刻本，以糾明末沈德符以來所謂萬曆三十八年稍後吳中即有刻板云云之誤。從第二項結論，遂知該書藉抄本流傳長達二十餘年，然後有萬曆末年加題「詞話」兩字之初刻本，至崇禎年間，復有內容多異且復稱《金瓶梅》之重刻本，亦即清代以來各本之祖本，於是該書早期之演變，遂限於此三階段之內。

　　自此以後，魏先生即以其本人所建立之上述兩項結論為基準，不斷有所推進。就版本方面而言，推進契機厥在下列二問之提出與解答。按該書既為萬曆中葉出現之淫穢小說，就當時社會之放佚風氣，則成書之初當早有人刻印射利，何以竟歷二十餘年傳抄始見刻本？又該書早期二版內容相異實多，捨瑣細異文不論，情節之異亦有顯著易見然卻令人難解之處。即以第一回為例，初刻「詞話」本之情節，始於項羽寵虞姬終死沙場以及劉邦寵戚姬欲廢嫡立庶終使戚姬後日死於呂后之手兩事，皆世所熟知之帝王掌故，與後文地方土劣西門慶家人故事全無關涉而難以連貫，原已難於索解；到再版之崇禎本，則第一回已將劉項帝王故事盡刪不留痕跡，改為自始即寫〈西門慶熱結十兄弟〉。於是與後文情節遂可貫通，然則前後兩版相異如此，究竟各由何故？凡此問題，雖似淺顯易於發見，但自來並未有人注意追究，直至民國六十九年魏先生發表〈金瓶梅頭上的皇冠〉與〈金瓶梅編年說〉二文以後，始使人豁然開朗而有前後一貫之解釋。蓋萬曆朝之宮廷政治，實以當時神宗皇帝朱翊鈞寵愛鄭貴妃屢欲廢長立幼，引起朝廷諫諍，迭生政潮，因有隱名之書諷刺。又與所謂「妖書」之獄等事為其主流。今傳「詞話」本《金瓶梅》第一回既有蹊蹺欠明之劉項帝王故事，魏先生遂結合推斷，肯定前此傳抄之原稿本，必是針對當時皇帝欲圖廢立多所諷諭之政治性小說，適不久旋有「妖書」之獄相繼發生，未免有所顧忌，遂致長期無人敢於刻印。後至萬曆末年，始有人將原稿本後文顯多違礙之處刪去改寫，但對第一回令人生疑之劉項故事卻仍保留，又添萬曆五十四年丁巳東吳

弄珠客等人之序，然後刻印。是為民國二十一年始行發見之「詞話」本。又按神宗皇帝至萬曆四十八年七月病卒，倖未被廢之太子繼位為光宗，僅經一月又卒，改由皇子繼位為熹宗，相繼改元為泰昌與天啟，實前所罕有現象；魏先生依據「詞話」本中有關之日子，推算該本第七十第七十一兩回所寫之冬至日各當某月某日，足以證明與泰昌元年以及天啟元年兩冬至日各相符合，於是結合其他證據，論證該本對從萬曆經泰昌到天啟之改元也有影射，從而推知該本雖有萬曆丁巳序文，但改寫完畢然後刻印之時，實已晚到天啟初年；由於天啟三年為總結前此發生之梃擊、紅丸、移宮等案，又頒修所謂《三朝要典》，則刻印甫成之該「詞話」本，可能又因其有顧忌而未敢發行。於是復另有人將「詞話」本內容再度改寫，除盡刪第一回之劉項故事不留痕跡外，為恐對改元之隱微影射仍有敏感之人可能發覺，又將可據以推算泰昌、天啟兩冬至日之有關日子亦行改寫，然後刻印，遂成內容毫無政治違礙，純屬描繪市井人情之崇禎本。至於達到各該結論之詳細過程，亦已見於民國七十年出版之《金瓶梅的問世與演變》一書，該書拙撰序文，並曾有較詳介紹。

該書早期兩版即有傳本，則前後相承違異之改寫痕跡，自可由逐回對照鈎稽而得，魏先生亦曾以「詞話」本為本從事抽繹，而有《金瓶梅劄記》一書矣。至於久歷傳抄之原稿本，既早無存，則原來面貌自然難以探索。但魏先生從已知之改寫痕跡中，又覓得若干線索據以推測，遂能探微索隱，重建若干關目，且集論文十題以成此《原貌探索》一書，實乃循流溯源，於百尺竿頭再進一步之快事。十題之所創獲，固難於此縷述，亦可舉其一端，以覘消息。按第四題從第十七第十八兩回舉證，說明姓名有「西」字頭之賈廉與西門慶之間，有此現彼隱，交替互見情形，顯是改寫時疏忽未周所留痕跡，從而猜測原稿故事，未必有西門慶其人出現，很可能到「詞話」本始從原有之賈廉改成。就西門慶為無人不知之《金瓶梅》主角，則由此一斑，金書之引人入勝，從可見矣！

對於一書版本之研究，不外從各本之內容特徵與同異比較以究刻時、刻地、刻人等項，但易失於瑣細無歸，不能會通。魏先生往年對該書之早期研究，如前文之所撮述，其結論則可約為兩語予以概括，即前後兩版皆從舊本內容改寫而成，而改寫緣故皆因對專制政治之迫害有所顧忌。近年又繼上述結論推進，追探原稿面貌，發其底蘊而得要領。於是該書自萬曆中葉問世以來直至崇禎間第二版出現，前後三十餘年之演變，皆可以政治而有貫通之解釋，可謂遷想妙得而又一以貫之之慧業，較其他方面之發現突破，尤饒興趣而富意義。

至於該書作者，「詞話」本之欣欣子序謂為笑笑生，固知二者皆為化名，但究為何人？實難追究。自魏先生考定作者當為曾久住北方之江南人後，大陸學者黃霖循此方向注意，終於發現原籍鄞縣曾經宦遊北京之屠隆，別署笑笑先生，見於明版《山中一夕話》

與《遍地金》二書，認為條件頗合。按該書第四十八回有開封府黃美致山東巡按史曾孝序信，將任都察院監察御史（巡按御史）之曾某稱為「大柱史」，前所未聞，殊堪詫異；魏先生原以小說家言未予理會。及聞作者可能為屠隆之說，魏先生旋於屠隆所撰〈古今官制沿革〉一文「都察院」之考證下覓得「在周為柱下史，老聃嘗為之」云云，以示此種罕見之稱呼，確有可能出於屠隆之手。此外，魏先生並從屠隆生平經歷以論其有作該書以諷當時皇帝之可能。一為屠隆自萬曆十二年免官以後不能再起，貧困以死，純因在青浦令任內上書賀皇長子誕辰，遂觸皇帝所忌而致，對之未免怨恨。二為屠隆自免官起，即常受其友人麻城劉守有接濟，至萬曆三十三年卒後，世人又傳劉承禧（守有子）家初有該書全本。由此種種跡象判斷，則屠隆為該書原稿作者，似無疑義。惟魏先生態度慎重，認為證據仍欠充分，將近年所撰與此有關之文，僅列為本書附錄，以待論定。按屠隆又號赤水，當此拭目以待之際，余不禁憶及吳晗所撰〈金瓶梅與王世貞〉一文，亦已提及「以雜劇和文采著名的屠赤水」，將之列為當時有力作《金瓶梅》的少數名士之一。

魏先生之研究，以該書之藝術論為最後鵠的，其間橫延旁申，方面原非限於版本與作者兩項。惟此兩項實最基本，至如今此書出版，亦且已得綱領而告段落，故此追述其有關研究，以見此書所承，藉見此書推進過程及突破要點，是為序。

翁同文謹誌
民國七十三年十一月十七日於臺北士林寓所

葉　序

　　在馮夢龍所謂的四大奇書——《三國》、《水滸》、《西遊》、《金瓶梅》——中，有關《金瓶梅》的研究論著最少。主要的原因，是由於此書自問世迄今，一向被世人視為淫書，不宜甚至不許流傳。坊間能購得的都是所謂節本或潔本，都非全本。學者專家即使可以從較大的圖書館中閱覽全本，即使在閱讀之後覺得此書有許多地方值得研究，但一旦提筆撰文，又不免有種種顧慮，因而擱置下來。

　　從世道人心看，《金瓶梅》的確不宜在社會流傳，不宜供一般人閱覽；從學術研究看，《金瓶梅》是明代著名的古典小說，無論是小說本身的藝術以及它所反映的社會，都值得後世學者深入研究。因此，我們最好對這部奇書抱持這樣的態度：仍然把它排除在一般社會人士至少是青少年的閱讀書籍之外，但允許學者專家對它作各個角度的研究。不然的話，把這麼一部已存在了幾百年的古典文學名著摒棄於學術研究之外，豈不可惜。

　　近一二十年來，偶然可以看到《金瓶梅詞話》和《古本金瓶梅》的翻印本。學者要研究此書，已不必天天去坐某些大圖書館的冷板凳，面對館員的異樣眼光。而國內外研究《金瓶梅》的論文，也漸漸多了起來。一九八三年五月，美國印第安那大學還舉辦了《金瓶梅》學術討論會。看起來，美國學術界研究《金瓶梅》的熱度，還在國內學術界之上。

　　吾友魏子雲先生投入《金瓶梅》研究已有十四年之久，先後著成了《金瓶梅探原》、《金瓶梅的問世與演變》、《金瓶梅審探》、《金瓶梅詞話注釋》、《金瓶梅編年紀事》、《金瓶梅劄記》。如今，《金瓶梅原貌探索》一書也已完稿，即將付排。其中，《金瓶梅詞話注釋》是為了便於學者研讀而寫，《金瓶梅編年紀事》是為了便於學者參考而寫，在其餘五種著作中，魏先生都提出了一己的發現和創說。例如：他認為《金瓶梅詞話》的作者是江南人，很可能是屠隆；跳出了歷來為欣欣子序，「蘭陵笑笑生作金瓶梅傳」一語所囿的作者為山東人說。又如：他認為今傳《金瓶梅詞話》是經人集體分回改寫而成，並非蘭陵笑笑生的原本。又如：他認為《金瓶梅》的初刻本，即東吳弄珠客序於萬曆四十五年間的《金瓶梅詞話》，否定了昔人以為《金瓶梅》在萬曆三十八年已出版的舊說。他舉出了不少證據來支持這種種創見。

　　考據講究舉證。有些作為證據的文字，一經發現，就可以直接獲得結論，無須推敲。但多數作為證據的文字，必須經過解釋並據以推論，才能得出結論。如果解釋稍有偏差，或者推論稍有疏忽甚至稍涉主觀，都會影響結論的正確性。考據學者常會遇到這種情形：某一問題就現有的證據經過解釋和推論，已認為差堪作成這樣的結論。而有朝一日發現了新的資料，說不定會動搖舊說，甚至改變對原有舉證的解釋，去尋求一個新的結論。因此，考據學者不但破前人的舊說而立自己的新說，同樣也會修正自己的舊說成為新說。魏子雲先生研究《金瓶梅》用功之勤，著述之豐，不但在國內首屈一指，在國際也是無人可以比擬。這並不是說魏先生的創獲每一條都已成為定論，對有些問題，也還有學者抱持著保留的看法。但至少可以說，魏先生帶動了國內研究《金瓶梅》的風氣，向國際漢學界展示了國內學術界研究《金瓶梅》的成果，更重要的，為後學奠定了研究《金瓶梅》的基礎。

　　在《金瓶梅原貌探索》付排前夕，我很高興能以這一篇小序向孜孜矻矻於《金瓶梅》研究十四年如一日的老友表示敬意。

葉慶炳

民國七十三年十一月十五日寫於臺大中國文學研究所

自 序

一

七十二年四月，寫完了《金瓶梅劄記》，原應著手人物論的寫作，但在《劄記》時，卻發現有不少關乎情節的缺失，與改寫問題有著密切的關係。為了要把改寫的問題，予以更加肯定，遂又著眼於此。再經過半年來的翻檢，縷出了不少問題，定了十篇題目，乃於當年十一月動筆寫這部《金瓶梅原貌探索》。直到今天方行完成。

《金瓶梅詞話》非原本，早在距今五十年前，鄭振鐸寫〈談金瓶梅詞話〉的時候，即已說到。不過，鄭振鐸說《金瓶梅詞話》非原本，他的理由與根據，只是沈德符《萬曆野獲編》中的這一段話：「……又三年（指萬曆三十七年）小脩上公車，已攜有此書。因與借抄挈歸。吳友馮猶龍見之驚喜，慫恿書坊以重價購刻；馬仲良時榷吳關，亦勸予應梓人之求，可以療飢。予曰：『此等書必遂有人板行，但一刻則家傳戶到，壞人心術，他日閻羅究詰始禍，何辭置對？吾豈以刀錐博泥犁哉？』仲良大以為然，遂固篋之。未幾時而吳中懸之國門矣！」鄭振鐸即根據這段話，認為《金瓶梅》在萬曆三十八年即已出版，東吳弄珠客於萬曆四十五年季冬序刻的《金瓶梅詞話》，是第二次刻的。還判斷萬曆三十八年刻的那一本《金瓶梅》是南方刻本，《金瓶梅詞話》是北方刻本。此一說法，已被東西的學界錯誤的承認了四十餘年。直到我寫的《金瓶梅探原》各文，於民國六十一年（1972）之後，逐年發表，已有明確的史料，判定了《金瓶梅詞話》乃初刻本，在萬曆丁巳（四十五）年（1617）之前，《金瓶梅》並無刻本。於是，今之東西方研究《金瓶梅》的人士，方始知道鄭振鐸的說法是錯誤的。如今，關於《金瓶梅》的最早出版年代，大都已援用了我的說法。

可以說，鄭振鐸的說《金瓶梅詞話》之前還有一部南方的《金瓶梅》刻本，卻只是指的版本，非關內容。那麼，我判斷《金瓶梅詞話》是改寫本，指的是內容，依據則是《金瓶梅詞話》。《金瓶梅劄記》摘出不少缺失情節，可以據而判定是《金瓶梅詞話》的改寫痕跡。這本《金瓶梅原貌探索》，便是在這種情形之下寫作的。

二

　　本書共計十題，都是打從《金瓶梅詞話》的情節中縷出來的問題。頭兩題，是從敘文與題詞著眼的。光是從欣欣子的序，就能印證《金瓶梅詞話》不是欣欣子序文中說的那些內容。當然，《金瓶梅詞話》是又經改寫過的了。再加上小說前的題詞（〈四季詞〉），那種遁世的思想，也題不到《金瓶梅詞話》的頭上。何況，還有那第一回前的〈眼兒媚〉證詞，也證不到西門慶的頭上。因而我根據了這些問題，推斷《金瓶梅詞話》是萬曆末年或天啟初年的改寫本，不是袁中郎讀到的傳鈔本，已是改寫過了。

　　那麼，袁中郎在萬曆二十四年冬間閱讀到的《金瓶梅》抄本，是不是西門慶的故事呢？雖然袁小脩的日記《遊居柿錄》已經說了，謝在杭的《小草齋文集》已經跋了。都說是有關西門慶潘金蓮等人的故事，怎麼還能再去懷疑這一點呢？可是《金瓶梅詞話》第十七回，宇文虛中的參本，聖旨著將楊戩手下的黨惡人等，枷號一月期滿發邊衛充軍的十名人物，並無西門慶其人。到了第十八回，西門慶派人晉京打點，拿來的名單，方有西門慶的名字，人名人數都與第十七回不同。把「西門慶」改作「賈慶」（崇禎本則改作賈廉），實則，第十七回寫的楊戩手下的十名黨惡人犯，祇有「賈廉」的「賈」字，是「西」字頭，可與西門慶攀聯上一點關係，其他則尋不出西門慶的痕跡。遂不得不令人懷疑到，《金瓶梅詞話》以前的最早抄本《金瓶梅》，或許不是西門慶的故事，而是賈廉的故事。

三

　　我在《金瓶梅劄記》中，記述到一些有關情節的孤起孤落部分，其中最大一處，就是苗青、苗員外、苗小湖這一部分。從第四十七回苗青謀財害命案發，賄賂西門慶獲得無事，罄身回轉揚州，到了第五十五回又出現了一個揚州第一財主苗員外，之後一直到了第六十七回，在情節中又出現了一位揚州的苗小湖，到了西門慶死後的第八十一回，竟把苗青、苗員外、苗小湖這三個人，糾結的難分難解。究竟苗青與苗小湖是同一人呢？還是苗員外與苗小湖是同一人？由於小說的情節交代不清，誰也無法說明。只能肯定第五十五回的那位揚州苗員外，絕不是苗青而已。再說苗青謀財害命的情節，是孤起孤落，看起來，苗青與監察御史曾孝序的這一部分，好像是早期的《金瓶梅》的主要情節，到了《金瓶梅詞話》已被改得面目全非，是以苗青、苗員外、苗小湖等人的情節，也改得七零八落的不相連貫了。

　　談到《金瓶梅詞話》情節上的孤起孤落問題，王三官與他母親林太太，也是一處交代不清的情節，如按小說上寫的王三官出場，似乎王三官在小說中應有重要的情節，可

是王三官在《金瓶梅詞話》中，並無重要的演出。他母親也只有兩場色情的描寫，結局也沒有交代。可能這一部分，也是被刪改了的。

四

　　還有最值得研究的問題，是回目的文辭與內容不符，有些回目應在下一回，卻按在上一回。如第四十五回的〈月娘含怒罵玳安〉，第四十六回則比第四十五回寫得多，而且寫得清楚。所以我認為類似等情，自然都是改寫者重新剪裁的不妥。還有許多回目的證詩，與內容印證不上。這情形也顯然就是改寫者只顧改寫內容，忘了改換證詩的原因。是以到了崇禎本，不惟證詩十九都刪了改了，連回目也大都改了。本來，本書的第十題，就預訂的是「回目、證詩、情節」。當我在進行劄記資料時，方始發現此一問題，需要較多篇幅演述，可能要自成專書，遂不得不暫時放棄，改選另一題目。

　　《金瓶梅詞話》把武氏兄弟的籍貫，由陽穀易為清河，過去就有人注意到了這一問題。美國哈佛大學的韓南（P. Hanan）教授，則認為清河設有皇家的磚廠，又有兩個太監在那裡看守，改陽穀為清河，是為了遷就兩個太監的說明。這說法自然太勉強了。近來，美國芝加哥大學的芮效衛（D. Roy）則認為「清河」是「河清」的含義。引述了我們中國人對「俟河之清」的說法。可是芮效衛則忽略了「清河」乃一地名，此一地名的由來，乃「黃河」之對。當我們一查華北區的《清河縣志》，我們便了解到清河這個地方，自漢高帝開始到兩宋，曾兩立其國，夷建其郡。自漢以還，歷代以清河之地封王封爵者，數十之多（虛封者更多），自可想知清河這個地方的被重視。北宋時代的王則之亂（《三遂平妖傳》的小說題材）的貝州，就是清河。若由此一情形推想，可能早期《金瓶梅》的故事，就是以郡國清河作為小說背景的，我們看西門慶在《金瓶梅》的故事中，不是像個國君嗎！所以我推想早期的《金瓶梅》，故事中的主角賈廉，到了《金瓶梅詞話》方始改為西門慶：第十七回不還殘留著賈廉的痕跡嗎！

五

　　《金瓶梅詞話》是改寫本，已堪認定。至於它以前的傳鈔本，原貌如何，雖可從《金瓶梅詞話》的情節中，尋得一些蛛絲馬跡，推想早期的抄本，或非西門慶的故事；縱然是西門慶的故事，那西門慶的職官，也未必只是一位清河縣的兵衛千戶。可以肯定的是，早期的《金瓶梅》，必是一部有關政治諷諭的小說，歷史背景，也是宋徽宗時代，在《金瓶梅詞話》中不是還殘留著宋史上的人名嗎，以宋史的人名冠以明朝的職官，就顯然是關乎政治諷諭的意義了。

　　我這十個論題，全是基於《金瓶梅詞話》中的改寫痕跡，來作推論的。雖還未能詳

確的探索出早期《金瓶梅》的原貌，但我提出的這些問題，當可據以肯定《金瓶梅詞話》並非早期《金瓶梅》，是改寫過的了。所以研究《金瓶梅》的人士，不得不去注意到這一點。譬如我們論及作者以及成書年代，都得分作兩個階段來探討論述。關於這一點，都是過去研究《金瓶梅》者不曾注意到的一個問題。

如今，我們業已發現到的明朝當代人物，論及《金瓶梅》者，共有九人。可是這九個人，竟無一人提到欣欣子與蘭陵笑笑生，斯亦足證《金瓶梅詞話》刻出後，並未發售。要不然，怎的沒有人提及欣欣子與蘭陵笑笑生？同時，我們也可以據此推想，《金瓶梅》的傳抄時代，並無欣欣子這篇序文。欣欣子的序文應是在《金瓶梅》完稿時，方行序寫的。按《金瓶梅》之有了全稿，已到了萬曆四十三年了（李日華《味水軒日記》）。何以《金瓶梅詞話》的內容，又與欣欣子的序說發生出入，顯然的，刻本《金瓶梅詞話》又改寫過。我在《金瓶梅的問世與演變》一書中，不是尋到了證言，證明《金瓶梅詞話》是天啟初年的改寫本嗎！當目錄學家王重民發現到薛岡的《天爵堂筆餘》，又尋到了一條有關《金瓶梅》的記述。薛岡在萬曆三十八年間讀到抄本（不全），二十年後（崇禎初）讀到刻本（全）。此人也沒有提到欣欣子與蘭陵笑笑生，顯然的，他也不曾讀到《金瓶梅詞話》。亦足證明《金瓶梅詞話》不曾在明朝發售。（參閱附錄拙作《金瓶梅新史料探索》）可想我在《金瓶梅的問世與演變》中推論的正確。這裡，不多說了。

六

這多年來，我幾乎付出了全部精力放在《金瓶梅》的研究上，業已成書百萬言有餘，自信掘出了不少寶藏。可以說我的研究成果，有如老蠶吐絲結出來的繭，我在《金瓶梅劄記》的後記中說：「其所成就，己何計焉！自然之孳生而已。」相信我的研究成果，定會孳生他人產生新的理路。我的成果也是根據吳晗與鄭振鐸的研究發展出來的。

在國內，最能了解我的研究者，首推翁同文教授，是以近數年來，每成一文，必先寄給翁先生教正，翁先生認真仔細，雖一字不當，也提出與我討論。關乎明史部分，亦常商詢老友莊練。海外的趙岡先生不時賜印資料，都是我非常感激的朋友。何況，翁先生又為本書贈序。

最後，更得謝謝老友葉慶炳教授的贈序，以及遠在美國的趙韞慧女士，年來，給我極多幫助。尤其感激無既。再者，本書承老友劉兆祐教授青睞，列入他在學生書局主編的中國小說研究叢刊內，得以早日刊行，益所感焉！

民國七十三年十月一日

《金瓶梅》原貌探索

目　次

欣欣子、東吳弄珠客、廿公

　　民國二十一年（1932）冬，國立北平圖書館購到一部《金瓶梅詞話》；書上多了一篇「欣欣子」的序文，我們方始知道這部書的作者，有名曰「蘭陵笑笑生」。在《金瓶梅詞話》之後的《金瓶梅》只有「東吳弄珠客」序，及「廿公」跋，無「欣欣子」序，是以無人知道《金瓶梅》作者之名。

　　無欣欣子序文的《金瓶梅》，因有插圖百幅，鐫有新安刻工劉應祖、劉啟先、洪國良、黃子立、黃汝耀等人姓名，都是杭州各書店的刻工名手，可以判定是崇禎年間的刻本；但回目與內容，稍異於有欣欣子序的《金瓶梅詞話》，已改寫過了。可是，有欣欣子序文的《金瓶梅詞話》，如依據東吳弄珠客的序文時間，寫明序於「萬曆丁巳冬」（1617），當可判定該書之梓行已在萬曆丁巳（1617）之後，距離袁中郎最早提及《金瓶梅》的時間，已經二十餘年矣。我在拙作《金瓶梅的問世與演變》一書中，業已尋得證言，判定《金瓶梅詞話》是一部改寫過的書，與早期袁中郎閱讀過的那半部《金瓶梅》，已非同一內容。此一問題，我在近作《金瓶梅劄記》中，提出的證見更多。如今，我再以這書的幾篇序跋來進一步研究，也足以證明《金瓶梅詞話》，益非原作內容矣！

一、欣欣子序

　　這篇欣欣子的序文，所序小說情節，已大多不見於今之《金瓶梅詞話》。我們先來探索這序文的文詞所指：

> 竊謂蘭陵笑笑生作金瓶梅傳，寄意於時俗，蓋有謂也。

欣欣子的這第一句話，便已指明蘭陵笑笑生寫的這部《金瓶梅》，乃「寄意於時俗」，把寫作的意想，寄意在時世的風尚上；「蓋有謂也」，乃有所指斥，一如沈德符在《萬曆野獲編》中說的「指斥時事」吧！

　　可是，觀乎今之《金瓶梅詞話》，則又不是沈德符所說的：「如蔡京父子則指分宜，林靈素則指陶仲文，朱勔則指陸炳，其他各有所屬。」試想，我們能在《金瓶梅詞話》中，尋出林靈素嗎？能把朱勔比況嘉靖間的陸炳嗎？只有蔡京父子，還差可與嚴氏父子比擬。其他的「各有所屬」，亦很難與嘉靖間的時事印證，縱能之，亦穿鑿附會耳。

人有七情，憂鬱為甚。上智之士，與化俱生；霧散而冰裂，是故不必言矣；次焉者，亦知以理自排，不使為累；惟下焉者，既不出了於心胸，又無詩書道腴可以撥遣，然則不致於坐病者，幾希！吾友笑笑生為此，爰罄平日所蘊者，著斯傳凡一百回。

這一段話，業已說明「罄平日所蘊」的，乃人之七情中的「憂鬱」。是以笑笑生作《金瓶梅傳》一百回，旨在為「下焉者」去「撥遣」心中的「憂鬱」之病。

但今見之《金瓶梅詞話》，何嘗寫到人的「憂鬱」？

其中語句新奇，膾炙人口。無非明人倫、戒淫奔、分淑慝、化善惡，知盛衰消長之機，取報應輪迴之事，如在目前。始終如脈絡貫通，如萬系迎風而不亂也。

這裡已說到《金瓶梅詞話》的故事梗概。但是觀乎今之《金瓶梅詞話》，內容雖寫有「戒淫奔、分淑慝、化善惡」，然而「明人倫」的情節，則不顯著。雖說西門慶的淫縱生活，遍及於家人的小廝僕婦，尚未及於亂倫。固有既得王三官之母林太太，又思染指王三官之妻，幸未成為事實。所以我認為「明人倫」的這一部分，作者並未強調在《金瓶梅詞話》中。甚而說，「戒淫奔」的這一部分，也不是今之《金瓶梅詞話》的重要部分。

再說，「知盛衰消長之機，取報應輪迴之事，如在目前」，也不能完全符契於《金瓶梅詞話》的內容。不錯，《金瓶梅詞話》的故事，寫的是西門慶的身家興衰，可是西門慶的「興」，興於非法的手段；而他的「衰」，衰於淫欲過度。所以也不易從西門慶的興衰故事上，去「知盛衰消長之機」。固然，西門慶的興衰故事，雖已譜出了那個時代的現實社會，竟是那麼無禮無法而賄賂公行，「盛衰消長之機」，足以見微知著；然而「取報應輪迴之事，如在目前」，卻非今之《金瓶梅詞話》內容矣！譬如西門慶一生作惡多端，死後則託生在富戶沈通家為次子；仍舊生在有錢人家。又怎能符合「取報應輪迴之事，如在目前」的說法？自可想知原始的《金瓶梅》，必非西門慶的故事。

使觀者可以一哂而忘憂也。

如果從欣欣子的這句話來推想《金瓶梅》的內容，應該是：(一)言人所不敢言，方能發人心中積鬱；(二)諷人所不敢諷，方能發人會心一哂；斯乃人生可以忘憂的兩大關鍵。試問《金瓶梅詞話》的讀者先生，《金瓶梅詞話》中曾有「言人所不敢言，諷人所不敢諷」的故事嗎？我認為沒有。只偶爾有一言片語殘留著，如東平知府陳文昭、兵科給事中宇文虛中、巡按御史曾孝序等人的行為，以及偶爾寫出的幾句牢騷而已。所以，我不相信袁中郎讀了這樣一部書，會感嘆的讚美說道：「勝枚生〈七發〉多矣！」

其中未免語涉俚俗，氣含脂粉。余則曰：「不然」。關雎之作，樂而不淫，哀而不傷。富與貴，人之所慕也，鮮有不至於淫者；哀與怨，人之所惡者，鮮有不至於傷者。

《金瓶梅詞話》的內容，若說「語涉俚俗，氣含脂粉」，則係事實；可是，其中寫到「樂」，無不淫蕩穢褻，不勝舉矣。所寫之「哀」，如武大之死，武二之戍，宋惠蓮與其父宋仁之死，曾孝序之謫，以及那些賣兒鬻女的人家，能不令人傷乎！

看來，今之《金瓶梅詞話》亦非欣欣子序論的內容。

此一傳者，雖市井之常談，閨房之碎語，使三尺童子聞之，如飲天漿而拔鯨牙，洞洞然易曉，雖不比古之集理趣文墨，綽有可觀，其他關繫世道風化，懲戒善惡，滌慮洗心，無不小補。

其所寫「雖市井之常談，閨房之碎語」似非「三尺之童」所堪「聞」而又「洞洞然易曉」者。若說《金瓶梅詞話》所寫「關繫世道風化，懲戒善惡」，則是；可以「滌慮洗心」則未必焉。至於它能否超越前賢的《剪燈新話》、《鶯鶯傳》、《效顰集》等等，決定於各人的觀點，我無能比論矣！

如房中之事，人皆好之，人皆惡之。人非堯舜聖賢，鮮不為所耽。富貴善良，是以搖動人心，蕩其素志；觀其高堂大廈，雲窗霧閣，何深沉也？金屏繡褥，何美麗也？鬢雲斜軃，春酥滿胸，何嬋娟也？雄鳳雌凰迭舞，何懇懃也？錦衣玉食，何侈費也？佳人才子，嘲風咏月，何綢繆也？雞舌含香；唾圓流玉，何溫度也？一雙玉腕綰復綰，兩隻金蓮顛倒顛，何猛浪也？

這一段序言，固可與《金瓶梅詞話》所寫「房中之事」的內容符節得上，可是，《金瓶梅詞話》中，何來「才子佳人」的「嘲風咏月」耶？《金瓶梅詞話》中既無「佳人」，也無「才子」。女人，十九都是妓女之屬；男人，十九都是流氓之輩。所有寫在《金瓶梅詞話》中的「房中之事」，何止是「顛倒猛浪」？已是殘酷暴虐之行矣！未嘗有「綢繆」式的「繾綣」之情。可能原始的《金瓶梅》還寫有「才子佳人」「嘲風咏月」吧！

既其樂矣，然樂極必悲生，如離別之機，將興憔悴之容，必見者，所不能免也；折梅逢驛使，尺素寄魚書，所不能無也；患難迫切之中，顛沛流離之頃，所不能脫也；陷命於刀劍，所不能逃也；陽有王法，陰有鬼神，所不能逭也。

試想，「折梅逢驛使，尺素寄魚書」，乃離別之情。《金瓶梅詞話》則未嘗寫有離

別的情苦。潘金蓮與西門慶的短暫離別，未嘗有驛使魚書之寄。潘金蓮與陳經濟之別，也未嘗有離情之訴。再所謂「患難迫切之中，顛沛流離之頃」的情節，雖有吳月娘的逃金人之侵，韓愛姐的湖州尋親，那又怎能算是「患難迫切中」的「顛沛流離」？顯然的，這些情節已不見於今之《金瓶梅詞話》。

> 至於淫人妻子，妻子淫人。禍因惡積，福緣善慶。種種皆不出循環之機。故：天有春夏秋冬，人有悲歡離合，莫怪其然也。合天時者，遠則子孫悠久，近則安享終身。逆天時者，身名離喪，禍不旋踵。

若以西門慶的「淫人妻子」來說，就沒有得到「妻子人淫」的報應。雖然他的幾個小老婆，偷小廝、偷家僕、偷女婿，且又一個個改嫁別人。這能算是報應嗎？他的正頭娘子吳月娘，則清白終身，享壽七十，把一分家業，始終掌管在手上。何來報應？

西門慶是自暴死了，死時年才三十三歲。可是，他活著的時候，享盡了榮華富貴，財與色，予取予求。西門慶的死，算得是「禍不旋踵」嗎？果爾，那位巡按御史曾孝序的下場，又當何論？

> 人之處世，雖不出乎世運代謝，然不經凶禍，不蒙恥辱者，亦幸矣！

這話又是宿命論了，竟然認為人生在世，都逃不出「世運代謝」，也無法「不經凶禍」、「不蒙恥辱」。否則，那就是有「幸」者。這話豈不又與上語「禍因惡積，福緣善慶」的「循環之機」，兩相矛盾？再說，「春夏秋冬」的交替，又怎能與人之「悲歡離合」相提並論？像這些論調，恰和屠隆罷官後的人生論調一樣。不信，請仔細讀讀屠隆的作品來印證一下吧。此處無篇幅論之矣。

> 吾故曰：笑笑生作此傳者，蓋有所謂也。

總之，《金瓶梅》原本是蘭陵笑笑生抒發個人積鬱的著作，到如今的《金瓶梅詞話》，已被竄改得面目全非矣！

二、東吳弄珠客序

> 金瓶梅，穢書也，袁石公亟稱之，亦自寄其牢騷耳，非有取於金瓶梅也。

按袁石公宏道，稱贊《金瓶梅》共有兩文。一在萬曆二十四年（1596）十月間寫給董其昌的信，稱贊《金瓶梅》是「雲霞滿紙，勝枚生〈七發〉多矣」。一在萬曆三十五年夏作成的〈觴政〉，認為酒人應「以水滸傳配金瓶梅為逸典」。所以東吳弄珠客說袁石

公「亟稱之」（一再讚許這部書）。然而東吳弄珠客則又認為袁石公未必喜歡這部穢書，「亦自寄其牢騷耳！」此說也顯然說明了《金瓶梅》除了淫穢之處，尚有代人寄意牢騷之處。所以袁中郎說「勝枚生〈七發〉多矣」。

枚乘的〈七發〉，是一篇述論政治意識的散賦，袁中郎讚美《金瓶梅》比枚乘的〈七發〉還好，想必袁氏讀到的《金瓶梅》有政治意識存乎其間。所以他寄其牢騷，非有取於金瓶梅之「穢」。

> 然作者亦自有意，蓋為世戒，非為世勸也。

這話自是為《金瓶梅》的淫穢所作的解謗之辭。譬如那麼多的男女性事的赤裸描述，是有意為世戒？不過，從東吳弄珠客的序言，可以確定：《金瓶梅詞話》，本就是一部穢書。問題是，弄珠客序的這部《金瓶梅》，是不是袁中郎閱及的那一部？

> 如諸婦多矣，而獨以潘金蓮、李瓶兒、春梅命名者，亦楚檮杌之意也。蓋金蓮以姦死，瓶兒以孽死，春梅以淫死，較諸婦為更慘耳。

如從這段話看，弄珠客序的《金瓶梅》，應與今之《金瓶梅詞話》無大異趣，也是金蓮、瓶兒、春梅三個女人命名的《金瓶梅》。雖說金蓮的以「姦」死，瓶兒的以「孽」死，春梅的以「淫」死，也祇能勉強說得過去。但要說這三個女人的死事，「較諸婦為更慘」，卻也與今之《金瓶梅詞話》的內容，不盡符合。這三個女人在今之《金瓶梅詞話》中，祇有潘金蓮死得慘；瓶兒只是病死，還享受了盛大的殯葬之禮；春梅雖是淫死，卻死在一個小男人的懷中，何慘之有？《金瓶梅詞話》中的婦人們，還有宋惠蓮與孫雪娥兩人，是吊死的。說起來，這兩個女人之死，不是比瓶兒與春梅要慘嗎？

也許，在東吳弄珠客序後的《金瓶梅》，又改寫了。

> 借西門慶以描畫世之大淨，應伯爵以描畫世之小丑，諸淫婦以描畫世之丑婆淨婆，令人讀之汗下，蓋為世戒，非為世勸也！

若以今之《金瓶梅詞話》觀之，應伯爵固係世之小丑，西門慶則非世之大淨，只能算得二淨。諸淫婦固然是臉上應予抹彩的花旦丑婆之類，也未必能「令人讀之汗下」。「為世戒，非為世勸」，亦飾詞耳！（梆子戲的花旦，還在粉臉上，用白粉筆加勾花朵，如蝴蝶夢的田氏，戰宛城的鄒氏，桃花庵的妙常，都在俊扮的粉臉上，加勾白粉花朵，以示此人品行不端。）

> 余嘗曰：「讀《金瓶梅》而生憐憫心者，菩薩也；生畏懼心者，君子也；生歡喜心者，小人也；生效法心者，乃禽獸耳！」

這番話業已說明《金瓶梅》是一部滿紙淫穢的書,也足以證明東吳弄珠客序的《金瓶梅》,與今之《金瓶梅詞話》內容,差異不大;也足以證明東吳弄珠客序的這部《金瓶梅》,與欣欣子序的那部《金瓶梅詞話》,已不相同了。

> 余友人褚孝秀偕一少年同赴歌舞之筵,行至霸王夜宴,少年垂涎曰:「男兒何可不如此?」孝秀曰:「也只為這烏江設此一著耳!」同座聞之,歎為有道之言。若有人識得此意,方許他讀《金瓶梅》也。不然,石公幾為導淫宣慾之尤矣。奉勸世人勿為西門慶後車也。

按霸王「夜宴」乃明人沈采作《千金記》之第十四齣,正項羽打算衣錦東歸的時際。褚孝秀喻此宴只為烏江之設,東吳弄珠客且引以與《金瓶梅》並論。認為「若有人識得此意,方許他讀《金瓶梅》」,意思當然是說:讀《金瓶梅》,千萬不要被西門慶的那種富貴歡樂生活迷了眼,笑笑生為西門慶寫的那些紙醉金迷生活,也只是為西門慶的脫陽暴死設耳。所以東吳弄珠客在序言的最後一句,要「奉勸世人勿為西門慶後車」。可是,我們看《金瓶梅詞話》的情節,西門慶還未死,一切學習西門慶的張二官便出現了。西門慶死後,張二官便繼承了西門慶的一切,不惟繼承了西門慶的提刑千戶之職,連西門慶的小老婆也繼承了一位。此後,凡是西門慶在清河的一切作為,張二官也無不全部承擔了下來。又如何勸得住世人「勿為西門慶後車」?看來,東吳弄珠客的這篇序言,也只為袁石公甌稱《金瓶梅》而有所蔽飾,勿讓世人指斥袁石公為宣淫導慾之尤而已。

東吳弄珠客的這篇序,寫於萬曆四十五年(1617)季冬,距離袁中郎讀到這部《金瓶梅》的萬曆二十四年冬,業已二十餘年。如果二十年前的袁中郎讀到的《金瓶梅》,就是東吳弄珠客序的這部《金瓶梅詞話》,正如沈德符所說,「此等書必遂有人板行」,又怎的會到了二十年後方行付梓?這話,我已說了不少次了。

不過,如把東吳弄珠客的這篇序,與欣欣子的那篇序,作一比並參研,可以立竿見影的發現,這兩個人序述的《金瓶梅》,乃判然是兩部不同內容的書。顯然的,東吳弄珠客序的這一部《金瓶梅》,是改寫過的了。

三、廿公跋

日本平凡社翻譯的《金瓶梅》,附有小野忍的〈解說〉一文,居然說:「廿公」是馮夢龍的化名。這話乃毫無根據的臆說,我在另一文中已說過了。但如以「廿公」一詞來說,袁中郎倒有個方外友人名「無念」,中郎每稱之為「念公」。「廿」讀如「念」,竊以為此名或是基此而作的假託。這篇跋,不就充滿了佛家語意嗎?

〈跋〉說:「《金瓶梅傳》為世廟時一巨公寓言,蓋有所刺也。」這話則與沈德符說

的「聞此為嘉靖年大名士手筆」，良有先後呼應之疑。「然曲盡人間醜態，其亦先師不刪鄭衛之旨乎！」不也說明了這部《金瓶梅》有淫穢的描寫？所謂：「中間埋伏因果，作者亦大慈悲矣！」又說：「今後流行此書，功德無量矣！」全是以佛家之心，來為《金瓶梅》的淫穢而辯。「不知者竟目為淫書，不惟不知作者之旨，併亦冤卻流行者之心矣！特為白之。」這些話，顯然是假借一位和尚之口，作說因果，說慈悲，來為《金瓶梅》的淫穢內容辯。所以我猜想此一「廿公」乃假託的無念和尚，要他為《金瓶梅》的淫穢辯解。

四、袁中道與謝肇淛

如把欣欣子與東吳弄珠客這兩篇序，作一比並參研，不惟可以判明兩人敘述的《金瓶梅》內容不同，而且可以證明：東吳弄珠客的序文，與袁中道的日記《遊居柿錄》，以及謝肇淛的〈金瓶梅跋〉，有著密切的血緣。

第一，袁中道語：

> 往晤董太忠思白，共說小說之佳者。思白曰：「近有一小說，名《金瓶梅》，極佳。」予私識之。後從中郎真州，見此書之半。大約模寫兒女情態俱備，乃從水滸傳潘金蓮演出一支。所云金者，即金蓮也；瓶者，李瓶兒也；梅者，春梅婢也。舊時京師有一西門千戶，延一紹興老儒於家，老儒無事，逐日記其家風月淫蕩之事，以西門慶影其主人，以餘影其諸姬。瑣碎中有無限煙波，亦非慧人不能。追憶思白言及此書曰：「決當焚之。」以今思之，不必焚，不必崇，聽之而已。焚之亦自有存者，非人之力所能消除。但水滸，崇之則誨盜；此書誨淫。有名教之思者，何必務為新奇以警愚而蠹俗手？（《遊居柿錄》，萬曆四十二年八月日記）

如從袁小脩這段話看，他們弟兄在萬曆二十四五年間讀到的《金瓶梅》，與流行於今的《金瓶梅詞話》，內容並無大異。應該相信：今之《金瓶梅詞話》，就是袁中郎時代閱及的那部《金瓶梅》。可是，袁小脩的這番話，偏偏與沈德符《萬曆野獲編》的那番話，有了衝突。因為袁小脩在這萬曆四十二年八月的日記上，說他還是跟著中郎在真州時（萬曆二十六年）見此書之半，沈德符則說他於萬曆三十七年秋，就向袁小脩借得全本抄錄，攜回家了；還說只少其中五十三回至五十七回這五回。

再說，袁小脩的這番話，對於《金瓶梅》的內容，說得比東吳弄珠客的序言還要接近《金瓶梅詞話》，連西門慶是《金瓶梅》的故事主角，都明確的寫出了。想來，今之《金瓶梅詞話》與袁中郎閱讀到的《金瓶梅》，內容應是無二致的吧？

第二，謝肇淛說：

《金瓶梅》一書，不著作者年代。相傳永陵中有金吾戚里，憑怗奢汰，而其門客病之，採摭日逐行事，彙以成編，而托之西門慶也。書凡數百萬言，為卷二十，始末不過數年事耳。其中：朝野之政務，官司之晉接，閨闥之媟語，市里之猥談，與夫勢交力合之態，心輸背笑之局，桑中濮上之期，尊罍枕席之語；駔儈之機械意智，粉黛之自媚爭妍，狎客之從臾逢迎，奴僮之稽脣淬語；窮極境象，駭意快心。譬之範工搏泥，妍媸老少，人鬼萬殊，不徒肖其貌，且并其傳之。信稗官之上乘，鑪錘之妙手也。其不及《水滸傳》，以其猥瑣婬媟，無關名理；而或以為過之者，彼猶機軸相放，而此之面目各別，聚有自來，散有自去，讀者意想不到，唯恐意盡，此豈可與褒儒俗士見哉！此書向無鏤版，鈔寫流傳，參差散失，唯弇州家藏者，最為完好。余於袁中郎得其十三，於丘諸城得其十五，稍為釐正，而闕所未備，以俟他日。有嗤余誨淫者，余不敢知。然溱洧之音，聖人不刪，則亦中郎帳中，必不可無之物也。倣此者，有《玉嬌麗》，然而乖彝敗度，君子無取焉！（《小草齋文集》卷28，〈金瓶梅跋〉）

在明朝人論及《金瓶梅》的資料中，要以謝氏的這篇〈金瓶梅跋〉，譜賦這部小說的內容情節，最為清楚。從謝肇淛的這篇跋文，以及袁中道的那篇日記，雖可肯定的說：袁中郎在萬曆二十四年秋冬之間，閱讀到的那部《金瓶梅》殘稿，就是今之《金瓶梅詞話》；但如與欣欣子的序言作一對照比論，可就有了問題了。

第一，謝肇淛說的《金瓶梅》內容，雖堪與今之《金瓶梅詞話》作等觀，卻不同於欣欣子序文所說的《金瓶梅》內容。我在前面已經說到了。

第二，謝氏說：「《金瓶梅》一書，不著作者年代。」顯然的，謝氏作這篇跋文時，尚不曾見到欣欣子的序文；否則，怎能說「不著作者年代」呢？因為欣欣子的序文第一句就寫明了「蘭陵笑笑生作金瓶梅傳」；固未著年代，卻寫出作者的化名。謝氏如見到欣欣子的這篇序文，自然就不會說「不著作者年代」了。

第三，再查所有明朝人提到《金瓶梅》的文字，全沒有提到「蘭陵笑笑生」。想來，這不就是一個值得進一步探索的問題嗎？

五、欣欣子與東吳弄珠客

雖說欣欣子的序文寫於何年何月並未注明，但是東吳弄珠客的序文，則明確的寫著是寫於萬曆丁巳（四十五年）季冬，而這兩篇序文同時刻在《金瓶梅詞話》上。基乎此，我們卻不難尋出這部刻有欣欣子與東吳弄珠客序文的《金瓶梅詞話》之正確梓行年月。

說到這個問題，我們就得先說到明朝人論及《金瓶梅》的寫作年月。

1.袁中郎寫給董思白，論及《金瓶梅》的那封信，寫於萬曆二十四年（1596）十月；〈觴政〉一文作於萬曆三十二年秋（1604）或三十五年（1607）夏。

2.袁小脩的日記，寫於萬曆四十二年（1614）八月。

3.沈德符《萬曆野獲編》寫於萬曆四十一年（1613）之後。（由丘志充是萬曆四十一年進士及馬仲良萬曆四十一年權吳關為證）

4.謝肇淛的〈金瓶梅跋〉寫於萬曆四十一年（1613）之後。（由丘志充是萬曆四十一年進士為證）

5.李日華《味水軒日記》裡記述《金瓶梅》的年月是萬曆四十三年（1615）十一月。

6.屠本畯的《山林經濟籍》，是一部偽託雜纂的書；此文雖未注明寫作年月，但此書出版已在崇禎年間，可說比前者各文更遲。然此書既是雜湊，自無引論價值。

綜合以上各人論及《金瓶梅》的時間觀之，足以證明《金瓶梅》在抄本流行傳抄時，尚無欣欣子一序。如有，這些人不會無一人不提「蘭陵笑笑生」。

我曾根據《金瓶梅詞話》的內容（第七十回到七十二回）裡寫到的一年兩冬至的問題，推想到《金瓶梅詞話》是泰昌元年與天啟初年的改寫本。那麼，我們再從欣欣子與東吳弄珠客的這兩篇序文的印行問題來看，則更可以肯定的說明：今之《金瓶梅詞話》的改寫完成，當在天啟初年，它的梓行可能在天啟中葉。按謝肇淛卒於天啟四年（1624），袁小脩卒於天啟三年（1623），可以說，此二人都沒有見到《金瓶梅》的「刻本」。也許見到了隱而不說。

至於李日華雖卒於崇禎八年（1635），他論到《金瓶梅》的文字是日記，沈德符卒於崇禎十五年（1642），可是他的《萬曆野獲編》則到了清道光七年（1827）方行梓行。並且是由康熙年間的錢枋予以重行釐訂篇目。這篇《金瓶梅》的文字，是不是出於沈氏手筆，也都是問題了。

可是，欣欣子的序文，既與東吳弄珠客的序文，共同梓入《金瓶梅詞話》，自可從而推想東吳弄珠客等人必然先獲得了有欣欣子序文的《金瓶梅》原稿，然後再進行改寫的。付梓時，卻忘了欣欣子序文已與《金瓶梅詞話》的內容不同了。

從這兩篇序文所歷述的小說內容大不相同的這一點來看，也足以證明東吳弄珠客是改寫者的一夥。後面，我們還需要一篇篇去探索小說情節中改寫過的痕跡。當不難去猜想到原稿必然充滿了政治諷諭，不敢梓行，所以大家夥方始商量著，予以改頭換面的改寫了。

東吳弄珠客的序文，所序乃改寫的內容。欣欣子的序文，乃原稿的內容。或許可以這樣肯定。至於袁小脩的日記、謝肇淛的〈金瓶梅跋〉，我認為悉乃「詖辭」之「蔽」。有此可能吧？

　　還有一大重要參證，那就是再由《金瓶梅詞話》改寫而成的所謂「崇禎本金瓶梅」，這個版本，梓入了東吳弄珠客的序文，卻擯棄了欣欣子的序文。既然，他們是根據《金瓶梅詞話》再加改寫的，必然讀了欣欣子的這篇序文。那麼，何以捨而不錄？理由不是很簡單嗎？欣欣子的序文，所述內容與實際流行的《金瓶梅》不同也。不錯，所謂「崇禎本」的《金瓶梅》又改過了，但除了第一回，已重新改寫過了，其中的詞話也大都刪除了，但故事情節則一如其舊，未再改弦更張。由此可知，「崇禎本」之擯棄欣欣子序文，不予梓入，當然是為了他們的改寫，更是鑑及欣欣子序文所述內容與他們手上的《金瓶梅》扞格了。

　　現在，我把問題探索到這裡，很清楚的可以獲得如下的結論：

　　(一)《金瓶梅詞話》是改寫本，非蘭陵笑笑生的原稿。

　　(二)東吳弄珠客的序文，所序的是改寫後的《金瓶梅》。東吳弄珠客是改寫者一夥兒。

　　(三)袁中郎兄弟這一幫朋友，必然知道原始《金瓶梅》的作者是誰。是以小脩、在杭等人，均作文為《金瓶梅》的政治諷諭諱。

　　(四)原始的《金瓶梅》乃政治諷諭小說，欣欣子的序文，已慨言之矣！

詞曰、四貪詞、眼兒媚

在《金瓶梅詞話》的回目之前，附有「詞曰」四則，以及論到酒、色、財、氣的「四貪詞」四則，還有第一回的證詞〈眼兒媚〉與引出的入話；都是我們據以探索《金瓶梅》原貌的證據。我在《金瓶梅的問世與演變》一書中，業已說到，這裡，我們再來探索一番。

一、詞曰

閬苑瀛洲，金谷陵樓，算不如茅舍清幽。野花繡地，莫也風流；也宜春，也宜夏，也宜秋。酒熟堪酌，客至須留。更無榮無辱無憂，退閒一步，著甚來由。但倦時眠，渴時飲，醉時謳。

短短橫墻，矮矮疏窗，忔憎兒小小池塘。高低疊峰，綠水邊旁，也有些風，有些月，有些涼。日用家常，竹几藤床，靠眼前水色山光。客來無酒，清話何妨。但細烹茶，熱烘盞，淺澆湯。

水竹之居，吾愛吾廬，石磷磷床砌堦除，軒窗隨意，小巧規模。卻也清幽，也瀟灑，也寬舒，懶散無拘。此等何如？倚闌干，臨水觀魚，風花雪月，贏得工夫。好柱心香，說些話，讀些書。

淨掃塵埃，惜耳蒼苔，任門前紅葉鋪堦，也堪圖畫，還也奇哉。有數株松，數竿竹，數枝梅，花木栽培。取次教開明朝事，天自安排。知他富貴幾時來？且優游，且隨分，且開懷。

雖說這四首「詞曰」的原文，錄自元人中峰禪師的〈行香子〉詞，詞義的慎獨之情與出世之思，應屬於原作者，但《金瓶梅詞話》的作者，把它借來前置於小說之前，自應移情於《金瓶梅詞話》的頭上了。

據《詞林紀事》所記，說此〈行香子〉詞，乃中峰禪師不經意出之者，所謂──天真，──明妙也。正由於這四首（闋）〈行香子〉乃出家人的作品，所以它充滿了慎獨之情與出世之思，可以說是隨興怡情之作。當然，也有勗勉人莫去強求的規勸意旨。但

「閬苑瀛洲，金谷瓊樓，算不如茅舍清幽。」而且，清幽的鄉居生活，「更無榮、無辱、無憂。」這種退閒的日子，更可以「倦時眠，渴時飲，醉時謳。」還說：「明朝事，天自安排。知他富貴幾時來？且優游，且隨分，且開懷。」比蒙周的傾向自然還要自然。可是，把它冠在《金瓶梅詞話》的頭上，這四首（闋）詞的詞義，與《金瓶梅詞話》的內容，可就扞格了。

再從這四首詞的慎獨之情與出世之思的意境來說，它顯然不是《金瓶梅詞話》的前置詞。《金瓶梅詞話》的內容，寫的是西門慶身家興衰的故事，所涉及的是明末嘉萬年代那個淫靡的現實社會，早被公認它是一部社會寫實小說。凡是寫實的作品，可以說全是入世的思想，蓋寫實作家，總是提出了社會問題，而又大多去描寫社會的黑暗面，這應是寫實作品的特色。我們看《金瓶梅詞話》描寫的那個現實社會，不全是黑暗面嗎！那裡還能尋得出像這四首詞意的慎獨之情與出世之思的情節？可以說無處可見。

那麼，生活在《金瓶梅詞話》那個社會中的人們，有那些人會產生像這四首詞意的慎獨之情與出世之思呢？在我認為，只有像曾入任東平知府陳文昭、兵科給事中宇文虛中那種人。這種人一旦罷官，就會安於吾愛吾廬而獨善其身的家居生活。可是《金瓶梅詞話》的作者，並沒有把筆楮指向這一目標，而是「有所謂」的寫其七情之「憂」，憂人生之「世運代謝」，慎人生之「因果循環」，與這四首詞的詞意，距離甚遠。我們只能說，作者的這四首前置詞，只是企圖想逃離《金瓶梅詞話》那個社會的感慨而已。

按這四闋詞曰：〈行香子〉，乃借他人作品前置於《金瓶梅詞話》之前，在《詞林紀事》上，選錄之三闋，則略有異辭。茲錄如下：

一

> 短短橫牆，矮矮疎窗，一方兒小小池塘，高低疊嶂。曲水邊旁，也有些風，有些月，有些香。日用家常，竹几藤牀，儘眼前水色山光，客來無酒，清話何妨，但細烘茶，淨洗盞，滾燒湯。

二

> 閬苑瀛洲，金谷瓊樓，算不如茅舍清幽。野花繡地，莫也風流，卻也宜春，也宜夏，也宜秋。酒熟堪蒭，客至須留，更無榮無辱無憂。退閒是好，著甚來由，但倦時眠，渴時飲，醉時謳。

三

> 水竹之居，吾愛吾廬，石粼粼亂砌階除。軒窗隨意，小巧規模，卻也清幽，也瀟

灑,也安舒。嬾散無拘。此等何如?倚闌干臨水觀魚。風花雪月贏得工夫,好炷
些香,圖些畫,讀些書。

筆記天目中峰禪師,與趙文敏為方外交。同院馮海粟學士甚輕之。一日,松雪強中峰同訪海粟,
海粟出所賦梅花百絕句示之。中峰一覽異,走筆成七言律詩,如馮之數。海粟神氣頓懾。嘗賦
〈行香子〉詞云云,若不經意出之者,所謂一一天真,一一明妙也。

二、四貪詞(鷓鴣天)

酒

酒損精神破喪家,語言無狀鬧喧嘩。疏親慢友多由你,背恩忘義盡是他。切須戒
飲流霞,若能依此實無差。失卻萬事皆因此,今後逢賓只待茶。

色

休愛綠髮美朱顏,少貪紅粉翠花鈿。損身害命多嬌態,傾國傾城色更鮮。莫戀此,
養丹田,人能寡欲壽長年。從今罷卻聞風月,錦帳梅花獨自眠。

財

錢帛金珠籠內收,若非公道少貪求。親朋道義因財失,父子懷情為利休。急縮手,
且抽頭,免使身心晝夜愁。兒孫自有兒孫福,莫與兒孫作遠憂。

氣

莫使強梁逞技能,揮拳捰袖弄精神。一時怒發無明穴,到後憂煎禍及身。莫太過,
免災迍,勸君凡事放寬情。合撒手時須撒手,得饒人處且饒人。

如照明朝人寫作小說或戲劇的傳統來看,凡是引詞證詩,都應合乎所寫小說或戲劇
的內容,絕不是隨便引錄或創作了,用來作點綴的。關於這一點,我在拙作《金瓶梅的
問世與演變》一書中,業已證言了一些。曾以《三國》、《水滸》、《西遊》的引詞與
入話為例,來說明《金瓶梅詞話》的引詞與入話,與小說的內容不相切合,認為是「金
瓶梅頭上的王冠」,戴不到西門慶頭上去。判斷《金瓶梅詞話》以前的《金瓶梅》,必
是一部有關政治諷諭的小說。那麼,這酒、色、財、氣的引詞,也在所論之列。

關於此一問題,美國耶魯的鄭培凱先生,曾為文指摘我的此一判斷,忽略了元明兩
代人的傳統習慣。鄭先生認為像這類酒、色、財、氣的四貪詞,入話於元明兩代人的作

品內者,極夥。鄭先生一口氣引錄了十餘種之多。可是,鄭先生卻忽略了他所引錄的那些酒、色、財、氣的入話,大都能夠符契於它們所寫的那篇作品的內容。[1]譬如《錯認屍》(清平山堂話本),這篇小說的內容,便包含了酒、色、財、氣四字;他如鄭先生引述最多的一篇〈蘇知縣羅衫再合〉,這篇小說的內容,雖未能把酒、色、財、氣四字全部包括進去,但像徐能的作為,則是為財為色而犯下害命的罪案,結果,禍不旋踵,已身終陷大戮。所以,這篇小說的前面,入話了李生夢中見到的酒、色、財、氣四位女子誘人入彀的故事。而且,馮夢龍還特別寫明說:「這段評話,雖說酒、色、財、氣一般有過,細看起來,酒也有不會飲的,氣也有耐得住的,無如財色二字害事。但貪財好色的又免不得吃幾杯酒,免不得淘幾場氣,酒氣二者又總括在財色裡面了。今日說一樁異聞,單為財色二字弄出大的禍來。……」馮夢龍的這番話,已把酒、色、財、氣的故事,嚴實的入話在〈蘇知縣羅衫再合〉的內容中了。那麼,我們再論《金瓶梅詞話》的內容,這酒、色、財、氣的四貪,可以符契得上嗎?

按《金瓶梅詞話》的內容,寫的是西門慶一人身家興衰的故事,固然,西門慶這人,酒、色、財、氣四字,他都沾惹上了。可是,他的死,乃死於色欲過度,自暴而亡。死後,還託生在一個財主人家為子。像欣欣子序文中說的「禍因善慶,種種皆不出循環之機」的事實,在西門慶頭上尋不出來。再說,西門慶的死因,基乎胡僧之藥,以及他個人的自恃在風月上有能,如不是這兩個基因,使他在色欲上爆炸,西門慶這人,必然在《金瓶梅》那個社會,壽到耄耋而官高極品。若是想來,這四貪詞對西門慶來說,復何所為世勸戒乎哉!

所以,我們如基是理由研判,自可想知這「詞曰」的慎獨之情與出世之思,以及這「四貪詞」的勸戒旨意,都是早期《金瓶梅》的引詞,《金瓶梅詞話》的改寫者,付梓時未予擯棄而已。

三、眼兒媚

前面論到的四則「詞曰」與「四貪詞」,都是《金瓶梅詞話》小說前面的題詞,如以小說的內容說,它們都在情節之外,或者可以說是可有可無。但這一闋引錄自宋人的〈眼兒媚〉一詞,則是小說情節上的血肉同體。如據《三國》、《水滸》、《西遊》等說部的引詞來看,這詞與下面的入話,就不類了。

我們看這引詞及入話:

---

1   所引鄭培凱先生文,刊民國 72 年 9 月日出版之《中外文學》第 12 卷第 4 期。題〈酒色財氣與金瓶梅詞話的開頭——兼評金瓶梅研究的「索隱派」〉。

詞曰

丈夫隻手把吳鈎,欲斬萬人頭。如何鐵石打成心性,卻為花柔。請看項籍並劉季,一似使人愁。只因撞著虞姬戚氏,豪傑都休。

此一隻詞兒,單說著情色二字,乃一體一用。故色絢於目,情感於心,情色相生,心目相視。亙古及今,仁人君子,弗合忘之。晉人云:情之所鍾,正在我輩,如磁石吸鐵,隔礙潛通,無情之物尚爾,何況為人。終日在情色中做活計一節,鬚眉丈夫,隻手把吳鈎。吳鈎乃古劍也。古有干將莫邪,太阿吳鈎,魚腸蹢縷之名。丈夫心腸如鐵石,氣概貫虹霓,不免屈志於女人。題起當時西楚霸王,姓項名籍,單名羽字,因秦始皇無道,南修五嶺,北築長城,東填大海,西建阿房,並吞六國,坑儒焚典。因與漢王劉邦單名季字,時二人起兵,席捲三秦,滅了秦國,指鴻溝為界,平分天下,因用范增之謀,連敗漢王七十二陣,只因寵著一個婦人,名喚虞姬,有傾城之色,載之軍中,朝夕不離,一旦被韓信所敗,夜走陰陵,為追兵所逼,霸王敗向江東取救,因捨虞姬不得,又聞四面皆楚歌,事發,嘆曰:「力拔山兮氣蓋世,時不利兮騅不逝,騅不逝兮可奈何?虞兮虞兮奈若何?」歌畢,淚下數行。虞姬曰:「大王莫以賤妾之故,有費軍中大事。」霸王曰:「不然。吾與汝不忍捨故耳。況汝這般容色,劉邦乃酒色之徒,必見汝而納之。」虞姬泣曰:「妾寧以義死,不以苟生。」遂請王之寶劍自刎而死。霸王因大慟,尋以自刎死。史官有詩嘆曰:「拔山力盡霸圖隳,倚劍空歌不逝騅;明月滿營天似水,那堪回首別虞姬。」那漢王劉邦,原是泗上亭長,提三尺劍碭碭山斬白蛇起手,二年亡秦,五年滅楚,掙成天下。只因也是寵著夫人,名喚戚氏夫人,所生一子,名趙王如意。因被呂后妒害,心甚不安。一日高祖有疾,乃枕戚夫人腿而臥,夫人哭曰:「陛下萬歲後,妾母子何所託?」帝曰:「吾明日出朝,廢太子而立爾子,意下如何?」戚夫人乃收淚謝恩。呂后聞之,密召張良謀計,良舉薦商山四皓,下來輔佐太子。一日,同太子入朝,高祖見四人鬚鬢交白,衣冠甚偉,各問姓名,一名東園公,一名綺里季,一名夏黃公,一名甪里先生,因大驚曰:「朕昔求聘諸公,如何不至?今日乃從吾兒所遊。」四皓答曰:「太子乃守成之主也。」高祖聞之,愀然不悅。比及四皓出殿,乃召戚夫人指示之曰:「我欲廢太子,況彼四人輔佐,羽翼已成,卒難動搖矣!」戚夫人遂哭泣不止,帝乃作歌以解之。「鴻鵠高飛兮,羽翼抱龍兮,橫縱四海;橫縱四海兮,又可奈何?雖有繒繳兮,尚安所施。」歌訖,遂不果立趙王矣。高祖崩逝,呂后酖酖殺趙王如意,人彘了戚夫人,以除其心中之患,詩人評此二君,評到個去處。說劉項者,固當世之英雄,不免為二婦人,以屈其志氣。雖然,妻之視妾,名分雖殊,而戚氏之禍,尤慘於

虞姬。然則妾婦之道，以事其丈夫，而欲保全首領於牖下，難矣！觀此二君，豈
不是撞著虞姬戚氏，豪傑都休。有詩為證：「劉項佳人絕可憐，英雄無策庇嬋娟，
戚姬葬處君知否？不及虞姬有墓田。」說話的，如今只愛說這情色二字做甚故？
士矜才德薄，女衍色則情放，若乃持盈慎滿，則為端士淑女，豈有殺身之禍。今
古皆然，貴賤一般。如今這一本書，乃虎中美女，後引出一個風情故事來。一個
好色的婦女，因與了破落戶相通，日日追懽，朝朝迷戀。後不免尸橫刀下，命染
黃泉。永不得著綺穿羅，不再能施朱傅粉。靜而思之，著甚來由。況這婦人，他
死有甚事？貪他的斷了堂堂六尺之軀，愛他的丟了潑天關產業。驚了東平府，大
鬧了清河縣。端的不知誰家婦女？誰的妻小？後日乞何人占用？死於何人之手？

　　我們看這麼一大段以項羽愛虞姬，劉邦寵戚夫人，且有廢嫡立庶之志而功敗垂成的
故事，竟用來作為《金瓶梅詞話》的入話。我想，凡是認真讀了這段入話，又認真讀了
《金瓶梅詞話》的讀者，若稍用思維，準會想到作者寫了這麼一大段項羽愛虞姬，劉邦寵
戚夫人兼有廢嫡立庶等故事，入話於《金瓶梅詞話》作為小說的楔子，有何意義呢？

　　按明朝人的小說，往往在尚未說到本體故事之前，總要引錄或創作一首詩詞為證（此
一傳統，在孔孟時代就有了），然後再寫上一則故事或一段議論，作為小說內容的提示。如
《三國》、《水滸》、《西遊》，以及馮氏三言，凌氏兩拍，都有這種寫作的習尚。說起
來，這一習尚，在唐宋人的俗講話本中，即已形成，到了元雜劇的楔子，明人小說的入
話，都是傳統下來的了。但這種傳統下來的入話或曰楔子，所述故事，所引詩詞，無不
有一共同的目標，那就是「點題」，使讀者讀到入話（或楔子），就能吟味到書中的故事
內容，金聖歎云：「楔子者，以物出物之謂也。」總之，小說上的入話或楔子，首先應
能引發出小說的故事來，而且，被引發出的小說故事，與入話或楔子中的故事，兩者間
應有著密切的比興關聯，否則，如何稱之為「入」？如何稱之為「楔」呢？譬如《忠義
水滸傳》（百回本）的引首，先錄詞一闋，說：「試看書林隱處，幾多俊逸儒流。虛名薄
利不關愁，裁冰及剪雪，談笑看吳鈎。評議前王并後帝，分真偽，占據中州，七雄擾擾
亂春秋，興亡如脆柳，身世類虛舟。見成名無數，圖形無數，更有那逃名無數。霎時新
月下長川，江湖變桑田古路。訝求魚緣木，疑窮猿擇木，恐傷弓遠之曲木。不如且覆掌
中杯，再聽取新聲曲度。」這詞的詞意，豈不清楚的點題出了要讀者「且覆掌中杯」，
去「再聽取新聲曲度」，這「新聲曲度」，就是一部有關世亂的故事。因而又加一首證
詩，說：「紛紛五代亂離間，一旦雲開復見天。草木百年新雨露，車書萬里舊江山。尋
常巷陌陳羅綺，幾處樓台奏管絃。人樂太平無事日，鶯花無限日高眠。」金聖歎評曰：
「好詩，一部大書，詩起詩結，天下太平起，天下太平結。」楔子則寫宋仁宗嘉祐年間的

瘟疫四起，控制無效，天子下詔罪己，祈禱神靈禳災。可是疫病更熾，遂差太尉洪信去請天師，天師下山，卻誤把鎮山的一百零八個妖魔縱逃，於是下面引出三十六天罡七十二地煞，降落人世，替天行道。一步步把《水滸傳》一百零八人的故事，展開來了。金聖歎且這樣評論說：「以瘟疫為楔，楔出祈禳，以祈禳為楔，楔出天師；以天師為楔，楔出洪信；以洪信為楔，楔出遊山；以遊山為楔，楔出開碣；以開碣為楔，楔出三十六天罡，七十二地煞；此所謂正楔也。中間又以康節、希夷二先生楔出劫運定數；以武德皇帝包拯狄青，楔出星辰名字；以山中一虎一蛇，楔出陳達、楊春；以洪信驕惰傲色，楔出高俅蔡京；以道童猥獕難認，楔出第七十四回皇甫相馬作結；此所謂奇楔也。」這就是他說的「楔子者，以物出物之謂也。」

　關於《水滸傳》的楔子，金聖歎業已引述得夠明白了。我們如以金聖歎的此一論述，來看《金瓶梅詞話》的這一段入話（楔子），那麼，項羽愛虞姬命喪烏江，劉邦寵戚夫人與起廢嫡立庶之志，這兩則帝王的故實，有關乎西門慶一己身家興衰的故事一些什麼呢？請問一聲聰明的讀者，誰能尋出這段入話與西門慶一己身家興衰這則故事有所關聯呢？如果尋不出兩者間的關聯，試問，作者把項羽與劉邦的這兩段史實，寫作小說的入話，有何作用呢？我們如從這一點來說，顯然的，《金瓶梅詞話》是改寫過了，已把入話可以楔出的故事，改纂掉了。袁中郎於萬曆二十四年（1596）初次讀到《金瓶梅》時，贊詞是「雲霞滿紙，勝枚生〈七發〉多矣！」按枚乘〈七發〉，是一篇有關政治問題的賦，袁中郎既以枚乘的〈七發〉來比況他所閱讀的《金瓶梅》，亦可證諸早期的《金瓶梅》是一部有關政治諷諭的小說。殘存在《金瓶梅詞話》上的入話，更是一則直接證言。

　我們再從這則入話的文詞來看，改寫的痕跡，也是顯而易見的。試看這段入話，寫完了項羽劉邦二君的故事，語氣便突然一轉，說：「說話的，如今只愛說情色二字做甚？」如果照這個「說話的」說法，《金瓶梅詞話》的內容，應是「情色」二字纏對。可是《金瓶梅詞話》的內容，只有「色」欲，並無「情」感。這一點，就不符。下面的一段，乃從清平山堂話本的「吻頸鴛鴦會」中錄來，所謂「士矜才則德薄，女衒色則情放。若乃持盈慎滿，則為端士淑女，豈有殺身之禍！」這幾句話，應安置在《金瓶梅詞話》中的那個女人頭上呢？按說，這種說詞，應安放在一個女主角頭上，可是《金瓶梅詞話》的女主角，非止一人。下面又說：「如今這一本書，乃虎中美女，後引出一個風情故事來。」怎麼可以稱之為「虎中美女」呢？顯然的，這話是為了武松打虎方始如此說的，說的可是太勉強了。潘金蓮的登場，能稱之為「虎中美女」嗎？多麼勉強！如照後面的一些話看，說的這好色婦女，似乎指的是潘金蓮，但如以之與《金瓶梅詞話》的故事加以比對，則又不能完全符合潘金蓮這個女人。西門慶也不是為了潘金蓮方始斷送了六尺之軀，也沒有為了潘金蓮丟了潑天關產業。所以，我們可以基此而推繹的說，這一段話，只是改

寫者，企圖從項羽、劉邦這兩位帝王的入話，轉入到西門慶與潘金蓮身上而已。可能由於改纂者倉卒為文，或拘於才能之拙，未能改得不露痕跡。更可基此推想，早期的《金瓶梅》，極可能不是西門慶的故事。以後，我們還能尋出證言。

四、崇禎本的入話

還有，我判斷《金瓶梅詞話》的前置「詞曰」與「四貪詞」，以及第一回前的〈眼兒媚〉引詞及「入話」，都是《金瓶梅詞話》以前的《金瓶梅》之內容的殘餘證據，「崇禎本」的引詞與入話，更可以引來作為我這判斷的證言。我們看「崇禎本」的改寫者，鑑於《金瓶梅詞話》前的引詞與入話，與小說的內容，不相切合，不惟把「詞曰」與「四貪詞」刪除了，兼且把第一回的原寫情節，全部改寫，尤其是「入話」，不再寫劉邦寵戚夫人的故實，而是大談酒、色、財、氣的論說了。

下面，我們照錄這段引詞與入話：

> 一解：豪華去後行人絕，簫箏不響歌喉咽。雄劍無威光彩沉，寶琴零落金星滅。
>
> 二解：玉階寂寞墜秋露，月照當時歌舞處；當時歌舞人不回，化為今日西陵灰。
>
> 色箴：二八佳人體似酥，腰間仗劍斬愚夫；雖然不見人頭落，暗裡教君骨髓枯。

這一首詩，是昔年大唐國時，一個修真煉性的英雄，入聖超凡的豪傑，到後來位居紫府，名列仙班，率領上八洞群仙，救拔四部洲沉苦，一位仙長，姓呂嚴，道號純陽子祖師所作。單道世上人，營營逐逐，急急巴巴，跳不出七情六欲開頭，打不破酒、色、財、氣圈子，到頭來同歸於盡，著甚要緊。雖是如此說，只這酒、色、財、氣四件中，惟有「財色」二者，最為利（厲）害。怎見得他的厲害？假如一個人到了窮苦田地，受盡無限淒涼，耐盡無端奧惱，晚來摸一摸米甕苦無隔宿之炊，早起看一看廚前，愧沒半星烟火，妻子饑寒，一身凍冷，就是你粥飯尚且艱難，那討餘錢沽酒。更有一種可恨處，親戚白眼，面目寒酸，便是凌雲志氣，分外消磨，怎能夠與人爭氣。正是：「一朝馬死黃金盡，親者如同陌路人。」到得有錢時節，揮金買笑，一擲巨萬，思飲酒，真個瓊漿玉液，不數那琥珀杯流。要鬥氣，錢可通神，果然是頤指氣使，趨炎的壓脊挨眉，附勢的吮癰舐痔，真所謂得勢疊肩來，失勢掉（調）背去。古今炎涼惡態，莫有甚於此者，這兩等人豈不是受那財的厲害處。如今再說那色的厲害，請看如今世界，你說坐懷不亂的柳下惠，閉門不納的魯男子，與那秉燭達旦的關雲長，古今能有幾人？至如三妻四妾，買笑追懽的，又當別論。還有那一種好色的人，見了個婦女，略有幾分顏色，

便百計千方，偷寒送煖，一到了著手時節，只圖那一瞬歡娛，也全不顧親戚的名分，也不想朋友的交情。起初時，不知用了多少濫錢，費了幾遭酒食！正是「三杯茶作合，兩盞色媒人。」到後來，情濃事露，甚有鬥狠殺傷，性命不保，妻孥難顧。事來成灰，就如那石季倫潑天豪富，為綠珠命喪囹圄。楚霸王氣概拔山，因虞姬頭懸垓下。真所謂生我之門死我戶，看得過時，忍不過。這樣人豈不受那色的屬害處。說便如此說，這「財色」二字，從來只沒有看得破的，若有那看得破的，便見得堆金積玉，是棺材內帶不去的瓦礫泥沙。貫朽粟紅，是皮囊內裝不盡是臭污糞。高堂廣廈，玉宇瓊樓，是墳山上起不得的高堂。錦衣綉裙，狐服紹裘，是骷髏上裹不了的敗絮。即如那妖姬豔女，獻媚工研，看得破的，卻如交鋒陣上將軍叱咤獻威風。朱唇皓齒，掩袖回眸，懂得來時，便是閻羅殿前鬼判夜叉增惡態。羅襪一彎，金蓮三寸，是砌墳時破土的鍬鋤。枕上綢繆，被中恩愛，是五殿下油鍋中生活。只有那金剛經上兩句說得好，他說道：「如夢幻泡影，如電復如露。」見得人生在世，一件也少不得，到了那結果時，一件也用不著。隨著你舉鼎盪舟的神力，到頭來少不得骨軟筋麻。由著你，銅山金谷的奢華，正好時，卻又要冰消雪散。假饒你閉月羞花的容貌，一到了垂眉落眼，人皆掩鼻而過之。比如你陸賈隋何的機鋒，若遇著唇冷齒寒，吾末如之何也已。到不如削去六根清淨，披上一領袈裟，參透了空色世界，打磨穿生滅機關，直超無上乘，不落是非窠；倒得清閒自在，不向火坑中翻筋斗也。正是：「三寸氣在千般用，一旦無常萬事休。」

這段概論酒、色、財、氣的入話，寫到這裡，便又加上了一段解說這酒、色、財、氣四字之所以寫進「入話」的意旨，用以引述到《金瓶梅》的正體——西門慶的故事。說：

說話的，為何說此一段酒、色、財、氣的緣故，只為當時有一個人家，先前恁的富貴，到後來，煞甚淒涼，權謀德智，一毫也用不著，親友兄弟，一個也靠不著，享不過幾年的榮華，倒做了許多的話靶。內中又有幾個鬧寵爭強，迎姦賣俏的，起先好不妖嬈嫵媚，到後來也免不得尸橫燈影，血染空房。正是：「善有善報，惡有惡報；天網恢恢，疏而不漏。」

以下，方始進入正文，開始述說《金瓶梅》的故事。而且，把武松打虎的開頭改去。單刀直入的寫西門慶與其十兄弟。再把《金瓶梅詞話》說的「情色」二字，改為「財色」。這樣改寫，便把《金瓶梅詞話》的「入話」，所說的「虎中美女」的「風情故事」，以

及「情色」二字之不符內容的缺失,改正過來了。而且,「崇禎本」的這段「入話」,雖概述的是酒、色、財、氣,卻無不一一使之牽連上西門慶身家興衰的故事,雖也提了一句「楚霸王氣蓋拔山,因虞姬頭懸垓下」的話,卻不再提劉邦寵戚夫人廢嫡立庶的事了。

　　我們從「崇禎本」把《金瓶梅詞話》的「引詞」與「入話」,予以重行改寫的這一點來說,足以說明「崇禎本」的改寫者,業已發現了《金瓶梅詞話》的「引詞」與「入話」,不能契合小說的內容,所以把它刪去改寫了。要不然,何必再浪費心力與時間去改寫?至於,小說情節上的部分更動,牽涉到政治諷諭的問題,「崇禎本」也有,留待他篇再說吧!

五、四貪詞與雒于仁四箴疏

　　我之所以從「四貪詞」聯想到萬曆十七年(1589)之大理寺評事雒于仁上的那篇〈四箴疏〉,竟直指皇帝萬曆爺犯了酒、色、財、氣之病,兼且說明「色」是溺愛鄭貴妃。要不是當時的宰輔申時行從中規諫,休說丟官,可能送命。關於萬曆時代的東宮冊立事,牽涉到萬曆老爺子寵鄭貴妃有廢長立幼的意圖,從萬曆十四年(1586)一月鄭氏的皇三子誕生始,臣民即要求冊立東宮(長子常洛生於萬曆十年八月二十一日),到了萬曆十七年冬雒于仁上四箴疏,疑皇帝有廢長改立鄭氏子。因而連番上本奏請速定國本的章疏,如聯珠之箭,惱得萬曆爺斥為瀆擾,受到謫戍廷杖的臣子,接二連三,抵萬曆二十年前後,此一冊立東宮的事件,可以說已達高潮。所以我據以推想到在萬曆二十四年(1596)間出現的《金瓶梅》,極可能是一部有關明神宗朱翊鈞寵愛鄭貴妃有廢長立幼的政治諷諭。要不然,袁中郎讀了之後怎會以枚乘〈七發〉喻之。何況,還有項羽與劉邦的入話,又不能符契於西門慶其人的故事,更足以證明《金瓶梅詞話》是改寫本,它之前的《金瓶梅》,應是一部有關政治諷諭的小說。關於此一問題,根據《金瓶梅詞話》這部小說所顯示的直接證據,復誰曰不然。

　　像雒于仁的〈四箴疏〉,都敢直諫,在那個時代,自會有人用小說的體式來表達其諷諭意旨。這一點,自非斷章取義者,所能否定得了的。何況,還有其他直接證言可以肯定《金瓶梅詞話》這部小說是改寫本,它以前的《金瓶梅》,可能是一部寫有政治諷諭的內容,本文所論,不也是一篇明白的證言嗎!

武松、武大、李外傳

　　從欣欣子其人的序言，與小說開始前的引詞與入話，我們已可以清楚的見解到《金瓶梅詞話》的內容，已非欣欣子的序言所指，尤非引詞與入話所喻。現在我們再從它與《水滸》的關係，來探索這個問題。

一、《水滸》中的西門慶

　　在《水滸傳》中，西門慶的情節，雖有四回之多——從二十四回到二十七回（七十回本則自二十三回到二十六回），且有幾場精采的演出。如戲奸潘金蓮、酖殺武大郎，又與武松在獅子樓對了拳腳刀杖，但在《水滸傳》的人物分量上，他終究是個陪襯的人物。

　　我們看《水滸》的作者，之所以把西門慶這個人物寫進來，目的就是要他與潘金蓮通姦，更可以說，《水滸》的作者為武松安排了一個同胞的兄長武大（名植，是《金瓶梅詞話》為之加上去的），娶了一位俏婆娘潘金蓮，都是為了陪襯武松的一步步投奔梁山來傅設的情節。把武大郎塑造得又矮小又醜陋，把潘金蓮塑造得既俏麗又風騷，全是基乎此一目標著墨。先寫她戲叔未成，再寫她巧遇西門慶。不惟在情節上，安排了武松一怒搬離哥嫂之家，又安排了武松受縣長之遣，派去東京公幹，為西門慶與潘金蓮通姦騰出了機會。於是，通姦、酖夫，便在這個空檔間發生了。這麼一寫，遂有武松回來替兄報仇，出了命案的產生。然後，武松被判刺配孟州，王婆剮刑。下面，再一連為武松寫了五回的回目。顯然的，西門慶只是武松情節中其一故事的陪襯；連武大郎與潘金蓮，都是武松的陪襯。

二、《金瓶梅》中的武松

　　我們今天讀到的《金瓶梅》，寫的是西門慶身家興衰的故事，當然，西門慶是《金瓶梅》的主角。《金瓶梅》中的武松、武大郎，以及潘金蓮，都是西門慶的陪襯。換言之，他們都是為了陪襯西門慶而傅設。

　　雖說，《金瓶梅》中的西門慶，以及武大郎、潘金蓮，還有王婆、鄆哥、何九等人，全是從《水滸傳》借來的演員，但在《金瓶梅》的情節中，則是另一番氣象矣。

　　《水滸傳》描寫西門慶與潘金蓮通姦，以武松為主導，先寫武松在橫海郡柴進家會見

宋江，寫武松的性格浮躁，再從宋江的眼中寫出武松的形貌與威武氣概，為後面的景陽崗打虎，先設下了伏筆。陽穀尋兄，寫武松的手足情深；金蓮戲叔寫武松的品高；殺嫂祭兄與殺西門慶法送王婆，寫武松的義高；主動投案，寫武松的敢作敢為不失大丈夫器度。以後便寫武松發配，如十字坡打店、義奪快活林、醉打蔣門神、大鬧飛雲浦、夜走蜈蚣嶺、醉打孔亮，都是由西門慶與潘金蓮通姦引發出來的。所以，我說《水滸》中的西門慶與潘金蓮等人，只是塑造武松這個人物的烘襯，悉以武松為主導。《金瓶梅》中的西門慶與潘金蓮通姦，雖一仍《水滸傳》上的原有情節而略所剪裁，可是，武松與西門慶兩人的相互比重，卻不同了。相反的，武松成了西門慶的陪襯。

《金瓶梅》中的武松，算來也佔有四個回目的情節，如第一回的打虎遇兄；第二回的金蓮戲叔、武松辭兄，而東京公幹；第九回的誤打李外傳；第八十七回殺嫂祭兄。但這些情節中的武松，都只是為了陪襯西門慶身家興衰這個故事而安排的。所以，這些情節雖然抄錄自《水滸傳》，武松卻已不是主角了。

再說，《水滸傳》中的西門慶與潘金蓮通姦，被移在《金瓶梅詞話》中，乃是引發西門慶身家興衰這個故事的開始，不再是水滸傳藉以塑造武松的性行而設。我們看《金瓶梅詞話》如何傳設武松來陪襯西門慶？

說來，《金瓶梅詞話》把《水滸》中的武松，降主為從，關鍵之筆不外以下兩點：

第一，把武松去東京為縣太爺辦事的時間加長，不惟使西門慶有時間與潘金蓮通姦、酖殺武大，還有時間說娶孟玉樓，然後，再迎娶潘金蓮。

第二，安排武松在獅子樓誤打李外傳，逃脫了西門慶，發配了武松，方使西門慶有時間去演出他身家興衰的故事。等到武松被赦回來，業已時去數年，西門慶已死，殺嫂祭兄時，已是西門慶樹倒猢猻散的時候了。

我們先說第一點，武松去東京公幹。

西門慶之所以能順利的與潘金蓮達成通姦的勾當，正因為武松奉派到東京公幹去了。如果武松不曾離開陽穀（在《金瓶梅》中是清河），憑著武松那分暴躁的脾氣，別說是酖殺武大，就是他知道了西門慶有了調戲他嫂子的傳聞，也會拿起刀棒去尋找西門慶理論的。

按：《水滸》寫武松到東京公幹，前後只去了兩個月。

當武松要起程時，到哥嫂家拜別，說：「大哥在上，今日武二蒙知縣相公差往東京幹事，明日便要起程。多是兩個月，少是四、五十日便回。」（萬年青學術叢書《水滸》全傳百二十回本第二十四回，第 364 頁）。武松回來的時候，這樣寫著：「光陰迅速，前後又早四十餘日。卻說武松自從領了知縣言語，監送車仗到東京親戚處，投下了來書，交割了箱籠，街上閒遊了幾日，討了回書，領一行人取路回陽穀縣來。前後往回，恰好將及

兩月。去時新春天氣,回來三月初頭。」（第二十六回,第407頁）。可以說,來回的時間,交代得極為清楚。無論行程,以及武松告別武大時的說詞,都能符合。可是到了《金瓶梅詞話》,就走了樣了。

按:《金瓶梅詞話》寫武松東京公幹,前後竟去了十個月。

第二回,寫武松向哥嫂辭行時,說:「大哥在上,武二今日蒙知縣相公差往東京幹事,明日便要起程。多是兩、三個月,少是一個月便回。」那麼,武松離開清河到東京公幹,是什麼時間呢?這第二回的開頭,也寫得非常清楚:「話說武松,自從搬離哥家,撚指不覺雪晴。過了十數日光景,自從到任以來,卻得二年有餘,轉（賺）得許多金銀,要使一心腹人,送上東京親眷處收寄。……當時就喚武松到衙內商議。……」這裡說「不覺雪晴」,當然是冬天。他們弟兄相遇時,正值大雪。在第一回中已經寫明白。時間是政和二年十一月下旬。可是,武松回來,已經是政和三年八月間了。

第九回（第3、4頁）這樣寫著:「單表武松,八月初旬到了清河縣。且去縣裡交納了回書,知縣看了大喜,已知金（銀）寶物交得明白,賞了武松十兩銀子,酒食管待他不必說。」

這武松去東京公幹,豈不是來回去了十個月?

看來,武松也沒有再替這位縣公加辦其他的公私等事。如照《金瓶梅詞話》其他情節所寫,由清河到東京的行程,單程不過半月,來回一個月足矣。加上辦事的時間,也正如第二回沿襲《水滸》所寫:「多是兩、三個月,少是一個月便回。」無論如何,也不應躭擱達十個月之久。

更奇怪的是,武松回來向縣太爺交差的時候,縣太爺一句也不曾責問武松何以躭擱如此之久?在武松押送財物去了如此之久,這位太爺卻也毫不疑心,從未追問。想來,也委實不近人情。

不過,關於此一問題,第八回第九頁,卻有這麼一段錄自《水滸傳》的描寫:「光陰迅速,單表武松自從領了知縣書禮,離了清河縣,送禮物駄擔,到東京朱太尉處,下了書禮,交割了箱駄,街上各處閒闖了幾日,討了回書,領一行人,取路回山東大路而來。去時三、四月天氣,回來卻炎暑新秋。路上水雨連綿,遲了日限,前後往回,也有三個月光景。在路上雨水所阻,只覺得神思不安,……」看來,《金瓶梅詞話》的改寫者,並不是不知道他們這樣處理武松到了八月,方始由東京回來,在時間上未免太晚了,所以,在此寫了這麼一段,意圖加以彌補缺失。替武松的遲回,寫上了一個「路上水雨連綿,遲了日限」的理由,說是在路上被雨水阻滯了。這樣的一筆,越發的暴露出了改寫者的破綻。不得不使我們去猜想,有關《水滸傳》中的這一段西門慶與潘金蓮的故事,極可能不是《金瓶梅》原始故事的情節,到了某些人把它改寫成《金瓶梅詞話》時,方

行把《水滸傳》中的這一段故事,借用到《金瓶梅》中來的。像這幾句「去時三四月天氣,來時卻炎暑新秋。」以及「前後往回,也有三個月光景」,也只為了要縮短武松東京公幹的來回行程,企圖彌補這一缺失。但卻由於武松離開清河之後,《金瓶梅詞話》的作者,又為西門慶先娶了孟玉樓,多了這麼一個情節,在時間上,就不得不加長了。卻也因此使我感於這〈說娶孟玉樓〉的情節,在《金瓶梅》的原稿中,可能不在這一回,改寫者加以調動了。此一問題,下面再談。

我們再說第二點,武松在獅子樓誤打李外傳。

武松到獅子樓尋仇西門慶,這西門慶聽到李外傳前來報信,說是武松回來,狀告到知縣衙門,李知縣已把狀子退了。他在獅子樓上正和李外傳飲酒,忽然見到樓下武松走來,便推說更衣,打從樓後窗跳下,順著房山,滑落到後院去了。因而這性情暴躁的武松,到了獅子樓上,尋不到西門慶,問李外傳又不作答,還跳上桌子,也想從樓窗逃脫。遂被武松抓來扔到街心,又下樓走到街上,兜襠踢了兩腳,把李外傳打死了。

李外傳不是《水滸》的人物,他是《金瓶梅詞話》的作者,特地創意出來的。他被寫在《金瓶梅詞話》中,從出場到落幕,為時不過一兩小時,使用的筆墨,尚不到五百字。他是清河縣的皂隸,「專一在縣在府,綽攬些公事,往來聽氣兒,撰(賺)錢使。若有兩家告狀的,他便賣串兒,或是官吏打點,他便兩下裡打背。因此縣中起了他個渾名,叫做李外傳(裡外賺)。」他那天到獅子樓來,就是要把武松遞狀子要告西門慶的事,告知西門慶,渾了一頓酒飯,又得了五兩銀子。竟然遇上武松,送了性命。

《金瓶梅詞話》之所以穿插了這麼一個李外傳,而且,出場後即行結束,目的只是要他代西門慶死,好讓西門慶在法外多逍遙幾年,演出他身家興衰的故事。更可以說,西門慶與潘金蓮的故事,之所以能從《水滸》中支流出來,完全歸功於李外傳這個替死鬼。如從小說的改寫藝術上說,李外傳的替死穿插,應是《金瓶梅詞話》的精巧一筆。有了這一筆,所以,武松在《金瓶梅詞話》中的刺配孟州,罪名乃是打死李外傳,非《水滸》之為打死西門慶發配矣!

等到西門慶死了,蘭陵笑笑生為了讓潘金蓮的結局,回復到《水滸》的故事,於是,武松遇到了東宮冊立,大赦回來了。那麼,他發配的這些年,作些什麼呢?在《金瓶梅詞話》第八十七回(第5頁)這樣寫著:「按下一頭,卻說一人。單表武松,自從西門慶墊發孟州牢充軍之後,多虧小管營施恩看顧。次後,施恩與蔣門神爭奪快活林酒店,被蔣門神打傷,央武松出力,反打了蔣門神一頓。不想蔣門神妹子玉蘭,嫁與張都監為妾。賺武松去,假捏賊情,將武松拷打,轉又發安平寨充軍。這武松走到飛雲浦又殺了兩個公人,復回身殺了張都監與蔣門神全家老小;逃躲在施恩家。施恩寫了一封信,皮箱內封了一百兩銀子,教武松到安平寨與知寨劉高,教看顧他。不想路上聽見冊立東宮,放

郊天大赦，武松就遇赦回家。」在《水滸》中寫了五、六回的情節，在此不過兩百字，便顛三倒四的一一交代完了。這裡，寫武松在朝廷冊立東宮的大赦中被赦回清河，也只是為了要武松回到清河演出殺嫂祭兄而已。

我們從《金瓶梅詞話》所寫武松的這些情節來看，那麼，《金瓶梅詞話》之借用了《水滸傳》的這段故事，並且安排了一個「李外傳」來替死西門慶，因而使《金瓶梅詞話》由《水滸傳》支流出來，自成湖泊，一如由長江支流出來的洞庭湖。照理說，這應是一個預定計畫的寫作構想，又怎會產生像武松去東京公幹，竟一去十個月方始歸來？豈非違背素常理情？想來，這委實是個問題。

試想，如果《金瓶梅詞話》的寫作計畫，借用《水滸傳》的這段故事，乃其原始的構想，似不至於把武松東京公幹這一情節，讓他違悖情理的一去十個月方回。如果《金瓶梅詞話》借用《水滸》的這段故事，乃其改寫時方行構想到的計畫，只是遷就了原有的故事情節，借了《水滸》的這個故事加以穿插，自極易產生了這一違悖常理的缺失。我們在前面業已說到，這一缺失的產生，關鍵在第七回的〈說娶孟玉樓〉。下面，我們來看這一回〈薛嫂兒說娶孟玉樓〉的情節。

三、薛嫂兒說娶孟玉樓

西門慶通姦潘金蓮的情節，由第二回寫到第六回。到了第六回，武大業已火葬，西門慶與潘金蓮的姦情，「不比先前在王婆茶坊裡，只是偷雞盜狗之歡，如今武大已死，家中無人，兩個恣情肆意，停眠整宿。初時西門慶恐鄰舍瞧破，先到王婆那裡坐一回，今武大死後，帶著跟隨小廝，逕從婦人後門而入，自此和婦人，情沾肺腑，意密如膠，常三、五夜不曾歸去……」而且，隔不了一、二日，就要去上一次。去時，還要攜帶些東西。那天，西門慶在潘金蓮那裡，盤桓至晚纔回家。還留幾兩碎銀子與婦人做盤纏。婦人再三挽留不住，西門慶戴上眼罩，由門去了。婦人下了廉子，關上大門，又和王婆吃了一回酒，各散去了。正是「倚門相送劉郎去，烟水桃花去路迷。」後來如何呢？下一回（第七回）居然筆鋒一轉，寫〈薛嫂兒說娶孟玉樓〉了。

第七回的開頭，連一絲兒銜接第六回的痕跡都無有。一下筆就寫「我作媒人實可能」，嘲笑媒婆之全憑一張嘴與兩條腿，用以引發薛嫂的說娶孟玉樓這一情節。文的一開頭，也是寫的薛嫂，「話說西門慶家中，賞（賣）翠花兒的薛嫂兒，提著花廂兒，一直尋西門慶不著……」整個第七回，寫的全是〈說娶孟玉樓〉的情節，關於潘金蓮的事，則一字未提。直到第八回要寫「潘金蓮永夜盼西門慶」的情節了，方始交代這一段西門慶竟一個多月未去看潘金蓮的問題，說：「話說西門慶自從娶了孟玉樓在家，燕爾新婚，如膠似漆。又遇著陳宅那邊，使了文嫂兒來通信，六月十二日就要娶大姐過門。西門慶促

忙促急，儧造不出床來，就把孟玉樓陪來的一張南京描金彩漆拔步床，陪了大姐。三朝
九日，亂了約一個月多，不曾往潘金蓮家去……」這一交代，雖合情理，固可凸出了西
門慶這人在女人方面的喜新厭舊與有慾無情。可是，像第七回的〈說娶孟玉樓〉，在小
說結構上，總顯得是一個孤堡，從頭到尾，孤起孤落，前不沾村，後不沾店。雖然第八
回的開頭，予以交代上了，總令人感於這〈說娶孟玉樓〉的情節在西門慶熱絡潘金蓮時
憑空介入，未免突兀。所以，我推想，〈說娶孟玉樓〉的這一回情節，可能是原始《金
瓶梅》中的故事，《金瓶梅詞話》的改寫者，借用了《水滸》的這段故事，與原始《金
瓶梅》的故事，重作結構，在調配上，由於改寫者處理結構的才能欠缺，或改寫匆忙，
遂留下了這些漏洞。

　　同時，我們還可以在這幾回文字上，尋出《金瓶梅詞話》借自水滸的這段故事，未
能改寫周到，因而發生兩相扞格的地方。第六回，就有這種漏洞。

　　譬如：《水滸傳》第二十六回，這樣寫著：

> 再說那婦人來到家中，在櫊子前面設個靈牌，上寫：「亡夫武大郎之位。」靈床
> 子前，點一盞琉璃燈，裡面貼著些經幡錢垛，金銀錠采繒之屬。每日卻自和西門
> 慶在樓上任意取樂。卻不比先前在王婆房裡，只是偷雞盜狗之歡。如今家中又沒
> 人礙眼，任意停眠整宿。自此西門慶整三五夜不歸去，家中大小亦各不喜歡。原
> 來這女色坑陷得人，有成時，必須有敗。有首鷓鴣天單道這女色，正是：「色膽
> 如天不自由，情深密意兩綢繆。只思當日同歡慶，豈想蕭墻有禍憂。貪快樂，恣
> 優遊，英雄壯士報冤讎。請看褒姒幽王事，血染龍泉是盡頭。」且說西門慶和那
> 婆娘，終朝取樂，任意歌飲，交得熟了，卻不顧外人知道。這條街上遠近人家，
> 無有一人不知此事。卻都懼怕西門慶那廝是個刁徒潑皮，誰肯來多管。

《金瓶梅詞話》借用這一段情節這樣寫著：

> 那婦人歸到家中樓上去，設個靈牌，上寫亡夫武大之靈。靈床子前，點一盞琉璃
> 燈，裡面貼些金繪錢帛金銀錠之類。那（每）日卻和西門慶做一處，打發王婆家
> 去，二人在樓上任意縱橫取樂。不比先前在王婆茶坊裡，只是偷雞盜狗之歡。如
> 今武大已死，家中無人，兩個恣情肆意，停眠整宿。初時西門慶恐鄰舍瞧破，先
> 到王婆那邊坐一回，今武大死後，帶著跟隨小廝，逕從婦人家後門而入。自此和
> 婦人情沾肺腑，意密如膠，常時三五夜不曾歸去，把家中大小，丟的七顛八倒，
> 都不喜歡。原來這女色坑陷得幾時，必有敗。有鷓鴣天為證：「色膽如天不自由，
> 情深意密兩綢繆。貪歡不管生和死，溺愛誰將身體修。只為恩深情鬱鬱，多因愛

潤恨悠悠。要將吳越冤仇解，地老天荒難歇休。」

我們看《金瓶梅詞話》借自《水滸》的這段情節，雖行文詞句稍異，但述事則一。可是，《金瓶梅詞話》的抄錄與改纂，卻出現了兩大漏洞。第一，這句「如今武大已死，家中無人，兩個恣情肆意，停眠整宿。」則與《金瓶梅詞話》的情節不合。因為《金瓶梅詞話》中的武大，還有前妻留下的一個女兒迎兒，已十二、三歲了，怎能說「家中無人」？在《水滸傳》則可，在《金瓶梅詞話》則不可。因為《水滸》中的武大，並無前妻，也無前妻留下的女兒，所以，《水滸》上寫：「如今家中又沒人礙眼。」試問，《金瓶梅詞話》借用《水滸》的這一段話，又怎能忘了他們為武大增加的那個女兒——迎兒？顯然的，由於他們借用《水滸》的故事來改寫《金瓶梅》，改寫得太馬虎了。第二，關於《水滸》中「女色坑陷人」的「鷓鴣天」證詞，到了《金瓶梅詞話》，則已變成了七律，卻仍說「有鷓鴣天」為證；而且，這首七律的文詞，除了頭兩句，一仍《水滸》舊句，後六句最少有四句（後四句）證不上西門慶與潘金蓮通姦的情節。所謂「只為恩深情鬱鬱，多因愛潤恨悠悠。」指的西門慶呢？還是潘金蓮？可以說，這兩個人都證不上。尤其末兩句「要將吳越冤仇解，地老天荒難歇休。」對西門慶與潘金蓮來說，更是風馬牛。類似情形，在《金瓶梅詞話》中，比比皆是，我在《金瓶梅劄記》中，已摘述了一些了。無疑的，這類的漏洞，除了是《金瓶梅詞話》的改寫者造成的錯誤，其他，我們委實尋不出更合適的理由來作解釋。

四、武松打虎與西門慶熱結十兄弟

我在前面說過，武松在《水滸傳》中，是個主導人物，西門慶、潘金蓮、武大，都是武松的陪襯人物。景陽崗打虎，當然是為了塑造武松這個主角的威武。我們看武松在《水滸傳》中一出場，作者就加意朔造他的英雄形象了。這樣寫著：

> 宋江在燈下看那武松時，果然是一條好漢。但見：「身軀凜凜，相貌堂堂，一雙眼光射寒星，兩彎眉渾如刷漆。胸脯橫闊，有萬夫難敵之威風。語話軒昂，吐千丈凌雲之志氣。心雄膽大，似撼天獅子下雲端。骨健筋強，如搖地貔貅臨座上。如同天上降魔主，真是人間太歲神。」當下宋江看了武松這表人物，心中甚喜。

可以說，正由於武松具有這樣一副好身材，方適合於景陽崗打虎；打虎，乃塑造武松英雄形象的第一個大場面。跟著再有獅子樓與以後的十字坡打店等等。那麼，《金瓶梅詞話》中的武松，只是西門慶的陪襯，並非主要人物，他在《金瓶梅詞話》中的主要任務，只是陪襯西門慶完成獅子樓的誤打李外傳，以及後來的殺嫂祭兄；連金蓮戲叔的

情節，都是附帶的。所以，景陽崗打虎，在《金瓶梅詞話》中，便是一大贅瘤。最低限度，這一情節對武松來說，也顯得頭重腳輕，不能與《水滸》比論。到了所謂「崇禎本」的《金瓶梅》板行，這一打虎的情節以及它前面的證詞與入話，便全部刪除，另起爐灶的改寫了。

「崇禎本」的《金瓶梅》第一回，改寫過的內容，正如回目所指：「西門慶熱結十兄弟，武二郎冷遇親哥嫂。」張竹坡則簡稱之曰：「熱結」、「冷遇」。（原有的證詞及入話都改寫過了。）關於武松之被寫到《金瓶梅》中來，當然不能沒有景陽崗打虎的事，卻不需要寫出那打虎的現實場面。「崇禎本」的《金瓶梅》，便這樣做了。先從趙元壇元帥身邊的大老虎引出應伯爵的笑話說起。當大家正在笑樂者，「吳道官走過來說道：『官人們講這老虎，只俺清河縣這兩日，好不受這老虎的虧，往來的人也不知吃了多少。就是獵戶也害死了十來人。』西門慶問道：『是怎的來？』吳道官道：『官人們還不知道，不然我也不曉的。只因日前一個小徒，到滄州橫海郡柴大官人那裡，去化些錢糧，整整住了五七日，纔得過來。俺這清河縣近著滄州路上，有一條景陽崗，崗上新近出一個吊睛白額老虎，時常出來吃人，客商過往，好生難走。必須成群結夥而過。如今這縣裡，現出著五十兩賞錢，要拿他，白拿不得。可憐這些獵戶，不知吃了多少限棒哩！』」就這樣道出了景陽崗的老虎。

隔了一些日子，應伯爵到了西門慶家，特地報告了武松打虎的事，用應伯爵的口，述說了打虎英雄武松。他說：「前日吳道官所說的景陽崗上那隻大蟲，昨日被一個人一頓拳頭打死了。西門慶道：『你又來胡說了，咱不信。』伯爵道：『哥，說也不信，你聽著，等我細說。』於是手舞足蹈說道：『這個人有名有姓，姓武名松，排行第二。先前怎的避難在柴大官人庄上，後來怎的害起病來，病好了，又怎的要去尋他哥哥，過這景陽崗來。怎的遇了這虎，怎的怎的被他一頓拳腳打死了，一五一十說來，就像是親見的一般。又像這隻猛虎，是他打的一般。』……」下面寫應伯爵邀同西門慶去看打虎英雄在遊街誇耀，再寫到武松後來在街上閒行遇見了親哥哥。

「崇禎本」的《金瓶梅》這樣交代武松的景陽崗打虎，對於《金瓶梅》的小說來說，已恰如其分。換言之，「崇禎本」的《金瓶梅》之所以要把《金瓶梅詞話》的第一回改寫，還不是感於有關武松打虎的部分，全部把《水滸》上的文字抄錄了來，在《金瓶梅》中是太累贅了嗎！

那麼，我們從這一點來推想，亦足可想知《金瓶梅詞話》中的武松打虎情節，未必是《金瓶梅》的原始構想，可能是到了《金瓶梅詞話》時代，方始改纂進去的。上述推想，應是一大理由吧！

五、陽穀易清河

武松兄弟，本是清河人。武松去清河時，因酒醉與人相爭，一時怒起，揮拳打昏了那廝，以為打死了人，便逃到橫海郡柴進家躲避。後來，聽說那人並沒有死，遂想著要回清河去探望哥哥。那麼武大呢？則是因為他娶了張大戶家的使女潘金蓮，武大貌醜，金蓮貌美，武大又懦弱本分，遂經常被一班人在門前叫嘲「好一塊羊肉，倒落在狗嘴裡。」武大在清河縣住不牢，便搬來這陽穀縣紫石街賃屋居住，每日仍舊挑賣炊餅。

上面就是《水滸》所寫這武氏兄弟，之所以搬離了清河的情節。後來，武松在陽穀縣屬的景陽崗打死了為禍的白額虎，弟兄二人遂在陽穀相會。是以金蓮戲叔，挑簾裁衣，與西門慶通姦，酖殺武大，以及殺嫂與獅子樓等情節，《水滸》則全在陽穀縣演出。到了《金瓶梅詞話》，則陽穀與清河互易矣！

《金瓶梅詞話》何以要把《水滸》中原有武氏兄弟的故事，籍地作了個對調？的確是一個值得探究的問題。

美國哈佛大學的韓南（P. Hanan）教授，也曾注意及此。他在所作〈金瓶梅的版本及其他〉一文，推想此一問題，可能是為了遷就臨清這地方上，有官營大瓦廠，以作寫兩個太監的說明。我在拙作「水滸傳與金瓶梅詞話」（收在《金瓶梅探原》，第 143-154 頁）一文中，也曾說到，認為「清河與陽穀，雖一北一南，但兩地距離清河這一運河港口，都不太遠。雖清河距臨清咫尺，但陽穀距離臨清，也不過數百里之遙。臨清且是當時運漕要口，繁盛之地。當地官營之大瓦廠，清河人知道，陽穀人也不會不知道。再者，明代的宦官派至外地，看守皇莊、皇木、磚瓦廠，非衹臨清一地，遍乎全國。鑛稅之患，正多太監威福。似不至僅僅為了兩個太監的寫入『金瓶梅』，才故把陽穀改為清河的。想來，必還有其他更大的意想，傳設此一改寫的原因之間。」此一原因，多年來，我一直在探索。

前年（1980）臺北召開國際性的漢學會議，美國芝加哥大學芮效衛（D. Roy）教授，提出了一篇論文："A Confucian Interpretation of the *Chin P'ing Mei*"，其中也提到此一問題。他認為：「小說的背景選擇，可能有諷刺批評其故事之用意。這點可用荀子正名的主張作進一步說明。大家都知道，構成金瓶梅全書的骨幹，西門慶和潘金蓮的故事，是取自《水滸傳》；但《水滸傳》中，故事發生在陽穀，在《金瓶梅》中，故事的背景，被移到清河縣。故事的其他要點，幾乎完全照抄。因此，故事地點的更動，顯然是作者有意選擇。他如何要如此做呢？」於是，芮效衛認為：「清河，意即河清。中國向來有黃河清而聖人出的說法。在荀子第十三章〈君道篇〉中有清楚的解釋：『君者，民之原也，原清則流清，原濁則流濁。』」遂又說：「荀子以為，在位者如果不正，則社會必

然腐敗淫亂，這就如《金瓶梅》所描寫的社會一樣。荀子堅持正名的主張，強調名實不符的危險。要解釋例證荀子正名的主張，除了以西門慶家比喻一徹底腐敗的社會，並把它放在一個名為清河的地方之外，還有更好的方法嗎？」此一說法，自是根據我的《金瓶梅探原》的研究成果引發而來。客歲（1983）五月間，印第安那大學召開「金瓶梅討論會」，芮效衛教授又提出了一篇論文「《金瓶梅》作者乃湯顯祖說」（此文似從拙作《金瓶梅的問世與演變》而引發出的動機），又提出了「清河」與「黃河清」的問題。正好，我的這篇論文，正要討論到「陽穀」易「清河」的問題。是以需要在此多說一些閑言語了。

第一，以修辭學來說，清河縣的「清河」與黃河清的「河清」是兩個意義迥然不同的文詞，前者是名詞，乃地名；後者是形容詞，乃形容黃河澄清的時候。第二，清河縣的「清河」一名，是不是由黃河的「河清」而來呢？這是我們首先要探討的一個問題。

甲、清河縣的名稱淵源

按「清河縣」之「清河」，乃由「清河」而來，「清河」乃河名之一。根據清光緒九年張福謙等纂修之清河縣志卷二「河渠」之志，作者崔卓瀛所考：「今僅就舊志所載之清河、張甲河、屯氏別河、御河、蔡河、邑字河、清涼江等，及舊志未載之趙王河，參諸廣平志、畿輔通志、方輿紀要、元和郡縣志、漢書溝洫志、河渠書及採訪冊，按照詞意方向，將各河之本支分支異名實同，分析清楚。再將已湮未湮，歷受河患之事實，及與山東歷次興訟之成案，一一臚列，以待博雅之教正。」於是，崔先生又說：「按清河現存之河，惟運河；其餘若清河、古黃河、張甲河、七里河、一字河等等，現已湮枯。」經考證：「查運河即衛河，蓋自臨清合汶水後，始各為南運。（土人仍稱衛河，又曰御河。）」廣平府志載：「衛河在清河縣東，古淇水也。即漢之白溝。魏志：建安九年遏其水入白溝，以通糧道為永濟渠，賜名御河。正源出河南輝縣蘇門之山麓，至大名縣會漳河，至山東臨清州三盆口，會南運河（即元氏之會通河）。自尖冢集北流，至北渡口凡六十里，又東北三十里至鹽州店村，入清河縣界。逕二哥營又東北三十五里至安合寺，又北五里孫家口，又北五里油坊鎮，又東北逕牛家嘴，又北入山東夏津界，計長四十里，不但為一邑鉅大之河流，而界分燕魯，亦清河迤東之襟帶也。」至清河的「舊瀆」，據考在清河縣以西。「水經注：淇水東北過廣宗縣為清河。又北經信成（漢屬清河）縣故城，又東北經清陽縣故城西。方輿紀要云：『河道今湮，舊志載明，陳棐原縣清河縣，傍無清河也。』河以清河名，按水經，清水出修武之白鹿山，瀑布乘巖震動山谷，又合數泉進七賢祠，所謂山陽舊居者。東北過獲嘉汲縣，入於黃河。按一統志，清水源出輝縣西南山陽鎮下，合洪水入於衛河，古今所載清水發源之縣雖異，而經山陽則同。修武與輝縣相近，實一清水。往者，黃河入北，故淇、清皆入黃河。今大河南徙，故淇、清皆入衛河。此所以人知衛河而不知淇、清也。據此，則清河即屬於衛河之一支。又據廣平府志：衛

河在清河縣東,即古淇水。水經注淇水東北過廣宗縣為清河,是衞河與清河同屬於淇水之本派,昭昭矣!」引說至此,足可證明「清河縣」之「清河」名稱,乃原於地有清河一流。實則,「清河」與「黃河」乃比稱之名詞,一清一黃也。試想,清河縣之名,既原於清水之源,與黃河之「河清」成語,攀不上關係的了。「清河」與「河清」既然攀不上關係,《金瓶梅》的作者,自也不會把「清河縣」當作「河清」之俟的典實,來作不能比擬之喻。想來,此理至明,不必再多費辭。

乙、清河縣的變革歷史

如以歷史的演變來看,清河這地方,曾九建其郡,兩立其國。後漢安帝母孝德皇后葬於此,尊為甘陵;建初七年置甘陵國。抵三國魏,又復舊名清河群,晉咸寧三年又置清河國。自漢以還,歷代以清河之地封王封爵者,數十之多。

一、漢高帝六年十二月,封中涓王吸為清河(定)侯。(《史記》作清陽侯。)傳四世除國。(見《漢書·功臣表》)

二、漢景帝三年二月封劉乘為清河(哀)王。(見《漢書·諸侯王表》)

三、漢武帝元光二年嗣孝王劉義為代王,元鼎三年徙清河為清河剛王。(見《漢書·諸侯王表》)

四、漢宣帝初元二年二月封子劉克為清河(哀)王,五年徙中山。(見《漢書·諸侯王表》)

五、後漢章帝子劉慶,建初四年立為皇太子,七年二月廢,改封為清河(孝)王。(見《後漢書·章帝八王傳》)

六、魏文帝黃初三年封子曹貢為清河(悼)王。(見《魏志·武文世王公傳》)

七、魏明帝即位之八月立皇子曹冏為清河王。(見《魏志·明帝紀》)

八、晉武帝咸憲三年八月封子司馬遐為清河(康)王。(見《晉書·武十三王傳》)

九、前秦曾封符法為清河王,封王猛為清河郡侯,封王永為清河公。

十、後燕曾封慕容會為清河公。

十一、北魏曾先後封元紹、元懌為清河王。再封崔頤為清河侯。封安難為清河子。封房思安為清河子。封爾朱仲遠為清河郡公。興和二年閏三月,封元威為清河王。封高嶽為清河郡公。封崔道固為清河公。封傅永為清河男。封陸騰為清河縣伯。封李長壽為清河郡公。封蕭祗為清河郡公。(以上均見《魏書》與《北史》)

十二、北周曾封李基為清河郡公,又封趙康為清河子。(見《周書·列傳》)

十三、北齊曾封高岳為清河王,封解律光為清河郡公。(見《北齊書》)

十四、隋封楊素為清河郡公。(見《隋書》)

十五、唐武德五年封宗室李孝節為清河王,太宗即位降為公。(《舊唐書·宗室傳》)

十六、封魯王靈夔子李銑為清河王（後為武則天所害）。封舒王誼子李洏為清河郡王。封敘王縱子李懷為清河郡王。封蔡國公煜孫李之蘭為清河縣男。封功臣張濬為清河郡伯。封崔蔭為清河郡公。（以上均見《新唐書》）

十七、五代史晉本傳載有張希崇封清河郡公，封張廷蘊為清河郡公。

捨上列者之外，在唐宋兩代尚有虛封清河郡王及公爵者二十餘人。自可基此想知「清河」這地方，在前代是多麼轟烈了。今僅從寫在《金瓶梅詞話》中的史學資料來看，亦足可想及這位作者是精通歷史者。那麼，他把《金瓶梅》故事的地理背景，安置在清河縣演出，或基乎此一歷史因素。「清河」，國也。

再說，宋慶曆八年，王則據城為亂的貝州，其治即設在清河。王則之亂，在明朝已譜成小說名《三遂平妖傳》。我們再基此推想，或許《金瓶梅》的原始故事，即以清河作為地理背景的，內容則似非寫的西門慶身家興衰。尚待進一步探索了。

賈廉、賈慶、西門慶

　　從欣欣子的敘文所論內容，與《金瓶梅詞話》不符，以及第一回的引詞與入話，更與內容不符，因而使我懷疑到《金瓶梅詞話》與它以前的《金瓶梅》，極可能是兩部不同內容的書，甚至於袁中郎最早閱及的那半部《金瓶梅》，未必是西門慶的故事。此一問題，我在《金瓶梅的問世與演變》（時報文化公司，民國 70 年 8 月出版）一書中，業已說到。又在《金瓶梅劄記》（巨流圖書公司，民國 72 年 12 月出版）中，尋到更多例言，譬如第十七回宇文虛中的參本，就更加證明了《金瓶梅》的原始內容，不是西門慶的故事。下面，我們討論這個問題。

一、西門慶的上層關係

　　按說，西門慶只是清河縣一家開生藥舖的商人，自小未受教育，依賴著他結拜的十兄弟幫會，在地方上為非作歹。交通官吏，包攬說事，放債、營私、又成天穿梭於妓家。只可以說是清河縣這小城的地痞流氓，因為他在地方上發了跡，遂逐日向高攀了。

　　首先，他攀緣到的人物，是京城八十萬禁軍提督楊戩的爪牙陳洪，把女兒配與陳洪的兒子陳經濟，就這樣，他遂被列為楊戩手下的親黨。那麼，陳洪是怎等人呢？

　　據小說上寫，陳洪是楊戩的「親家」，什麼親家？小說一直沒有說明。宇文虛中的參本，也只是把陳洪列為楊戩的親黨而已。

　　西門慶之所以與上層社會有了關係，就是與陳洪結成了兒女親家開始的。陳洪也沒有一官半職，想來，這個人物只能算得楊戩的爪牙，西門慶也只能算得分屬在外縣市的一個小嘍囉。至於西門慶與蔡太師父子攀上了關係，那是後來的事。但如去尋根究源，自是由攀親陳洪枝蔓出來的。

二、宇文虛中的參本

　　正由於西門慶與陳洪結了兒女親家，陳洪是東京八十萬禁軍提督楊戩的親家，於是，西門慶也就成了楊戩名下的親黨。楊戩被參劾有罪，應拿送三法司會審，親黨等人，也就受到牽連了。

　　楊戩身蹈何法被參？陳洪給西門慶的這封信，業已說明。信是這樣寫的：

眷生陳洪頓首書奉　　大德西門親家見字。餘情不敘。茲因北虜犯邊，搶過雄州
地界，兵部尚書不發人馬，失悞軍機，連累朝中楊老爺，俱被科道官參劾太重。
聖旨惱怒，拿下南牢監禁，會同三法司審問。其門下親族用事人等，俱照例發邊
衛充軍。生一聞消息，舉家驚惶，無處可投，先打發小兒令愛，隨身箱籠家活，
暫借親家府上寄寓。生即上京投在家姐夫張世廉處打聽示下，待事務寧貼之日回
家，恩有重報，不敢有忘。誠恐縣中有甚聲色，生令小兒另外，具銀五百兩，相
煩親家費心處料。容當叩報，沒齒不忘。燈下草草不宣。仲夏二十日洪再拜。

照陳洪的信說，楊戩只是受到連累。按理，「北虜犯邊，搶過雄州地界，兵部尚書
不發人馬，失悞軍機，」與八十萬禁軍提督何干？「禁軍」是戍守都城的，不是戍邊的。
再說，既然聖旨諭示「其門下親戚用事人等」，都要「照例發邊衛充軍」，陳洪竟然沒
有想到他的親家西門慶也會受到牽連嗎？還著小兒攜帶箱籠家活投來，真可說是「無處
可投」了。

像上述這種小地方，仔細推敲起來，都令人感於此一書信，也未免有改纂的嫌疑。

至於楊戩是以怎樣的罪名，拿送三法司會問的？宇文虛中的參本，寫得最明白，參
本說：

兵科給事中宇文虛中等一本，懇乞宸斷，亟誅誤國權奸，以振本兵以消虜患事。
臣聞夷狄之禍，自古有之，周之獫狁，漢之匈奴，唐之突厥，迨及五代而契丹浸
強。又我皇宋建國，犬遼縱橫中國者，已非一日。然未聞內無夷狄而外萌夷狄之
患者。諺云：「霜降而堂鐘鳴，雨下而柱礎潤。」以類感類，必然之理。譬猶病
夫至此，腹心之疾已久，元氣內消風邪外入，四肢百骸無非受病，雖盧扁莫之能
救，焉能久乎！今天下之勢，正猶病夫，尫羸之極矣。君，猶元首也；輔臣，猶
心腹也；百官，猶四肢也。陛下端拱於九重之上，百官庶政各盡職於下，元氣內
充，榮衛外扦，則虜患何由而至哉！今招夷虜之患者，莫如崇政殿大學士蔡京者，
本以憸邪姦險之資，濟以寡廉鮮恥之行，纔諂而諛。上不能輔君當道贊元理化，
下不能宣德布政保愛元元，徒以利祿自資，希寵固位。樹黨懷姦，蒙蔽欺君，中
傷善類，忠士為之解體，四海為之寒心。聯翩朱紫，萃聚一門，邇者河湟失議，
主議伐遼，內割三郡，郭藥師之叛，失陷卒致，金虜背盟，憑凌中夏，此皆強國
之大者，皆由京之不職也。王輔貪庸無賴，行比俳優，蒙京汲引，薦居政府未幾，
謬掌本兵，惟事慕位苟安，終無一籌可展。迺者，張達殘於太原；為之張皇失散。
今虜之犯內地，則又挈妻子南下，為自全之計，其誤國之罪，可勝誅戮。楊戩本
以紈袴膏梁，叨承祖蔭，憑藉寵靈，典司兵柄，濫膺閫外，大姦似忠，怯懦無比。

此三臣者，皆朋黨固結，內外蒙蔽，為陛下腹心之蠱者也。數年以來，招災致異，喪本傷元，役重賦煩，生民離散。盜賊猖獗，夷虜犯順。天下之膏腴已盡，國家之紀綱廢弛，雖擢髮不足以數京等之罪也。臣等待罪該科，備員諫職，徒以目擊奸臣誤國而不為皇上陳之，則上辜君父之恩，下負平生所學。伏乞宸斷，將京等一干黨惡人犯，或下廷尉，以示薄罰，或置極典，以彰顯戮；或照例枷號，或投之荒裔，以禦魑魅。庶天意可回，人心暢快。國法已正，虜患自消，天下幸甚，臣民幸甚！

奉

聖旨：「蔡京姑留輔政，王輔、楊戩便拿三法司會問明白來說。」欽此！欽遵！續該三法司會問過，並黨惡人犯、王輔、楊戩，本兵不職，縱虜深入，荼毒生民，損兵折將，失陷內地，律應處斬。手下壞事家人：書辦官掾親黨：董升、盧虎、楊盛、龐宣、韓宗仁、陳洪、黃玉、賈廉、劉盛、趙弘道等查出有名人犯，俱問擬枷號一個月，滿日發邊衛充軍。

　　我們看宇文虛中這一篇上千言的參本，類似嘉靖年間兵部職方郎中楊繼盛彈劾嚴嵩十大罪狀的奏疏，這裡且別管它啦。至於此一參本之是否符合《宋史》的史實，基於小說家言，也不必管它。我們且來看這一本章中的三法司會問結果，王輔與楊戩已判「律應處斬」，手下的壞事家人以及書辦官掾親黨，已查有名人犯董升等十人，「俱問擬枷號一個月，滿日發邊衛充軍。」可是，這十人之中，並無西門慶的姓名在內。何以「西門慶不看萬事皆休，看了耳邊廂只聽颼的一聲，魂魄不知往那裡去了？就是驚損六葉連肝肺，諕壞三毛七孔心。」這一點，良是值得我們探討的問題。（王輔，參本作輔。）

三、西門慶派人晉京打點什麼？

　　不錯，楊提督倒了，陳洪失去了靠山，還要被抓去枷號充軍邊衛。當然，西門慶的靠山也沒有了，但還不至於怕到如此失魂落魄；還不至於馬上派專人晉京去花錢打點。顯然的，這些壞事家人的名單中，有西門慶的名字，西門慶看了這張邸報，纔會如此害怕，纔會馬上派專人晉京去花錢打點。否則，西門慶不會害怕到如此的程度。

　　再說，西門慶派專人晉京，打點些什麼呢？根據第十八回所寫，他花了五百石白米（五百兩銀子），只是塗改了他「西門慶」的名字。顯然的，名單上有他「西門慶」的名字。

　　話說西門慶派去的來保、來旺二人，到了京城，先到蔡京府上，再輾轉到了禮部尚書李邦彥的府上，

來保下邊就把禮物呈上，邦彥看了，說道：「你蔡大爺分上，又是你楊老爺（家），我怎好受此禮物。況你楊爺，昨日聖心回動，已沒事。但只是手下之人，科道參語甚重，已定問發幾個。」即令堂候官取過昨日科中送的幾個名字與他瞧，上寫著：「王輔名下，書辦官董昇，家人王廉，班頭黃玉；楊戩名下：壞事書辦官盧虎，幹辦楊盛，府椽（掾）韓宗仁，趙弘道，班頭劉成（盛），親黨陳洪、西門慶、胡四等，皆鷹犬之徒，狐假虎威之輩。揆置本官，倚勢害人。貪殘無比，積弊如山，小民廛額，市肆為之騷然。乞敕下法司將一干人犯，或投之荒裔，以禦魑魅，或置之典刑，以正國法，不可一日使之留於世也。」下面又寫著：「來保等見了，慌的只顧磕頭，告道：「小人就是西門慶家人，望老爺開天地之心，超生則個。」高安又替他跪稟一次。邦彥見五百兩金銀，只買一個名字，如何不做分上。即令左右抬書案過來，取筆將文卷上西門慶名字，改作「賈慶」。一面收上禮物去。……

根據這第十八回所寫，業已說明西門慶派人上京打點，只是為了塗改他的名字。所以等到來保等人回來，把東京打點的事，從頭說了一遍，西門慶聽了，如提在冷水盆內，對月娘說：「早時使人去打點，不然怎了！」於是，西門慶心上的一塊石頭纔落地。過了兩日，門也不關了，花園照舊興工，也漸漸出來街上走動。那麼，照此看來，宇文虛中的參本聖旨，三法司會問出的王、楊兩家犯官的壞事家人與書辦官掾親黨等人，又怎能沒有西門慶的名字？到了第十八回科中送的名單，又怎的與邸報的名單不符？更是我們要進一步去追究的問題。

四、邸報與科中的名單何以不符？

邸報上寫的壞事家人等名單，雖未別出那些個是王輔名下的，那些個是楊戩名下的，到了第十八回「科中送的那幾個名字」，業已別出隸屬與職司，但兩張名單的姓名與人數，則有了出入。邸報名單中的「賈廉」、「龐宣」，在科中送來的這張名單上不見了，但卻比邸報上的名單多了一個「王廉」、「西門慶」、「胡四」；邸報是十人，科中則是十一人。同時，還有兩人的名字不同，邸報上的「董升」，到了科中則變成了「董昇」，邸報上的「楊盛」，到了科中則變成了「楊成」。這一點，固可責之於手民之誤，可是兩個名單的姓名多寡不同，邸報有的人名，科中名單沒有了，邸報沒有的人名，科中的名單則有。這一部分，則非手民之誤，值得我們探討。

第一，我們可以這樣推想：邸報上的名單在先，科中送來的名單在後，後者糾正了前者，所以科中的名單，沒有了賈廉、龐宣，添上了王廉、西門慶、胡四。這樣推想，在情理上雖是說得通的，但問題是：(一)第三人稱的作者，應有文辭上的交代，卻沒有

交代。(二)邸報上的名單，既然沒有西門慶的名字，西門慶又為何那麼驚懼萬分？又為何要漏夜派遣家人晉京打點呢？

第二，若照西門慶看了邸報後的驚懼情況來說，邸報上沒有西門慶的名字，西門慶看了竟是那麼的驚惶萬分，顯然是小說的缺失。那麼，這小說的缺失是怎樣產生的呢？

第三，我的《金瓶梅》研究，在《金瓶梅的問世與演變》一書中，即已肯定《金瓶梅詞話》是改寫本，它以前的《金瓶梅》，極可能是一部有關政治諷諭的內容。那麼，如從這第十七回所寫邸報上沒西門慶的名字這一點來進一步推想，顯然的，這一缺失是改寫者造成的缺失。這缺失的造成，可以肯定的說，邸報上根本就沒有西門慶的名字，因為早期的《金瓶梅》不是西門慶的故事，以西門慶作為《金瓶梅》故事的主線，可能是《金瓶梅詞話》開始的。我在《金瓶梅的問世與演變》中，已這樣說了。這張邸報豈不就是直接的證據。

第四，邸報上沒有西門慶的名字，到了第十八回方始把西門慶的名字給加上去，又把邸報上的那些人的名字，一一分別了隸屬，應是《金瓶梅詞話》改寫者的手筆，他們卻忘了改正邸報。這一缺失，從情理上推想，可能是這樣造成的。

五、賈廉、王廉、賈慶、西門慶

此一問題，關鍵最大的一個名字就是「賈廉」，他在邸報中排名第八，陳洪排名第六。雖然在邸報的名單中，並沒有區別誰是王輔名下的，誰是楊戩名下的；但賈廉則排名在陳洪之後。可以推想，這位「賈廉」，應是陳洪一夥。在科中的名單上，雖沒有「賈廉」這人的名子，卻有個「王廉」，與邸報中列在陳洪名下（第七名）的「黃玉」，還有邸報中第一名董升（在科中名單改為董昇）等三人，列在王輔名下；職稱是「書辦官董昇、家人王廉、班頭黃玉。」其餘八人（少了一個龐宣，多了一個西門慶、胡四），則列在楊戩名下。從這兩張名單不符的情況來看，顯然是為了把「賈廉」換成「西門慶」而如此更改。

第一，我們看李邦彥受賄五百兩金銀，只是「取筆將文卷上西門慶的名字，改作賈慶」，試想，如把「賈廉」這名字，改作「賈慶」豈不是比「西門慶」改作「賈慶」，在筆畫上要方便得多。基此推想，則邸報上只有「賈廉」並無「西門慶」，則更加確定；更足以推想原始的《金瓶梅》，不是西門慶的故事。

第二，邸報的名單，有「賈廉」沒有「王廉」，科中的名單列有「王廉」沒有「賈廉」。顯然的，這是改寫者把「賈廉」改作了「王廉」的痕跡。

第三，《崇禎本金瓶梅》，則把邸報的名單，減去了「賈廉」一人，只有九人，科中的名單則一仍其舊，共有十一人。但李尚書提筆把文卷上的「西門慶」，改作「賈廉」，不是改作「賈慶」。從「崇禎本」的此一改寫手段來看，也足以說明「崇禎本」的改寫

者,也發覺了邸報中的「賈廉」,是個有問題的人物,遂把他刪去,改西門慶為「賈廉」。我們推想不出「崇禎本」的改寫者,何以不把「西門慶」改為「賈慶」,在手續上,只改「西門」二字為「賈」字就成了,何必要改三個字?按情理說,「崇禎本」的改寫者,要改這一名單,應把邸報上的「賈廉」改作「西門慶」,其他都不必改。可是「崇禎本」偏偏把邸報上的「賈廉」刪去,把李尚書提筆改「西門慶」為「賈慶」,換成改為「賈廉」。殊令人不解。

六、陳洪其人的問題

在《金瓶梅詞話》的情節中,陳洪只是一位不上場的附屬人物,他擔當的任務,只是西門慶的兒女親家,西門慶由於陳洪的關係,方始與京城八十萬禁軍提督楊戩攀上了親黨進一步認識了蔡太師的管家翟謙,再攀緣了蔡太師父子的關係,二十擔壽禮,換來從五品副千戶之職。所以陳洪在《金瓶梅詞話》中,沒有他的故事演出。

陳洪是那裡人呢?《金瓶梅詞話》則無隻字交代。雖說第八十八回,寫陳經濟回到東京,他母親張氏曾說:「不想你爹病死在這裡,你姑夫又沒了。姑娘守寡,這裡住著,不是常法。方使陳定叫將你來,和你打發你爹靈柩回去,葬埋鄉井,也是好處。」後來,他們把陳洪的靈柩運回清河,寄在永福寺,卻也不能說明陳洪也是清河人,因為陳經濟的母親張氏,是清河縣張團練的姐姐,她把丈夫的靈柩運到清河安葬。清河是不是陳洪的「鄉井」?也很難肯定。

當京城楊提督被參劾的時候,陳洪打發兒子媳婦到清河西門親家暫避一時,並不在京城。陳洪寫給西門慶的信上說:「生一聞消息,舉家驚惶!無處可投。先打發小兒令愛隨身箱籠家活,暫借親家府上寄寓。生即上京投在家姐夫張世廉處,打聽示下。」這段話可以證明陳洪是在清河之外的另一處所,一邊打發兒子媳婦回清河暫避,一邊暗去京城姐夫家躲避,並就近打聽消息。這時的陳洪,住在何處呢?《金瓶梅詞話》也無交代。

至於陳洪是一位怎等人物?《金瓶梅詞話》只說他是楊提督的「親家」;何種「親家」?也無隻字交代。陳洪有無官職在身?也無隻字提及。試想,既能與楊提督結成「親家」,最低限度,他也是西門慶等類的人物。乃楊提督設在山東某一地方上的爪牙吧?再想,他同意兒子娶西門慶的女兒,也足以想知他未必是一位高官厚爵的人物。不過,話可得說回來,也許西門慶與陳洪的這分「親家」,在《金瓶梅詞話》中方纔攀結到的呢!

總之,《金瓶梅詞話》中的陳洪,是一個值得研究的問題。

七、宇文虛中的參本取材

宇文虛中是《宋史》有其本傳的人物（見《宋史》卷三百七十一），成都華陽人，大觀三年進士，官至資政殿大學士。徽宗宣和間，任中書舍人，童貫、王輔等貪功，擬興燕雲之役，引女真夾攻契丹，以虛中為參議官。虛中以廟謨失策，主帥非人，將有納侮自焚之禍，上書亟言不可。王輔大怒，降虛中為集賢殿修撰。結果，斡離卜、粘罕分兵入侵，童貫等不知所措。迨虜兵迫太原，帝顧虛中說：「王輔不用卿言，今金人兩路並進，事勢若此，奈何？」宇文虛中奏請皇帝草詔罪己，更革蔽端，挽回人心。徽宗遂命虛中草詔，並以虛中為資政殿大學士軍前宣諭使。後來，宇文虛中且數去金邦和議，曾任金邦官職，然其對祖國則仍一片忠心。秦檜憂心虛中在金邦會阻礙和議，竟把其家人送往金邦。後來金人疑虛中不忠於金，乃羅織其罪名，焚殺其家人老幼百口。但在此一參本上，宇文虛中則被寫為「兵科給事中」。雖出乎小說家言，卻有歷史依據。

按「六科給事」乃明制，明史職官說：「六科掌寺規諫，補闕拾遺，稽察六部百司之事。凡制敕宣行，大事覆奏，小事署而頒之，有失封還。執奏凡內外所上章分類抄出，參署付部，駁正其違誤。」自可從而想知宇文虛中的明制職稱，乃小說家的明喻。

至於此參本中的蔡京、王輔、楊戩，也全是《宋史》上有其本傳的人物（見《宋史》卷四六八及卷四七〇），所參失職罪狀，亦《宋史》中事實。但參本說：「邇者河湟失議，主議伐遼，內割三郡，郭藥師之叛，失陷卒致。金虜背盟，憑凌中夏，此皆誤國之大者，皆由京之不職也。」這裡說的「河湟失議，主議伐遼」，乃童貫、王輔的「不職」，非蔡京。本文前面業已說到，就是宇文虛中力言不可而遭貶的那件事。「內割三郡」，事在靖康元年，金人攻通津、景陽等門，李綱督戰，何灌戰死，金方索金帛數千萬，且求割太原、中山、河間三鎮，並宰相親王為質，乃退師（見〈徽宗紀四〉）。「郭藥師之叛，失陷卒致」，事在政和七年十二月，在「主議伐遼」事稍前。「金虜背盟」，事在郭藥師以燕山降金之同時，當是金人遣使來，許割蔚應州及飛狐靈邭縣。帝遣童貫往受地，結果被騙，童貫逃回。這些史實，都不是蔡京的「不職」，這時的蔡京父子，業已失權。小說之所以如此寫，顯然有所隱喻。關於王輔，說他「謬掌本兵，慕位苟安」；則誠如《宋史》所傳。所謂「邇者，張達殘於太原，為之張皇失散；今虜之犯內地，則又挈妻子南下，為自全之計。」（張達或張慤之誤。）殘太原，就是指的受騙遣童貫受地逃回，寇攻太原的事。王輔聞金兵至，不俟命即載其妻孥以東，乃靖康元年事。可以說，參本中所參議的史實，《宋史》悉有紀載，只是並不完全相符而已。

關於此一問題，陳洪寫給西門慶的信，則又另有說詞，他說「茲因北虜犯邊，搶過雄州地界：兵部王尚書不發人馬，失誤軍機，連累朝中楊老爺俱被科道官參劾太重。」

此說則與參本所議，頗有出入。但陳洪的此一說法，則又類似明朝王忬（王世貞父）的被
參失職。是以明朝的當時文人，論及《金瓶梅》者，疑蔡京父子是分宜嚴氏父子的影射。
若從宇文虛中的此一參本來看，卻也不無此一隱喻之意。可能此一參本，也篡改過。

　　如從參本的文辭與所據史實來說，足以想及作者乃一飽學之士，也許原始的《金瓶
梅》就是以宋徽宗的史實為背景的，恐未必是西門慶的故事也。

宋人名、明職官、隱喻義

　　《金瓶梅》的歷史背景，寫的是宋徽宗這個時代，如以年代計，故事由政和二年開始，到建炎元（或二年），前後綿亙達十六、七年之久。（1112-1127(8)）。

　　雖說，故事明寫的是宋徽宗時代的事，而事實上，所寫的則是明朝嘉靖萬曆年間的事。諸如故事的地理背景，徽宗時的都城東京，乃今之河南開封，但從寫於《金瓶梅》中的故事情節看，清河的人或東京的人，兩地往還的理理，則可以確切的證明《金瓶梅》中的東京，實際上乃明朝的北京；西門慶家居住的清河縣城，實際上也是以燕都為範型的。關於這一部分，我在《金瓶梅詞話注釋》及《金瓶梅剳記》，業已說到一些了。

　　《金瓶梅》的小說，歷史背景既是宋徽宗朝代，有關宋徽宗朝代的人與事，自不能不寫。可是，作者並不以宋徽宗朝代的史實為主，祇是假借了宋徽宗這個朝代的幾個人物，以及徽宗朝的幾件事，點綴在西門慶的身家興衰故事中而已。如第六十五回的〈宋御史結豪請六黃〉，寫了幾句有關宋徽宗花石綱的惡政，以及第四十八回曾孝序參本中的七件事，說到了徽宗時的史事，還有第十七回宇文虛中的參本，也似是而非的提到一些。再就是書的結尾，說到金兵南下，靖康之難，以及趙構南渡，即位建康。在這部近百萬言的長編中，有關徽宗史事的情節，總計起來，也難達萬字。說來，宋徽宗的歷史背景，在《金瓶梅》這部小說中，不但是一個假借的託辭或掩飾，就是寫入小說的有關徽宗朝的史事，不但是一些點綴，而且是蘭陵笑笑生的「寄意於時俗蓋有謂也」的隱喻。這一部分，我在《金瓶梅的問世與演變》與《金瓶梅剳記》中，也說到了。

　　本文所要探索的，是寫在《金瓶梅》中的一些宋徽宗時代的人物，可是他們所擔任的官職，則又非宋朝的職官志所有，有些則與明朝的職官接近，甚而相同。這麼看來，《金瓶梅》這部小說的以宋喻明，自是蘭陵笑笑生的手段。這些問題，業成定論，只是尚未有人指出隱喻所在。至於這部改寫後的《金瓶梅詞話》與它以前的《金瓶梅》，之間有多大距離？那就越發無人會去想到這些。下面我們探索這部小說中有關宋明史實上的一些問嶺。

一、蔡京父子

　　蔡京及其子蔡攸等，乃宋徽宗朝的權臣。在《宋史》卷四百七十二之〈列傳〉二百

三十三，寫作姦臣頭一名。按蔡京是閩之仙遊人，熙寧三年進士，為人極有權術，自崇寧初年當權，曾四起四落。抵靖康元年被調，竄於儋州，道死潭州，父子禍國已二十餘年。

蔡京有子八人，儵先死，攸、翛伏誅；絛流白州死，僚以尚帝姬免竄，餘子及孫皆分徙遠惡郡。

按蔡京在徽宗朝，曾任司空封嘉國公，大觀元年又拜左僕射、拜太尉受八寶，又拜太師。政和二年再還京，封魯國。子蔡攸，自鴻臚寺丞賜進士，曾官至龍圖閣學士兼侍讀，進少師封英國公兼領樞密院。雖倚父勢得寵而顯榮，且時有驅父朝外心志，每與弟絛爭勢。後亦因父死同敗死。

在《金瓶梅》中，蔡京的官稱是「太師」，以及「崇政殿大學士吏部尚書魯國公」等職，雖時間不符，但蔡京確曾任過「太師」封過「魯國公」；蔡攸的官稱是「祥和殿學士兼禮部尚書提點太一宮」，則與史實不符。小說家語，自亦不便考證。

蔡京父子在《金瓶梅》中，出場的情節極少，計來各有一次而已。第十八回，西門慶的家人來保，在京中見了蔡攸一面，第五十五回，西門慶進京拜壽，見了蔡京一面，第七十回西門慶第二次晉京謝恩，都未再見蔡京，只到太師府送上禮單就是。但蔡京父子則是西門慶演出《金瓶梅》這部小說的基礎，西門慶的官職以及他在清河縣顯榮出的那分威勢，所依恃的便是蔡京父子。可以說，《金瓶梅》小說所明寫的那個徽宗朝代，也都全部責成在蔡京父子頭上。如果說，《金瓶梅》的小說，乃隱喻於明朝，那麼，說蔡京父子就是明嘉靖間嚴嵩父子的影射，自也不無牽攣話頭。

二、王黼

王黼是河南祥符人，崇寧間進士。《宋史》卷四百七十之〈列傳〉二百二十九，說他「為人美風姿，目睛如金，有口辯，才疏集而寡學術。」他是繼起於蔡京之後的權臣，為了排拒蔡京的再起與童貫的得寵，遂贊同趙良嗣的聯女真共圖燕地的謀議。結果失敗，徽宗傳位其子，是為靖康元年。王黼被竄永州，被李綱假以盜手，誅於雍丘民家。說來與《金瓶梅》小說所寫，是不能符契的。

在《金瓶梅》中，王黼並未出場，只在宇文虛中的參本中提到他，提到他時，已拿下南牢監禁。關於他的罪名，陳洪寫給西門慶的信上說：「茲因此虜犯邊，搶過雄州地界，兵部尚書不發人馬，失誤軍機。」宇文虛中的參本，則說：「迺者張達殘於太原，為之張皇失措，今虜之犯內地，則又挈妻子南下，為自全之計。其誤國之罪，可勝誅戮！」雖說，寫在這同一回（第十七回）的兩份文件，說法不同，但宇文參本所說，則有史實根據。如所謂「張達（此字乃毅之誤刻或誤書）殘於太原，事在宣和初年，後便一連串的發生了郭藥師之叛，金兵南下，王黼聞金兵至，不俟命，即載其妻孥以東，以是貶永州安置，

後被誅於雍丘。這些史實，雖時間不符，史實是宣和七年，靖康元年，小說寫在政和五年，兩者相距，約有十年之久。但《金瓶梅》的宇文虛中參本，還是攀附了史實的。

三、楊戩

按楊戩乃宦官，《宋史》卷四百六十八之〈列傳〉第二百二十七，說他自幼給事掖庭，主掌後苑，善側伺人主意，自崇寧後，日有寵。曾官彰化軍節度使，後與王黼、梁師成為將歷鎮安、清海、鎮東三鎮，由檢校少保晉至太傅，謀撼東宮。胥吏杜公才獻策，立法索民田契，無敢抗者。宣和三年死，贈太師、吳國公。

但在《金瓶梅》小說中，他被稱為「楊提督」，西門慶說他是「東京八十萬禁軍提督」，可是這個官名，在《宋史》中尋不到。據黃本驥《歷代職官表》概述說：「武職則在內以殿前司、侍衛親軍馬軍司、侍衛親步軍司為三衙。其主官為都指揮使、副都指揮使、都虞侯。其下諸班殿直有都頭、祇候、都知、押班等，皆五代之習，由藩鎮之牙兵變為禁軍。」再查《宋史·職官志》，也無類似「東京八十萬禁軍提督」這樣的官名。

宇文虛中的參本，未詳列楊戩的罪名，陳洪的信，則說是王黼連累了朝中的楊老爺。北虜犯邊，王尚書不發兵馬，失誤軍機，與京畿的禁軍提督何干？而且，陳洪這封信上的說法，與宇文虛中的參本說法不同，而且有所牴觸。想來，陳洪寫給西門慶的這封信，也許是《金瓶梅詞話》的改寫者，增加進去的呢？

楊戩與王黼，都未在《金瓶梅》中上場演出過什麼情節，作者之所以把他們寫到這小說中來，也只是在陪襯西門慶而已。試看宇文虛中的此一參本，也只是呈現了西門慶這人在交通官吏上的再上層樓，從此之後，他與朝中的三公之一蔡太師都夤緣上了。所以，這幾位宋代權臣，自也不是小說家要去塑造的人物形象，也用不著多說他了。

四、宇文虛中

宇文虛中是成都華陽人，大觀三年進士。在徽宗朝的宣和初年，蔡攸、王黼、童貫貪功開邊，引女真攻契丹，以虛中為參謀官。虛中則以廟謨失策，主帥非人，將有納侮自焚之禍。上書極言不可。王黼怒，謫為集賢殿編修。迨金人南下，徽宗悔黼未用虛中言，曾命虛中代為草詔罪己。建炎時，曾任資政殿大學士，南宋時卒於金邦。傳在《宋史》卷三百七十一之〈列傳〉第一百三十。

《金瓶梅》說他是「兵科給事中」，則非史實。

按「給事中」一職，雖始置於秦而漢因之，但乃加官之職，並非專司，後歷代均有沿革。續通典說：「宋制，門下省給事中四人，分治六房，掌讀中外出納，及判後省之事。若政令有失當，除受非其人，則論秦而駁正之。凡章奏日錄，日以進考其稽違而糾

治之」云云。但此說是「兵科給事中」，則明制矣。按明之給事中，無所隸屬，吏、戶、禮、兵、刑、工六科，各都給事中一人，左右給事中各一人，給事中則吏科四人，戶科八人，禮科六人，兵科十人，刑科八人，工科四人，掌侍從規諫、稽察，六部百司之事。凡制敕宣行，大事覆奏，小事署而頒之，有失封還執奏。凡內外所上章疏下分類抄出，參署付部，駁正其違誤等等。明人屠隆寫〈歷代官制沿革〉一文說：「今六科給事，則專掌諫議矣。故今時遂稱給事為諫議為言官。御史、給事並為言官，而秩止七品八品，彈劾百僚，權重秩卑，此祖宗之深意也。」所以，如以官制看，《金瓶梅》說宇文虛中是「兵科給事中」，顯然是明朝的職官，非宋朝的職官，似已不必再多煩言。

五、李邦彥

接納了西門慶五百兩銀子的賄賂，把西門慶的名字改為「賈慶」的李邦彥，《金瓶梅》說他是「資政殿大學士兼禮部尚書」（第十八回，則又寫蔡攸是祥和殿學士兼禮部尚書提點太一宮，一個禮部尚書，何得有兩人兼之？），按《宋史》卷三百五十二之〈列傳〉一百十一，他乃懷州人，大觀二年上舍及第，美風姿，為文美而工。生於閭閻，父乃銀工，是以諳習鄙事。善謳謔，能蹴鞠。每綴市衢俚語為詞曲，人爭傳之，自號李浪子。後因寵拜相，有浪子宰相之稱。堅主割地議和，後罷官。建炎初賜死。這裡說他是「資政殿大學士兼禮部尚書」，亦非史實。

在《金瓶梅》中，李邦彥也只出場受賄了五百兩銀子，改西門慶為「賈慶」，免了親黨謫戍的牽連。說來，更不是一位應去推究的人物，也是一位借來的宋朝官員，在這小說中作了個臨時演員而已。

六、曾孝序

曾孝序是泉州晉江人，本傳說他是「以蔭」入仕，累官至環慶路經略安撫使時，察訪湖北，過闕與蔡京論講議司事，曰：「天下之財，貴於通流，取民膏血以聚京師，恐非太平法。」京銜之，遂出知慶州。至是，蔡京又倡行結糴俵糴之法，盡括民財充數。（此事始於熙寧中，以川茶市易軍儲運輸給西河，謂之「結糴」，其後又行之陝西。「俵糴」亦始於熙寧中，以米鹽錢鈔，在京糴米付都提舉市易司貿易，變民田入多寡，豫給財物。秋成，于潭州北京及緣邊人粟米封樁，謂之「俵糴」。後蔡京令坊郭鄉村以等第給錢，俟收以時價入粟邊郡。）曾孝序上疏糾舉，曰：「民力彈矣，一有逃移，誰與守邦！」蔡京越發惱怒，遣御史宋聖寵劾其私事，迫逮其家人，鍛鍊無所得，但言約日出師，幾誤軍期罪名，竄於嶺表。後孝序遇赦，量移永州。蔡京罷相後，復官授顯謨閣待制，知潭州。後以論徭事與吳居厚不合落職知袁州。尋復職再知潭州道州。徭人叛，孝序平徭有功，進顯謨閣直學士遷龍圖閣直

學士知青州。高宗即位,遷徽猷閣學士升延康殿學士。後以部將王定平臨朐趙晟亂失利而責之,竟被王定惱羞害之,與其子訏等同遇害,時年已七十九;卒後諡感愍。」(見《宋史》卷四百五十三,〈列傳〉第二百十二〈忠義〉八)

《金瓶梅》說曾孝序是「都御史曾布之子,新中乙未科進士。」按曾布乃曾鞏之弟,江西南豐人。曾孝序是閩人,後家江蘇泰州,籍非一地。說他是曾布之子,自是小說家的捏造。何以要如此捏造?很難揣想了。

曾孝序在《金瓶梅》中的職銜,是「巡按山東監察御史」,說曾布是「都御史」。這兩種職官,都是明朝的,不是宋朝的。按「都御史」乃明朝都察院的長官,職專糾察核百司,分左右副都御史。再左右僉都御史,以及十三道無定額的監察御史,即所謂的巡按御史。這第四十八回的回目「曾御史參劾提刑官」的職司,就是明朝的巡按御史所職司的事。

再說,曾孝序參劾本章上說:「臣自去歲奉命,巡按山東齊魯之邦,一年將滿,歷訪方面有司,文武官員賢否,頗得其實。茲當差滿之期,敢不循例甄別。……」此說「一年將滿」,又說「茲當差滿之期」,都是明朝監察御史的口吻。明朝的各道監察御史,乃一年一任,期滿他調。

雖然,曾御史所參是實,可是,此一參本尚未送出,夏提刑他們已在「邸報」上把參本全文抄錄來了。而且,在此一參本尚未送達京城,西門慶派去京城打點的人,即已把事件安排妥當了。蔡太師的管家翟謙看了西門慶信說:「曾御史參本尚未到哩,你且住兩日。如今老爺新近條陳奏了七件事在這裡,旨意還未曾下來,待行下這個本去,曾御史本到,等我對老爺說,交老爺閣中只批與他該部知道。我這裡差人再拏我的帖兒,吩咐兵部余尚書,把他的本只不覆上來。交你老爹只顧放心,管情一些事兒沒有。」果然一些事兒也沒有。只有是太師府中的一個管家,就能吩咐兵部尚書辦事。看來,這太師府的翟管家,恰似朝中的一位得寵太監似的。像這些地方的有關政治諷諭,方是欣欣子敘言中的「寄意於時俗,蓋有謂也」哩!

曾御史的此一參本,不惟沒有參倒這兩位貪官污吏,而且還能在這一次進京打點的機會裡,鈔得蔡京的奏行七件事,為西門慶帶回了三萬鹽引的專賣。可是曾孝序,則由於忿於參本的未能上達天聽,又怒於蔡京奏行七件事的舛乖殃民,損下益上,上疏力言不可,反被疏奏,說他大肆倡言,阻撓國事,竟黜為陝西慶州知州。又令陝西巡按御史宋盤,劾其私事,逮其家人,煅煉成獄,將孝序除名,竄於嶺表,以報其仇。(第四十九回第一頁反)雖說,此一穿插,說是「黜為陝西慶州知州」只是運用了《宋史》上的資料,卻與明朝的史實不合。如明朝的巡按御史是正七品,知州是正四名,巡按御史改知州,乃升,不是黜。曾孝序在《宋史》中,由環慶路經略安撫使改知慶州,那是黜。在明朝

由巡按御史改知慶州，乃升而非黜矣。關於這一點，也只是小說家運用宋史以諷諭明朝的現實社會，自不能以史實來考證它了。總之，這位執筆者，乃一熟諳歷史的飽學之士，否則，他無能把《宋史》的材料，靈活的運用到《金瓶梅》小說中來。如蔡京奏行的七件事，就全是《宋史》上的史實，我已在《金瓶梅詞話注釋》中，注釋出了。（此一注釋請參閱拙作《金瓶梅詞話注釋》第四十八回，第2冊第167-171頁）

這裡的一封開封府通判黃美寫給曾孝序的信，稱謂是「大柱史少亭曾年兄先生大人門下」。此稱巡按御史為「大柱史」，則極罕聞。明朝人每稱翰林為「太史」，翰林們亦自稱「太史」，御史臺怎能稱之為「柱史」呢。老聃曾為柱下史，掌圖書史籍者也。這封信稱曾御史為「大柱史」，有何根據？過去，只當是小說家言，未加理會。客冬，研讀明人屠隆作品，在其所寫〈歷代官制沿革〉一文中，讀到這麼一段：「都察院臺卿、御史、臺郎，總謂臺官。都察院稱內臺，按察司稱外臺。俱上應，執法星，故官服俱用獬薦。左都御史，古御史大夫；副僉都，古御史中丞；十三道御史，其屬也。御史大夫，秦官，漢因之，位上卿。漢御史大夫有兩丞，一曰御史丞，一曰中丞；以執法殿中，故曰中丞。中丞在殿中執法。外督部刺史、御史，周時不過贊書記之職，至秦漢始為糾察之官。糾彈不法，百僚震恐，以其為糾彈憲臣，故為臺卿屬，而不相制，與他屬官不同。在周為柱下史，老聃嘗為之，掌天下圖書史籍，不主彈劾，彈劾，自秦漢始也。後漢亦謂之蘭臺，掌秘書，是猶存周官遺意也。至今日，則掌糾彈，而秘書文字，專屬翰林矣！漢時侍御史，出巡方國，號繡衣直指史者，即今之巡按御史也。……」（見《皇明五先生集》之《緯真先生集》及《鴻苞集》）

如從屠隆的這篇考證觀之，則明之巡按御史，當然可以稱之為「大柱史」了。

中共方面的學人黃霖先生，指屠隆為《金瓶梅》的作者，那麼，這封信上的稱巡按御史為「大柱史」，不就是直接證據之一嗎！所以我也認為屠隆可能是最早《金瓶梅》的作者。

七、宋喬年

接替曾孝序的山東巡按御史，名宋喬年。此人也是徽宗時人，他是宰相宋庠的孫子。《宋史》卷三百五十六，〈列傳〉第一百十五有傳。宋仁宗時召試學士院賜進士出身。父充國曾任大中大夫，卒後，喬年以父蔭監市易，坐與娼女私及役吏，失官落拓二十年。有女嫁蔡京子攸，京當國，始起復用。曾任開封府尹，龍圖閣學士知河南府。政和三年卒，年六十七。

按宋喬年是安陸（湖北）人，《金瓶梅》說這位山東巡按御史宋喬年是江西南昌人。不應是同一人。但在第四十九回第一頁寫到曾孝序遺謫事，曾說：「……那時將曾公付

吏部考察，黜為陝西慶州知州。陝西巡按御史宋盤，就是學士蔡攸之婦兄也，太師（小說誤師為史）陰令盤就核其私事，逮其家人，煆煉成獄，將孝序除名，竄於嶺表，以報其仇。……」則又把《宋史》中的「宋聖寵」與「宋衛年」二人，合而為一人。關於曾孝序之被蔡京羅織成罪，予以竄謫，史籍上寫的是「遣御史宋聖寵劾其私事」，《金瓶梅》則把「宋聖寵」改為「陝西巡按御史宋盤」，而且把宋盤說成是蔡攸的婦兄。但在《宋史》中已寫明宋喬年是蔡京之子蔡攸的岳丈。那麼，我們從這些史實來看，小說上的這些筆墨，悉據《宋史》而改纂者也。

話再說回來，《金瓶梅》的作者如果沒有文史的深湛學養，是無從如此去揉合宋與明的人物與職官的。

八、朱勔

寫進《金瓶梅詞話》的幾位宋徽宗時代的大員，要以朱勔的權勢場面鋪張得最大，比蔡京的壽誕場面要排場多了。我們看寫在這第七十回，寫朱勔代天子視牲回來的情況：

> 那時，正值朱太尉新加太保，徽宗天子又差遣往南壇視牲未回。各家餽送賀禮伺候，參見官吏人等，黑壓壓在門首，等的鐵桶相似。……一等等到午後時分，忽見一人飛馬而來，傳報道：「老爺視牲回來，進南薰門了。」吩咐閒雜人打開，不一時騎馬回來，傳老爺過天漢橋了。頭一廚役跟隨茶盒到了，半日纔遠遠牌兒馬到了。眾官都頭帶勇子鎖鐵盔，身穿鏤漆紫花甲，青紵絲團花窄袖衲祆，紅絹裹肚，綠麂皮挑線海獸戰裙，腳下四縫著腿黑靴弓彎雀畫，前插雕翎金袋，肩上橫擔銷金令子藍旗，端的人如猛虎，馬賽飛龍。須臾一對藍旗過來，夾著一對青衣節級上，一個個長長大大，繆繆撒撒，頭帶黑青巾，身穿皂直裰，腳上乾黃皮底靴，腰間懸繫虎頭牌，騎在馬上，端的威風凜凜，相貌堂堂。須臾三隊牌兒馬過畢，只聞一片喝聲傳來，那傳道者，都是金吾衛士，直場排軍。身長七尺，腰闊三停。人人青巾桶帽，個個腰纏黑靴，左手執著藤棍，右手潑布撩衣，長聲道子一聲，喝道而來，下路端的嚇魄消魂，陡然市衢渣淨。頭道過畢，又是二道捽手，捽手過後，兩邊雁翎排列，二十名青衣緝捕，皆身腰長大，都是寬腰大肚之輩，金眼黃鬚之徒。個個貪殘似虎，人人那有慈悲。十對青衣後面，輜是八抬八簇，肩輿明轎，轎上坐著朱太尉，頭戴烏沙，身穿猩紅斗牛絨袍，腰橫四指荊山白玉玲瓏帶，腳靸皂靴，腰懸太保牙牌黃金鑰，頭戴貂蟬，腳登虎皮踏。抬那轎的，離地約有三尺高，前面一邊一個，相抱角帶身穿青紵絲家人跟著，轎後又是一班兒六面牌兒馬，六面令字旗，緊緊圍護，以聽號令。後約有數十人，都騎著

寶鞍駿馬，玉勒金鐙，都是官家親掌安書辦書吏人等，都出于袴養時話，驕自己好色貪財，那曉王章國法。登時一隊隊都到宅門首，一字兒擺下，喝的人靜迴避，無一人聲嗽。那來見的官吏人等，黑壓壓一群，跪在街前。良久太尉轎到跟前，左右喝聲：「起來伺候！」那眾人一齊應諾，誠然聲震雲霄。只聽東邊棨棨鼓來響動，原來本尉八員太尉堂官，見太尉新加光祿大夫太保，又蔭一子為千戶，都各備大禮在此。治具酒筵，來此慶賀。故此有許多教坊伶官，在此動樂。太尉纔下轎，樂就止了。各項官吏人等，預備進見。忽然一聲道子響，一青衣承差，手拿兩個紅拜帖，飛走而來，遞與門上人說：「禮部張爺，與學士蔡太爺來拜。」連忙稟報進去，須史轎在門首，尚書張邦昌與侍郎蔡攸，都是紅吉服補子，一個犀帶，一個金帶，進去拜畢。侍茶畢，送出來，又是吏部尚書王祖道與左侍郎韓侶右侍郎尹京，也來拜朱太尉。都待茶送了，又是皇親喜國公，樞密使鄭居中，駙馬掌宗人府王晉卿，都是紫花玉帶來拜。惟鄭居中坐轎，這兩個都騎馬。送出去方是本衛堂上六位太尉到了，呵殿宣儀，行仗羅列，頭一位是提督管兩廂提察使孫榮，第二位管機察梁應龍，第三管內外觀察典牧皇畿童太尉姪兒童天胤，第四提督京城十三門巡察使，第五管京營衛緝察皇城使竇監，第六督管京城內外巡捕使陳宗善。都穿大紅頭帶貂蟬，惟孫榮是太子太保玉帶，餘者都是金帶。……少頃裡面樂聲響動，眾太尉插金花，拿玉帶，與朱太尉把盞遞酒，堦下一派簫韻盈耳，兩行絲行和鳴。……

試看朱勔的這分權勢的震懾情景，倒像個皇帝，不像個太尉。下面的二百餘字駢文，雖說他是「假旨令八位大臣拱手，巧辭使九重天不點頭」；又說他「督運花石，江南淮北盡災殃，進獻黃楊，國庫民財皆匱竭。」再說「當朝無不心寒，列士為之屏息。」可是最後的「正是」，則說朱勔是「輦下權豪第一，人間富貴無雙。」這兩句的諷諭，舍天子而外，誰還能在「輦下」算得「權豪第一」？誰還能在「人間」稱得「富貴無雙」？顯然的，這些辭藻，原不是寫在朱勔頭上的，改纂過的了。

再說，在第十八回時，寫蔡攸是「祥和殿學士兼禮部尚書」，這裡則又把蔡攸寫成「侍郎」了。按第十八回是政和五年夏，這第七十回是政和七年冬，兩年後，蔡攸卻降了級了。這些地方，自也是改纂的痕跡。

那麼，朱勔在宋徽宗時，有些怎樣的作為呢？

《宋史》卷四百七十之〈列傳〉二百二十九，朱勔乃佞臣之一。他是蘇州人，父沖，家本微賤，傭於人，梗悍不馴，抵罪鞭背，去之房邑乞貸，遇異人得金及方書歸，設肆賣藥，病人服之輒效，遂富。因助蔡京建僧寺，夤緣童貫，置軍籍中，父子均得官。徽

宗屬意花石，朱勔父子密取浙中珍異以進，獲帝嘉賞。政和中，竟以朱勔領蘇杭應奉局及花石綱事，舳艫相銜於淮汴間，伐塚藏，毀室廬，流毒州郡二十年。後方臘亂起，方被黜，旋又復官。歷任隨州觀察使，慶遠軍承宣使，又拜寧遠軍節度使，至直秘閣殿學士，時謂東南小朝廷。靖康時放歸田里，徙韶州循州。後遣使斬之。看來，《金瓶梅》之誇大朱勔的威勢，不無據也。只是朱勔並不曾官至太尉三公之位。

沈德符在其《萬曆野獲編》中說：「聞為嘉靖間大名士手筆，指斥時事，如蔡京父子則指分宜，林靈素則指陶仲文，朱勔則指陸炳，其他各有所屬云。」雖蔡京父子與嚴嵩父子，都是父子同朝當政，僅此一點，略可比擬，其他如林靈素，在《金瓶梅詞話》中，並未直抒林靈素其人，自無從與陶仲文比況。至於朱勔在《金瓶梅詞話》第七十回中的這分權勢的排場，佞臣陸炳，似乎沒有這大膽量在京城擺出這麼大的譜兒？陸炳雖曾受寵破例以三公兼三孤，掌錦衣衛大權久不移，罪夏言，陰仇鸞，勢傾天下，文武大吏爭走其門，但像這種「輦下權豪第一，人間富貴無雙」的天子派頭，想必陸炳在行動上，還應有所顧慮吧。

按陸炳卒於嘉靖三十九年（1560），這第七十回寫了海鹽戲子唱了一套嘉靖時人李開先寫的《寶劍記》，這一套正宮端正好的曲詞，乃林沖指斥當時權臣高俅的話。那麼，如果沈德符說的話是對的「朱勔則指陸炳」，則《金瓶梅詞話》的寫作年代，應在嘉靖以後，斯亦證言也。

九、六黃太尉（黃經臣）

《金瓶梅詞話》第六十五回，寫有「宋御史結豪請六黃」的回目，描寫這位六黃太尉奉派押運「萬態奇峰」，路過清河，宋御史率同山東地方文武官員，接迎這位皇帝御前的「六黃太尉」，到西門慶家吃一頓飯。這位「六黃太尉」是誰？小說則未寫明。《宣和遺事》亨集，記有宣和六年正月十四日夜，聖旨宣萬姓到鰲山下看燈。說是「去宣德門直上有三四個貴官，全撚線撲頭，舒角紫羅窄袖袍，簇花羅。那三四個貴官姓甚名誰？楊戩、王仁、何䜣、六黃太尉」。也未寫出名字。但《金瓶梅詞話》第七十回，工部的本章，記有「朱勔、黃經臣督理神運，忠勤可嘉，勔和太傅兼太子太傅，經臣加殿前都太尉，提督御前人船，各蔭一子為金吾衛正千戶。」那麼，這位「六黃太尉」，應是「黃經臣」吧！

按黃經臣，史載與童貫同用事。御史中丞盧航表裡為奸，縉紳側目。大觀三年，陳禾疏劾童貫黃經臣怙寵弄權之罪，願亟竄之遠方。論奏未終，帝拂衣起。禾引帝衣，請畢其說。衣裾落。帝曰：「正言碎朕衣矣！」禾言：「陛下不惜碎衣，臣豈惜碎首以報陛下！此曹今日受富貴之利，陛下他日受危亡之禍。」言愈切。帝變色曰：「卿能如此，

朕復何憂內侍！」請帝易衣，帝卻之。曰：「留以旌直臣。」翌日，貫等相率前訴，謂國家極治，安得如此不祥語邪？遂奏禾狂妄，謫監信州酒稅。據以史實看來，此一「六黃太尉」，想必是黃經臣也。

可是，作者何以不把童貫寫進來，偏要寫上這位史無本傳的黃經臣而又以「六黃太尉」代之？實難蠡知其用意。再說，這第七十回的工部一本，為了「神運」奉迎，奠安「艮嶽」一事，加封的功臣數十員，亦獨缺童貫。想來，這種地方，都是值得我們去更進一步探討的問題。留待以後再去推演了。

十、王寀（王三官）

在《金瓶梅詞話》中拜西門慶為義父的王三官，本名也叫王寀。按宋史中的王寀，乃神宗時王韶之子，韶有十子，只有王厚、王寀二人最顯，王寀也可能是行三（史宋說行幾）。王韶是王安石同黨，曾任觀文殿學士禮部侍郎資政殿觀文學士。史說：「非嘗執政而除者，自韶始。」且官其兄弟及兩子。王寀即其一。

《宋史》卷三百二十八之〈列傳〉八十七，稱王寀也是進士及第，好學工詞章，但愛談神仙事，自言天神可祈而下。林靈素妒之。徽宗曾命王寀到內殿設壇祈神。林靈素譖言王氏父兄曾在西邊與西夏通，徽宗因疑之。迨三夕過後，祈無所聞，乃下寀大獄棄市。看來，這《金瓶梅》中的王三官，可能就是從《宋史》中的〈王韶本傳〉套取來的。想來，也只是運用了宋人名而已。

十一、職官的問題

關於作者寫在《金瓶梅》中的職官問題，前人早有評論。如昭連的《嘯亭續錄》卷二：「《金瓶梅》其淫穢不待言。至敘宋代事，除《水滸》所有外，俱不能得其要領。以宋明二代官名廁其間，最屬可笑。是人尚未見商輅《宋元通鑑》者，無論宋元正史！弇州山人何止謭陋若是？必為贗作無疑也。」此一問題，吳晗也作類似的說詞：「作小說雖不一定要事事根據史實，不過，假如一個史學名家作的小說，縱使下筆十分不經意，也不至於荒謬到如昭槤所譏。」可以說，昭槤與吳晗兩人的這番話，都是站在史學家的觀點說的，乃不知小說之論也。

西人稱小說為「虛構」（fiction），斯一命名，真是名符其實。小說如不虛構，那就不是小說了。如果那小說是寫史的小說，如《三國演義》或《隋唐演義》，以及所謂「列國志」，人物與職官，似不應背離歷史。其他小說，雖寫有歷史背景，也不必非得符合那歷史背景不可。小說的歷史背景，只不過是個假設罷了。若《金瓶梅》者，它所寫的宋徽宗時代的歷史背景，只不過是一個假設。作者創意《金瓶梅》的目的，欣欣子已代

為說了：「寄意於時俗，蓋有謂也。」作者為了要以古諷今，遂假設了宋徽宗的時代，來諷諭他生活的那個當代社會。因而他把宋徽宗的那個時代，與他生活的那個時代，揉成了一體，把宋明合而為一。不但在史實上，有所隱喻，在職官上，更是忽而宋忽而明，而又忽而非宋非明，既宋且明。我們在前面提到的那些，業已能夠印證。下面，我們再舉出一部分來加以說明。

首先，我們來說西門慶的提刑官。

在第三十回，蔡京收受了西門慶送來的生辰擔，要賞給西門慶一個官職，說：「昨日朝廷欽賜了我幾張空名告身劄付，我安你主人在你那山東提刑所，做個理刑副千戶，頂補千戶賀金的員缺。」第四十八回，曾孝序的參本，則稱他們是「山東提刑所掌刑金吾衛正千戶夏延齡」（西門慶是副千戶）；第三十六回，翟謙寫給西門慶的信，稱之為「即擢大錦堂」；又第六十四回李瓶兒喪禮，眾官的祝文，則稱西門慶為「錦衣」，曰「故錦衣西門恭人李氏」；又第八十四回西門慶死，友朋的祭文，均稱「錦衣」，應伯爵等人且加上「武略將軍」四字，稱之為「錦衣武略將軍」。西門慶新修的祖墳，墳門上新安的牌面，也大書「錦衣武略將軍西門慶氏先塋」。那麼，西門慶是一個怎樣的職官呢？又是「山東提刑所」的「理刑副千戶」，又是「掌刑金吾衛副千戶」，又是「錦衣武略將軍」。這些職稱，在《宋史》上有沒有根據呢？我們先看《宋史》。

《宋史》卷一百六十七〈職官志〉第一百二十，載有「提點刑獄」之官，志云：「提點刑獄公事，掌所部之獄訟，而平其曲直，所至審問囚徒詳覆案讀，凡禁繫淹延而不決，盜竊逋竄而不獲，皆劾以聞。及舉刺官吏之事，舊制參用武臣。熙寧初，以武臣不足以察所部人材，罷之。六年置提刑司檢法官。紹聖初，以提刑兼坑冶事。宣和初，詔江西、廣東增置武提刑一員，然遇闕，則不許武憲兼攝。中興以盜賊未衰，諸路無武臣提刑，處權添置一員。建炎四年罷。紹興初，兩浙路以疆封闊遠，差提刑二員。淮南京路罷提刑，令提舉茶鹽官兼領。蓋因事之煩簡而損益焉。乾道六年，詔諸路分置武臣提刑一員，須選差公廉曉習法令民事之人，如無，聽闕。其後稍橫，遂不復除。八年，用臣僚言，諸路經總制錢，並委提點刑獄官督責。嘉定十五年，臣僚言廣西所部州軍最多提刑，合照元降指揮，分上下半年就鬱林州與靜江府兩處置司，無使僻地貧民有冤莫吐。從之。其屬有檢法官、幹辦官。」顯然的，西門慶的「提刑」官稱，自是基此史乘而來。可是，又怎能稱之為「金吾衛」呢？

按「金吾衛」乃武衛京師之官，宋名「環衛官」，《文獻通考》論及金吾衛曾言宋制云：「宋為環衛官，無定員，無職事，皆命宗室為之。靖康元年，御史中丞陳過庭言，請遵藝祖開寶初罷諸節度使歸環衛故事，於是節度使錢景臻等，並為左右金吾衛上將軍，孝宗興隆初，詔學士院討論環衛官制，欲參酌祖宗時及唐太宗制，如節度使則領左右金

吾衛上將軍，承宣使則領左右衛上將軍，在內則兼帶，在外則不帶。正任為上將軍，副使為中郎將，使臣以下為左右郎將，通以十員為額，宗室不在此例。餘管軍則解，或領閤門皇城之類，則仍帶。雖戚里子弟，非戰功不除。上謂宰相謂：『欲以此儲將才重環衛，如文臣儲才於館閣也。』」試想，西門慶乃山東清河提刑所千戶，如何能稱之為「金吾衛」，金吾衛環京畿者也。

那麼，西門慶又怎能稱之為「錦衣」呢？

按「錦衣」一詞，雖其意為美衣，但以之名官，自是基於明朝的「錦衣衛」而來。明朝的「錦衣衛」，一如古之金吾衛，也是保衛皇城的御林軍，所不同的是，明朝的錦衣衛掌管緝捕刑獄之事。明〈職官志〉（《宋史》卷七十六）說：「錦衣衛掌侍衛緝捕刑獄之事，恆以勳戚都督領之。恩蔭寄錄無常額。凡朝會巡幸，則具鹵簿儀仗，統所凡十有七，中前左右後五所，分鑾輿、擎蓋、扇手、旌節、旛幢、班劍、斧戟、弓矢、馴馬十司。……」所謂的「錦衣」或「大錦衣」或「錦衣武略將軍」，自是指的錦衣衛之官。

再明朝人稱呼任職於錦衣衛者，習稱之為「金吾」。如湖北麻城人劉守有任職於錦衣衛指揮，屠隆寫信給他，即稱之為「金吾」或「大錦衣」（見《棲真館集》）。由此，足以說明這位西門慶，應是錦衣衛的衛所千戶。稱之為「大錦衣」，自是尊詞。但何以要安排到山東清河去？自然是隱喻了。

我們如從上述的情事來看，足以證明金瓶梅的作者並非不諳《宋史》，而且對《宋史》極為熟悉，所以他纔能完成這類隱喻的揉合。像昭槤寫在《嘯亭續錄》中的那些話，纔「最屬可笑」呢，令人可笑的是，他讀書未免太馬虎了。像《金瓶梅》這樣的長篇說部，怎能囫圇一過，就下筆論斷的呢！說來，連吳晗也是如此，未能熟思《金瓶梅》也。

至於其他之並無隱喻的明朝職官，在《金瓶梅》中比比皆是，這裡不列舉了。

十二、隱喻的問題

我認為《金瓶梅詞話》是一部具有政治諷諭的小說，上述職官問題，便是證言之一。

關於諷諭問題，我在《金瓶梅的問世與演變》與《金瓶梅劄記》二書，業已說了不少。譬如宋徽宗的惡政花石綱，堪與明神宗的礦稅相比擬；六黃太尉押運「萬態奇峰」的因河中無水，起八郡民夫牽挽，又恰可與明神宗的皇三子福王之藩的情況相擬。明人沈德符說：「聞為嘉靖間大名士手筆，指斥時事，如蔡京父子則指分宜，林靈素則指陶仲文，朱勔則指陸炳，其他各有所屬云。」關於此一問題，我在本文前面已經說到，像沈德符說的這種「指斥時事」的人物，極難與史實印證。我們只能說，像《金瓶梅》中的宋史人物以及職官上的宋與明的揉合，或明白寫出了明朝的官制職稱，全只是小說家作為隱喻的一種手段，焉能用索引的方法，去一一對證呢？小說中的人與事，如能與史

實一一應證，那就不是小說了。

　　《金瓶梅詞話》的政治諷諭對象，乃明朝嘉、隆、萬三朝，甚而說是晚明社會的縮寫；手段是以宋喻明，是勿庸再說的了。戴不凡寫〈金瓶梅零札六題〉，摘出一些問題，指所寫乃「嘉靖時事」（見戴著《小說見聞錄》第 145-148 頁，臺北木鐸出版社印），我則指出第七十回、七十一回隱喻有泰昌元年的故實。這些，都是政治的諷諭，非純嘉靖時事也。

　　如從職官來說，像上述西門慶的官銜等等，應說是隱喻，他如派往楚地催皇木的兵部主事，一年期滿升任都水司郎中的安忱等，應說是明喻了。

　　從整體來說，《金瓶梅詞話》中的宋明職官，就是一個有關政治諷諭的直接證據，也足以說明它在《金瓶梅詞話》中，已是改纂過的了，至於原始《金瓶梅》的政治諷諭情節如何？頗有待於原始《金瓶梅》初稿的被發現也。

七十三年六月六日

王三官、林太太、六黃太尉

　　如從《金瓶梅詞話》的情節看，王三官是招（昭）宣使王某的三公子，母親林太太，風月之名揚於妓家。他的妻子，是徽宗皇帝殿前侍衛六黃太尉的姪女兒；這位昭宣使的祖上，曾是太原節度使邠陽王。可以說這位王三官是一位典型的紈袴子弟。在《金瓶梅詞話》的所有人物當中，祇有王三官方能算得上是一位出身於簪纓之家的紈袴子弟。

　　這位名叫王寀的王三官，雖在《金瓶梅詞話》的情節中，出場不多，演出的故事，也不動人，但卻自第四十二回上場，到第八十回方始不再出現也未被提起。前後竟也綿亙了三十九回之久；兩次被寫入回目。

　　那麼，王三官在《金瓶梅詞話》的情節中，究竟扮演了一個怎樣的角色？他是不是一個重要的人物？良是一個值得探索的問題。

一、王三官登場

　　王三官第一次在小說中登場，寫在第四十二回。

　　……西門慶見人叢裡謝希大、祝日念同一個戴方巾的在燈棚下看燈，指與伯爵瞧。因問：「戴方巾這個人，你不認得他？如何跟著他一答兒裡走？」伯爵道：「此人眼熟，不認得他。」西門慶便叫玳安，「你去悄悄請了謝爹來，休教祝麻子和那人看見。」玳安小廝（是）眼裡說話（的）賊，一直走下樓來，挨到人間裡，待祝日念和那個人先過去了，從旁邊出來，把謝希大拉了一把，慌的希大回身觀看，卻是他。玳安道：「爹和應二爹，在這樓上，請謝爹說話。」希大說：「你去，知道了。等陪他兩個到粘梅花處，就去見你爹。」玳安便一道煙去了。不想到了粘梅花處，這希大向人鬧處，就扱過一邊，由著祝日念和那個人只顧尋他。便走來樓上見西門慶、應伯爵兩個作揖。因說道：「哥來此看燈，早晨就不說，呼喚兄弟一聲。」西門慶道：「我早晨對眾人不好邀你們的，已託應二哥到你家請你去，請你不在家。剛纔祝麻子沒看見你這裡來。」因問那戴方巾的是誰？希大道：「那戴方巾的是王昭宣府裡王三官兒。今日和祝麻子到我家，央我向許不與那裡借三百兩銀子，央我和老孫祝麻子作保。要幹前程入武學肄業。我那裡管他這個閒

賬，剛纔陪他燈市裡走了走，聽見哥使盛价呼喚，我只伴他到粘梅花處，交我乘人亂就扠開了。走來見哥。」（第4、5頁）

我們看王三官的登場，由西門慶的目光在燈市中發現的，可以想見王三官這人的穿著與容止，與眾不同，所以纏引起了西門慶的注意。再說，西門慶是清河縣的土著，這王三官如果在清河住久了，西門慶不會不認識。這一點，沒有交代，與其他重要人物出現的寫法不同。不過，如從王三官這一登場的氣派看來，又恰像是一重要的伏筆，隱伏著王三官的後來，必然還有許多重要故事演出似的。可是，下面一寫到謝希大的介紹，卻又不得不令人感到洩氣。他央懇謝希大等人向許不與借銀三百兩，對一個只知吃喝玩樂的紈袴子弟來說，雖屬司空平常，「要幹前程入武學肄業」，則又不是可以用來按給王三官的借錢理由。「入武學肄業」是正大光明的事，他既是王昭宣府的舍人，縱使老子死了，他娘還活者，出入還照舊前護後擁（見第六十九回），何況，王三官還有個得寵朝廷的六黃太尉，是他老婆的叔伯，怎會為了「入武學肄業」的前程，央懇謝希大等人為他作保向別處借銀？

固然，我們可以說謝希大說的王三官這一借錢理由，只是王三官的託詞，但總令人感於這理由有些不合情理。到了下面，再寫到王三官的借錢事，可就未免市諢得太低級趣味了。

二、王三官借錢

謝希大祝日念等人，在西門慶家與彈唱的妓女們，吃喝玩樂了一陣，在湯飯桌上，希大因問祝日念道：

「你陪他，還到那裡纏拆開了？怎知我在這裡？」祝日念于是如此這般告說：「我等因尋你一回，尋不著，就同王三官到佬孫（家）會了，往許不與先生那裡，借三百兩銀子去。乞孫寡嘴老油嘴，把借契寫差了。」希大道：「你們休寫上我，我不管，左右是你與老孫作保，討保頭錢使。」因問：「怎的寫差了？」祝日念道：「我那等吩咐他，寫文書，滑著些，立與他三限纏還這銀子。不依我，教我從新把文書又改了。」希大問：「你文書上，怎麼寫著？唸一遍我聽。」祝日念道：「依著我這等寫『立借據人王案，係昭宣府舍人。休說因為要錢使用，（此句必有文詞脫漏，雲注。）只說要錢使用。憑中見人孫天化、祝日念作保，借到許不與先生名下，不要說白銀軟斯金三百兩，每月休說利錢，只說出納梅兒五百文。約至次年交還，別要題次年，只說約至三限交還。那三限？頭一限，風吹轆軸打孤雁；第二限，水底魚兒跳上案；第三限，水裡石頭泡得爛。到這三限交還他。

平白寫了垓子點頭那一年纔還他。』我便說：『倘忽遇著一年地動，怎了？』教我改了兩句，說道：『如借債人東西不在，代保人門面南北躲閃。恐後無憑，立此文契不用。』到後，又批了兩個字，『後空。』」謝希大道：「你這等寫著，還說不滑稽。及到石頭爛了時，知他和尚在也不在？」祝日念道：「你到說得好，有一朝天旱水淺，朝廷挑河，把石頭乞做工的伕子兩三𪾢頭砍得稀爛，怎了？那裡少不的還他銀子。」眾人笑了一回。看看天晚……

　　像這一段王三官借錢的描述，顯然是下流社會人們的玩樂插科，絕非事實。所以我認為這一段借錢的描述，不是王三官借錢的事實寫照，但卻是謝希大祝日念這班人的生活寫照。這班人——連西門慶都算上，全是下流社會的市儈人物，是以他們的玩樂笑謔，自也全是一些市諢之語。雖然，這一段的王三官借錢，距離現實甚遠，但如從他們這班人的性行來說，他們的這番市諢語的玩樂笑謔，又何嘗不是寫實的筆墨呢！我想，凡是曾經接觸過下流社會的人士，必能吟味到這段筆墨的現實如見。

　　不過，總令人感於這段筆墨，與他處的典雅部分，不能並觀，斯一例耳！

三、王三官與李桂姐

　　西門慶第一次發現了王三官，是在元宵看燈的時候。到了四月中，這位王三官的故事，方始繼續寫上一筆。寫在第五十一回：

伯爵道：「我今敢來，有椿事兒報與哥。你知院裡李桂兒勾當？她沒來？」西門慶：「她從正月去了，再幾時來？我並不知道什麼勾當。」伯爵因說起王昭宣府裡第三的，原來是東京六黃太尉姪女兒女婿。從正月往東京拜年，老公公掌了一千兩銀子，與他兩口兒過節。你還不知這六黃太尉姪女兒，怎麼標致？上畫兒只畫半邊兒也有恁俊俏相的。你只守著家裡的罷了，每日被老孫、祝麻子、小張閒三四個，摽著在院裡撞。把二條巷齊家那小丫頭子齊香兒梳朧了。又在李桂兒家走，把他娘子兒的頭面，都拏出來當了，氣的他娘子兒家裡上吊。不想前日這月裡，老公公生日，他娘子兒到東京，只一說，老公公惱了，將這幾個人的名字送與朱太尉，朱太尉批行東平府著落本縣拏人，昨日把老孫、祝麻子與小張閒，都從李桂兒家拏的去了。李桂兒便躲在隔壁朱毛頭家，過了一夜。今日說來你這裡，央及你來了。」西門慶道：「我說正月裡都摽著他走。這裡誰人家銀子；那裡誰人家銀子；那祝麻子還對著我搞生鬼。」說畢，伯爵道：「我去吧，等住回，只怕李桂兒來，你管不管她？她又說我來串作你。」西門慶道：「你且坐著，我還和你說哩。……」……西門慶走到後邊，只見李桂姐身穿茶色衣裳，也不搽臉，

用白挑線汗巾子搭著頭，雲環不整，花容淹淡。與西門慶磕頭，哭起來。說道：「爹！可怎麼樣兒的恁造化低的營生，正是關著門兒家中坐，禍從天上來。一個王三官兒，俺們又不認的他，平白的，祝麻子孫寡嘴領來了俺家討茶吃，俺姐姐又不在家，依著我說，別要招惹他，那些兒不是？俺這媽越發老的韶刀了，就是來宅裡與俺姑娘做生日的這一日，你上轎來了就是了，見祝麻子打旋磨兒跟著，從新又回去，對我說：「姐姐，妳不出去待他鐘茶兒，卻不難為囂人了。他便生爺這裡來了。交我把門插了不出來。誰想從外面撞了一夥人進來，把他三個不由分說，都擎的去了。王三官便奪門走了，我便走在隔壁人家躲了。家裡有個人牙兒？纏使保兒來這裡，接的你（我）家去。到家，把媽慌的魂兒也沒了，只要尋死。今日縣裡皂隸，又擎著票，喝囉了一清早起去了。如今坐名兒只要我東京回話去。爹，你老人家不可憐見救救兒，卻怎麼樣兒的？娘（指吳月娘）在旁邊也替我說說話兒。」西門慶笑道：「妳起來！」因問票上還有誰的名字？桂姐道：「還有齊香兒的名字，他梳朧了齊香兒，在她家使錢著，便該當。俺家若見了他一個錢兒，就把眼睛珠子吊了，若是沾沾他身子兒，一個毛孔兒裡，生一個天疱瘡。」月娘對西門慶道：「也罷，省的她恁說誓剌剌的，你替他說說罷！」……（第5、6、7頁）

這一回的王三官雖然沒有出現，由應伯爵與李桂姐的前後口述，卻也極為清楚。這次的事件，乃由於王三官在妓家玩得太厲害，他娘子這（四）月裡又去了東京一趟，給老公公拜壽，只一說，這老公公六黃太尉就惱了，遂著朱太尉批文東平府著落清河縣拏人。於是，祝麻子、孫寡嘴、小張閒等人，都被捉進官去了。李桂姐與齊香兒躲開了。李桂姐來西門家求情說項。西門慶接納了吳月娘的建議，把已派定去江南辦貨的來保，改派晉京，替李桂姐說項，李桂姐就躲在西門家。

說來，這一處的描寫，也足夠烘托了西門慶與李桂姐這兩個人物的性行，第一，烘托了李桂姐這位妓家女的妓女心性，以及她的罰誓與王三官無來往。在在都寫出了妓家女的並不忠於某一恩客；第二，烘托了西門慶的器量大，不與妓家女計較細節，照舊派人晉京為李桂姐打點，連銀子都不要李桂姐出；第三，也暗示了西門慶的不能離開妓家這種地盤。所以，如以《金瓶梅詞話》的小說情節論之，此一情節，卻也無疵可以吹求。到了第五十八回，西門慶生日，齊香兒等妓家女到來祝壽，齊香兒要告辭去，提出的理由是「俺們明日還要起早往門外送殯去哩。」伯爵問是誰家？齊香兒道：「是房簷底下開門那家子。」伯爵道：「莫不又是王三官兒家？前日被他連累妳那場事，多虧妳大爹這裡人情，替李桂兒說，連妳也饒了。這一遭，雀兒不在那窩兒罷了。」應伯爵的這幾

句話，交代了六黃太尉為姪女兒處理王三官冶遊的那場官司。在情節的穿插上，卻也自然不滯不僵，不像有改寫的痕跡。（「房簷底下開門」，亦調謔語也。）

但王三官的此一情節，從第四十二回正月燈節上場起，到了這第五十八回，業已演進了十七回之多的篇幅，時間也進行了七個多月，可是這王三官的故事情節，卻仍限於陪襯地位，連官府到妓院捉人，也全交由應伯爵與李桂姐的口述，沒有現實場面的演出。因而總令人感到王三官的故事，與他初上場的那種受到西門慶注意的情景，有些令人失望。

那麼，我們再看寫入回目中的「王三官中詐求奸」及「王三官拜西門慶為義父」的故事情節，是怎樣寫的呢？

四、王三官中詐求奸

在沒有談到「王三官中詐求奸」這一回目，必得先說王三官他娘——林太太，因為王三官的「中詐求奸」必須把他娘聯到一起，現在，我們先說他娘。

第六十八回的全部上下回目：「鄭月兒賣俏透密意；玳安慇懃尋文嫂。」指的便是王三官的娘——林太太。

十一月初八日，商人黃四在鄭愛月家擺酒答謝西門慶為他岳父解脫了訟事。這一天，鄭愛月居然向西門慶透露了王三官與李桂姐的事，說：

> 「……怎的有孫寡嘴、祝麻子、小張閒；架兒于寬、孫錫錢，踢行頭白回子、沙三，日逐摽著在他家行走。如今丟開齊香兒又和秦家玉芝兒打熱，兩下裡使錢使沒了，抱了皮襖，當了三十兩銀子，拿著他娘子兒一副金鐲子，放在李桂姐家，算了一個月歇錢。」西門慶聽了，口中罵道：「恁小淫婦兒，我吩咐休和這小廝纏，他不聽。還對著我賭身發呪，恰好只哄我。」愛月道：「爹也別要惱，我說與爹個門路兒，管情教王三官打了嘴，替爹出氣。」西門慶把她摟在懷裡……（愛月）便道：「我說與爹，休教一人知道，就是應花子，也休望向他題，只怕走了風。」西門慶：「我的兒，你告我說，我傻了肯教人知道。端的甚門路兒？」鄭愛月悉把王三官娘林太太，今年不上四十歲，生的好不喬樣，描眉畫眼，打扮狐狸也似。他兒子鎮日在院裡，他專在家，只送外賣，假托在個姑姑庵兒打齋，但去就說媒的文嫂兒家落腳。文嫂兒單管與她做牽頭兒。只說好風月，我說與爹到明日遇她遇兒也不難。又一個巧宗兒，王三官娘子兒，今纔十九歲，是東京六黃太尉姪女兒，上畫般標致，雙陸棋子都會。三官常不在家，她如同守寡一般，好不氣生氣死，為他也上了兩三遭吊，救下來了。爹難得先刮拉上他娘，不愁媳婦兒不是你

的。（第13頁）

上敘這一段文字，寫在第六十八回，回目是「鄭月兒賣俏透密意」，下半回目便是「玳安慇懃尋文嫂」，把文嫂尋到，便是第六十九回的上半回目「文嫂通情林太太」。

關於這文嫂是怎樣說林太太應允接納西門慶？這裡不再說了。但文嫂為林太太設想的相見理由，則是央挽西門慶標著王三官冶遊的那夥人斷開了。所以當林太太被文嫂誇說西門慶說情心中迷留模亂情竇已開的時候，便向文嫂計較道：「人生面不熟，怎生好遽然相見的。」文嫂則說：「不打緊，等我對老爹說。只說太太央浼老爹，要在提刑院遞狀，告那起引誘三爹這起人，預先私請老爹來，私下先會一會，此計有何不可！」說得林氏心中大喜。約定後日晚夕等候。

就這樣，文嫂把林太太與西門慶「通情」上了。下半回目，就是「王三官中詐求奸」。關於這一情節，寫的是西門慶運用了提刑所的公器，把幾位標著王三官冶遊的小張閒等拿了法辦的事。我們看這一情節：

> 一宿無話。到次日，西門慶到衙門中發放已畢，在後廳叫過該地方節級緝捕，吩咐如此如此，這般這般。王昭宣府裡三公子，看有什麼人勾引他，院中在何人家行走？使與我查訪出名字來，報與我知道。因向夏提刑說：「王三公子甚不學好，昨日他母親再三央人來對我說，倒不關他這兒子事，只被這干光棍兒勾引他。今若不痛加懲治，將來引誘壞了人家子弟。」夏提刑道：「長官所見不錯，必須該取他。」節級緝捕領了西門慶鈞語。到當日果然查訪出各人名姓來，打了事件。到後晌時分，來西門慶宅內呈遞揭貼。西門慶見上面有孫寡嘴、祝日念、小張閒、轟銥兒、何三、于寬、白回子；樂婦是李桂姐、秦玉芝兒。西門慶取過筆來，把李桂姐秦玉芝兒並老孫祝日念名字多抹了。吩咐只動這小張閒等五個光棍，即與我拿了，明日帶到衙門中來，眾公人應諾下去。至晚，打聽王三官眾人，都在李桂姐家吃酒踢行頭。（節級等）多埋伏在後門首，深更時分，剛散出來，眾公人把小張閒、轟銥、于寬、白回子、何三等五人拿了。孫寡嘴與祝日念扒李桂姐後房去了。王三官兒藏在李桂姐床身上不敢出來。桂姐一家慌的捏兩把汗，更不知是那裡動人！自央人打聽實信。王三官躲了一夜不敢出來，李家鴇子又恐怕東京做公的下來拿人，到五更時分，攛撮李銘換了衣服，逃王三官家來。節級緝捕把小張閒等拿在廳事房，吊了一夜。到次日早晨，西門慶進衙門與夏提刑陞廳，兩邊刑杖羅列，帶上人去，每人一夾，二十大棍，打得皮開肉綻，鮮血逆流。響聲震天，哀號動地。西門慶囑附道：「我把你這起光棍，專一引誘人家子弟，在院飄風，不守本分，本當重處，今從輕責你這幾下兒，再若犯在我手裡，定然枷號在

院門首示眾。」喝令左右扠下去。……（第10、11頁）

這裡，只寫了西門慶命令提刑院的節級與緝捕，拿了小張閒等五個光混兒，每人一夾又二十大棍，要他們下次不要再勾引人家子弟，便扠出了提刑院。並沒有「王三官中詐求奸」的情節。後來，這幾個光棍兒私下裡研究了半天，也猜到了這一手段只是西門慶的名堂。當這夥人又轟到王三官家，企圖再勒索幾兩療傷的銀子，卻又被文嫂使計謀，安撫了幾個光棍在王三官家吃酒，居然偕同王三官到西門家，以姪輩之禮，面報西門慶。於是，西門慶又差左右排軍再把五個光棍捉來，拿出拶子一諕虎，五個光棍兒便只顧叩頭哀告，要求超生，說是以後再也不敢了。方始纏饒了他們，喝令出去。

可以說，這第六十九回的後半情節，在文詞上，連「王三官中詐求奸」的痕跡也尋不出來。那麼，何以這一回的後半回目，寫的是「王三官中詐求奸」呢？顯然的，我們可以推想到這一回的原始情節，乃「王三官中詐求奸」，如今，已被《金瓶梅》改寫成《金瓶梅詞話》的作者，改寫掉了。回目忘了改正而已。是以到了「崇禎本」的《金瓶梅》，這第六十九回的回目，已改成「招宣府初調林太太，麗香院驚走王三官。」這麼一改，回目與這一回的情節，便符節上了。

五、六黃太尉過清河

王三官的媳婦是東京六黃太尉的姪女兒，在有關王三官的情節中，寫了不下三次之多。但在第六十五回，這位東京六黃太尉——徽宗殿前的御用太監，到清河來了，而且到西門慶家吃了一頓飯。第六十五回的下半回目，便是「宋卿史結豪請六黃」，詳細的寫了這位六黃太尉路過山東，被迎接到西門慶家吃了一頓飯的盛況。

關於山東方面的官員迎接六黃太尉的盛況，我們這裡不必抄錄它了。可是，這六黃太尉從船上下來，坐上八抬八簇銀頂暖轎，張打茶褐傘，後邊名下執事人役跟隨，一路上是黃土墊道，鼓吹而行，官員們跪於道旁迎接。所有山東方面的官員全到了，但卻始終未寫王三官與他的媳婦子夾入參見的行列；在文詞上，也無片語隻字的交代，頗不合情理。

按六黃太尉到達清河西門慶家，時間是政和七年十月十八日，距離他託朱太尉批行東平府究辦勾引王三官冶遊事，整整五個月（拏孫寡嘴、祝日念等人下獄，是四月十八日事。）這次，六黃太尉南來迎取卿雲萬態奇石，既然到了清河，又怎的能沒有接見王三官家人的情節，縱然沒有接見的時間，也應有囑託清河縣官員的話。對於他這不上進的姪女婿，在情理上，是不會不加問詢的。但這一回寫的有關六黃太尉到達清河西門家一飯的事，對於王三官以及他的媳婦，還有他媽，均一字不曾提到。想來，這就是一大問題了。

還有,當宋巡按率領兩司八府官員來西門家央煩出月迎請六黃太尉之事的那天,小說上寫了這麼幾句話:

> 眾官悉言,正是州縣不勝憂苦,這件事欽差若來,凡一應祗迎,廩餼公宴,器用人夫,無不出於州縣,取之於民,公私困極,莫此為甚。我輩還望四泉,在上司處美言提拔,足見厚愛之至。言訖都不久坐,告辭起身上馬而去。

我們看這一段話,那裡像是宋巡按與兩司八府官員向一位從五品副千戶西門慶說的話?如照這段話的語氣來看,極顯然的,這位「西門慶」的官職地位,應比知府高纔對。按明朝的知府知州,是正四品,巡按雖祗七品,但權位則高於知府知州。西門慶是衛所副千戶,雖說,西門慶的職司既非宋制亦非明制,縱以《金瓶梅詞話》的小說來說,也只是個武職,掌管清河地方的提刑而已,巡按與府州官怎能以上司之禮尊之?若從這一點來說,足可肯定的說,「宋巡按率兩司八府來央煩」的這位人物,必是一位權勢大過他們許多的人物,可能是封藩的親王郡王之類,絕非《金瓶梅詞話》中的西門慶。顯然的,這一段話,就是袁中郎時代的那部《金瓶梅》的原貌殘餘下的痕跡。乃《金瓶梅詞話》的改寫者,未能改寫周圓的地方。那麼,我在〈賈廉、賈慶、西門慶〉一文中,推想到的原始《金瓶梅》非西門慶的故事,可能是「賈廉的故事」,在此豈不是又得一證明乎?

再說,這一段話的「公私困極,莫此為甚。」應是向這位被央煩者為民有所請命的話,可是下面兩句「我輩還望四泉在上司毅美言提拔,足見厚愛之至。」則遽然一轉,變成要求「西門慶」替他們在上司處美言提拔之詞,竟使這段話前後扞格起來了。這一點,也顯然暴露了改寫的痕跡。

六、王三官拜西門慶為義父

西門慶捉放了小張閒五個光棍之後,王三官要訂十一月初十日在家中擺酒謝西門慶。西門慶收下王三官的請書盒兒,不勝歡喜,以為其妻指日在其掌中。不期到初十日晚夕(應是前夕纔對),東京本衛經歷司差人行照會到,曉諭各省提刑官員知悉,火速赴京,趕冬至令節見朝引奏謝恩,毋得違誤,取罪不便。(第七十回第3、4頁)遂不得已把王三官的這一宴席回了。一直到十一月二十四日西門慶由京謝恩回來,這王三官方再具束邀請(第七十二回第9頁)。西門慶這纔到王三官家赴宴,時間約在十一月二十五日或二十六日。這裡寫西門慶到王昭宣府赴席,被接到廳上敘禮。這樣寫著:

> 原來五間大廳,毬門蓋造,五脊五獸,重簷滴水,多是菱花桂廂,正面欽賜牌額,

金字題曰：「世忠堂」；兩旁對聯寫著：「啟呆（？）元勳第，山河滯礪家」。
廳內設著虎皮公座，地下鋪裁毛絨毯。王三官與西門慶行禮畢，西門慶上坐，他
便旁設一椅相陪。須臾紅漆丹盤，拿上茶來。交手遞了茶，左右收了去。彼此扳
了些說話，然後安排酒筵遞酒；原來王三官叫了兩名小優彈唱。西門慶道：「請
出老太太拜見拜見。」慌的王三官令左右後邊說。少頓出來說道：「請老爹後邊
見吧。」王三官讓西門慶進內。西門慶道：「賢契你先導引。」于是逕入中堂，
林氏又早戴著滿頭珠翠，身穿大紅通袖袍兒，腰繫金鑲碧玉帶，下著玄錦百花裙，
搽抹得如銀人也一般。梳著縱鬢，點著朱唇，耳帶一雙胡珠環子，裙拖垂兩掛玉
珮叮叮。西門慶一面將身施禮，請太太轉上。林氏道：「大人是客。請轉上了。」
半日，兩個人半磕頭。林氏道：「小兒不識好歹，前日冲漬大人，蒙大人寬宥，
又處斷了那些人，知感不盡。今日備了一杯水酒，請大人過來，老身磕個頭兒謝
謝。如何又蒙大人見賜將禮來，使我老身卻之不恭，受之有愧。」西門慶道：「豈
敢，學生因為公事往東京去了，誤了與老太太拜壽，些須薄禮，胡亂送與老太太
賞人便了。」因見文嫂在傍，便道：「你取副台兒來，等我與太太送杯壽酒。」
連忙呼玳安上來。原來西門慶颩包內預備著一套遍地金時樣衣服，紫丁香包，通
袖緞襖，翠藍拖泥裙。放在盤內獻上。林氏一見金彩奪目，先是有五七分歡喜。
文嫂隨即捧上金盤銀台，王三官便叫兩個小優拿樂器進來彈唱。林氏道：「你看，
叫出來做什麼？在外答應罷了。」一面抽出來。當下西門慶把盞畢，林氏也回奉
了一盞，西門慶謝了。然後王三官西門慶遞酒，西門慶纏待送下禮去，林氏便道：
「大人請起，受他一禮兒。」西門慶道：「不敢！豈有此禮。」林氏道：「好大人，
怎生這般說。您恁大職級，做不起他個父親！小兒自幼失學，不曾跟著那好人。
若不是大人重愛，凡事也指教為個好人。今日我跟前教他拜大人做了個義父。但
看不是處，一任大人教訓，老身並不護短。」西門慶道：「老太太雖固說得是，
但令郎賢契賦性也聰明，如今年少，為小事行道之端，往後自然心地開闊，改過
遷善。老太太倒不必介意。」當下，教西門慶轉上，王三官把盞遞了三鐘酒，受
其四拜之禮。遞畢，西門慶亦轉下與林太太作揖謝禮。林氏笑吟吟深深還了萬福。
自此以後，王三官見著西門慶以父稱之。……」（第12、13、14頁）

　　如以小說的情節說，西門慶與林太太的這一次相見，已是第二次了。不但是第二次
見面，而且上過床演過了風月。可是這次見面，則對上次見面的事，作者隻字未提，竟
連見面時的心態感應，也不曾寫到容止上來。令人讀來，恰像是初見一樣。固然，這樣
寫，可以使讀者感於西門慶與林太太這兩個人的心懷鬼胎而面不露相，可是，這小說是

第三人稱，作者可以用全知的觀照來議論幾句，卻也沒有。雖然後面證言了兩句「常將壓善欺良意，權作尤雲殢雨心」，竟也扞格不協。又說：「詩人看到此，必甚不平，故作詩以嘆之，詩曰：『從來男女不通酬，賣俏營奸真可羞，三官不解其中意，饒貼親娘還磕頭。』」像這詩，乃初會的嘆詞，怎能證上再見。下首云：「大家閨閤要嚴防，牝雞司晨最不良；不但孛得家聲喪，有愧當時節義堂。」此詩所說的「牝雞司晨」，又怎能配合上林太太？若照《金瓶梅詞話》的情節看來，雖未寫林太太是個寡婦，但也只有王三官這麼一個兒子。雖然作者沒有寫明林太太是怎樣的出身，也沒寫明她在王家是不是正頭娘子？但如從她的年齡不上四十歲，三子王三官不上二十歲，也可以蠡知這位林太太不可能是正頭娘子，必是妾嬴之輩。但在所有寫到這位林太太的情節上，均未正面說她是寡婦，也未寫明她是棄婦。究竟，她的招宣丈夫，還在不在世？全沒有交代。看起來，好像這位林太太是個寡婦似的？像這種地方，豈非顯然的改寫過了。也足以使我們想到原來的小說情節，必不是這樣的。

再說，那位名叫王景崇的太原節度使邠陽郡王，乃是他家的「祖爺」，在第六十八回也寫明了。所以，這位林太太究竟是寡婦還是棄婦？也難從《金瓶梅詞話》中去尋求答案了。

七、王三官與他娘的結果

《金瓶梅詞話》中的人物，大都給他們寫了結果，甚而連死後脫生到那裡人家，也一一寫明。可是王三官與林太太，作者則沒有給他們寫個結果，從第八十回之後，在小說的情節上，便再也沒有提到他們了。

在第七十七回寫到「西門慶踏雪訪愛月」，還暗示了王三官與鄭愛月也有交情。寫這位能代李瓶兒揀泡螺的西門慶寵倖，也不忠於西門慶，暗中也和王三官來往，已由一幅王三官題詩的「愛月美人圖」顯示出來。西門慶看到這畫上的詩，寫著「三泉主人醉筆」，便問：「三泉主人是王三官的號？」慌的鄭愛月連忙解釋，說這是他舊時寫下的，如今不號三泉了，怕惱了「爹」，改號小軒了。還馬上去取筆來，把那三字塗掉了。這裡的情節，也無非寫著妓家女就是妓家女，她們並不能全靠著金門慶為生啊！

後面又寫著鄭愛月聽到西門慶說王三官已拜他作了義父，遂拍手大笑道：「還虧我指與這條路兒，到明日連三官娘子不怕屬了爹！」西門慶還計畫著到了看燈的日子，請她來看燈吃酒，尋機會到手。這之後，第七十八回又寫到「西門慶兩戰林太太」，這時，已是重和元年正月初六日，林太太說王三官已於正月初四日起身，往東京與六黃公公磕頭去了，要過了元宵纔回來。正月十二日西門慶在家擺酒，宴請各官家娘子，主要的目標就是希望能請到王三官娘子。雖然派遣玳安、琴童以及排軍來回催了好幾趟，又使文

嫂催請，那位林太太纔來。那位王三官娘子，卻因王三官不在家，說是家中無人，竟沒來。光是那位何千戶娘子藍氏，已使西門慶一見而魂飛天外魄喪九霄矣。

　　第七十八回之後，第七十九回西門慶得病，吳月娘追問這幾天的漢子行蹤，方又提到了林太太，讓月娘知道這位來看燈飲酒的林太太，與他漢子也有連手。到了第八十回，又交代了王三官一句，說「祝日念、孫寡嘴依舊領著王三官兒，還來李家行走，與桂姐打熱。」以後也就不再有這母子二人的消息了。

　　如按照王三官與他娘林太太殘餘在《金瓶梅詞話》中的這些情節來看，可以推想到原始《金瓶梅》中的王三官、林太太、以及六黃太尉，可能是最重要的情節，到了《金瓶梅詞話》，已被刪纂得難以周圓了。

李三、黃四、應伯爵

西門慶的發跡，得力於十兄弟幫會，其十兄弟似各有職司，雖未明寫，卻也能從各人的行動上見及。譬如應伯爵，就是一位專在商場上跑攬頭的人物，最顯著的情節，就是李三、黃四借銀。[1]

關於李三、黃四借銀，雖是西門慶身家興衰的附屬情節之一，可是它在《金瓶梅》中，竟上場了十四回之多，還附帶了兩回後果的交代，比其他附屬情節要長得多。從第三十八回開始，借了還，還了再借，到第七十九回西門慶死，也未能把這筆債務了清。那麼，我們如把李三、黃四的這些借銀情節，一一摘錄出來，依次排列，便很容易研判出一些問題出來。[2]

一、第三十八回

……原來應伯爵來，說攬頭李智、黃四派了年例三萬香蠟等料錢糧下來，該一萬兩銀子，也有許多利息。上完了批，就在東平府，現關銀子。來和你計較，做不做？西門慶道：「我那裡做他攬頭，以假充真，買官讓官。我衙門裡搭了事件，還要動他？我做他怎的。」伯爵道：「哥若不做，教他另搭別人。在你借二千銀子與他，每月五分行利，教他關了銀子還你。你心下如何？計較定了，我對他說。教他兩個，明日拏文書來。」西門慶道：「既是你的分上，我挪一千銀子與他罷。如今我莊子收拾，還沒銀子哩。」伯爵見西門慶吐了口兒，說道：「哥若十分沒有銀子，看怎麼再撥五百兩銀子貨物兒，湊個千五兒與他罷。他不敢少你的。」西門慶道：「他少下我的，我有法兒處。又一件，應二哥，銀子便與他，只不教他打著我的旗兒，在外面東誆西騙。我打聽出來，只怕我衙門裡放不下他。」伯爵道：「哥，說的什麼話！典守者不得辭其責，他若在外邊打哥的旗兒，常沒事罷了，若壞了事，要我做什麼？哥，你只顧放心，但有差遲，我就來對哥說。說

1　《金瓶梅詞話》的故事，寫的是西門慶的身家興衰，組成這個故事的主要情節是色，附屬情節是財。當然，也有財色合一的情節，但李三、黃四借銀，則只是一個財字，並無色夾雜其間。

2　上述論點，便是我說李三、黃四借銀，乃《金瓶梅詞話》西門慶身家興衰的附屬情節。

定了，我明日教他好寫文書。」西門慶道：「明日不教他來，我有勾當，教他後
日來。」說畢，伯爵去了。

按一：在這第三十八回之前，李三（智）黃四二人，不曾出現過，這裡寫他們上場，
只由應伯爵口中說他們是「攬頭」，並未介紹他們是怎等樣人。像這麼兩位在小說中出
現了十幾回之多的人物，居然沒有身世介紹，則與其他人物的寫法不同；而且，黃四連
個名字也沒給他。此一問題，頗值推敲。

按二：所謂的「攬頭」，似是代官府承辦官用商品或承攬進出口貿易的商人。這裡
說：「派了三萬香蠟等料錢糧下來，該一萬兩銀子，也有許多利息。」此所謂「年例」，
或等於今日進出口貿易的「配額」吧？（留待研究明朝經濟的學者解說。）西門慶說：「我
那裡作他攬頭，以假充真，買官讓官。我衙門裡搭了事件，還要動他怎的！」從西門慶
的這幾句話看，李三、黃四還不是正式的攬頭，或者說，他們還不是在官場上登記合格
的貿易商。所以要去搭合格的攬頭，遂來找尋西門慶。可是西門慶已得了官，在身分上
不能出面做攬頭了，因說：「我衙門裡搭了事件，還要動他怎的！」當然，更由於這兩
人的商業道德不佳，「以假充真，買官讓官」，不願意與他們合作。應伯爵再改口慫恿
西門慶以五分行利的利息，借一千五百兩銀子給他們，西門慶便答應了。要他們明日來
取。

按三：從西門慶的語氣來看，他與李三、黃四早有往還，按理說，在這一回初次上
場，應有說明才對。沒有說明，自是問題。

按四：此次借銀的時間，是政和六年九月中旬。

二、第四十回

喬親家訂正月十二日請西門慶家娘兒們吃看燈酒。西門慶看了喬家鄭氏的請束，
說：「到明日咱家發束，十四日也請他娘子，並周守備娘子、荊都監娘子、夏大
人娘子、張親家母，大妗子也不必家去了。教黃四叫將花匠來，做幾架煙火，王
皇親家一起扮戲的小廝們來扮西廂記，你們往院中，再把吳銀兒李桂姐接了。」

按一：雖在第三十八回以後的情節中，並未寫李三、黃四來取銀子的事，只說要他
們「明日來取」，但從這第四十回的這一段描寫來看，可以想知這一千五百兩銀子是借
得去了。這裡說：「教黃四叫將花匠來，做幾架煙火」，想來，李三、黃四已成了西門
家的攬頭了。這時，已是政和七年正月初頭，去上次李三、黃四借銀，已三個多月，快
四個月了。

按二：如照小說的情節說，不寫李三、黃四來取借銀，也非缺失，到了第四十二回，

此一借銀問題，又說到了。

三、第四十二回

（喬大戶西門家，結兒女割襟之禮。）

應伯爵來講李智、黃四銀子事，看見問其所以？西門慶告訴與喬大戶結親之事。十五日好歹請令正來陪親家坐的。伯爵道：「嫂子呼喚，房下必定來。」……

按：應伯爵來講李智、黃四銀子事，時間在政和七年正月十三、四日，自是來向西門慶說明何日可還銀子的事。想必西門慶已經催討過了。

四、第四十三回

（李瓶兒生日那天——正月十五日。）

正值李智、黃四關了一千兩香蠟銀子，賁四從東平府押了來家。應伯爵打聽得知，亦走來幫扶交與。西門慶令陳經濟拿天秤在廳上盤秤，兌明白收了，還欠五百兩。又銀一百五十兩利息。當日黃四拿出四錠金鐲兒來，重三十兩，算一百五十之數。別的搗換了合同。西門慶吩咐二人：「你等過了燈節，再來計較；我連日家有事。」那李智、黃四老爹長老爹短，千恩萬謝出門。應伯爵因記著二人許了他些唇障兒，趁此機會好問他，且正要跟隨同去，又被西門慶叫住說話。……

按一：李智、黃四關得的一千兩銀子，由賁四從東平府押了來家。可以想知李三、黃四還的這筆款子，是西門慶派人從官府中攔截了來的。那麼，第四十二回寫應伯爵來講李智、黃四銀子事，也許就是來通消息，告訴西門慶說，他們將有一千兩銀子，快要關下來了。遂派賁四到東平府去攔截下來。

按二：從去年九月中旬借了去，到了今年正月十五日，為時已近四個月，五分行利，一千五百兩，兩個月的利息，就是一百五十兩了。這裡則未明寫是幾個月的利息，只說利息一百五十兩。西門慶要他二人過了節再來計較，自是為了這一千兩銀子剛從東平府關來，就被西門慶攔截去了，這李三、黃四別處還要用錢，想向西門慶再打商量。

按三：看來，這李三、黃四並不是有實力的商人，他們這一夥人，只是依靠著西門慶這類人物混，一如西門慶說的「買官讓官」。這一點，也是晚明社會上的一種商場形態吧！

五、第四十五回

原來應伯爵從與西門慶作別，趕到黃四家。黃四又早夥中封下十兩銀子謝他。「大

官人吩咐教俺過節去。口氣兒只是搗那五百兩銀文書的情。你我錢糧拿什麼支持？」應伯爵道：「你如今還得多少纏夠？」黃四道：「李三哥他不知道，只要靠著那內臣借一般，也是五分行利。不如這裡借著衛門中勢力兒，就是上下使用也省些。如今找著，再得五十個銀子來，把一千兩合用。就是每月也好認利錢。」應伯爵聽了，低了低頭兒，說道：「不打緊。若我替你說成了，你夥計六人，怎生謝我？」黃四道：「我對李三說，夥中再送五兩銀子與你。」伯爵道：「休說五兩的話。要我手段，五兩銀子要不了你的，我只消一言替你們巧一巧兒，就在裡頭了。今日俺房下往他家吃酒，我且不去，明日他請俺們晚夕賞燈。你兩個明日絕早，買四樣好下飯，再著上一罈金華酒，不要叫唱的，他家裡有李桂兒，吳銀兒還沒去哩。你院中叫上六名吹打的，等我領著送了去，他就要請你兩個坐。我在旁邊，那消一言半句，管情就替你說成了。找出五百銀子來，共搗一千兩文書，一個月滿，破認他五十兩銀子，那裡不去了，只當你包了一個月老婆了。常言，秀才取漆無真。進錢糧之時，香裡頭多上些木頭，蠟裡多攙些柏油，那裡查帳去。不圖打點，只圖混水，借著他這名聲兒，纏好行事。」于是計議已定。

到是李三、黃四果然買了酒禮，伯爵領著兩個小廝，抬著送到西門家來。西門慶正在前廳打發桌面，只見伯爵來到，作了揖，道及昨日房下在這裡打攪，回家晚了。西門慶道：「我昨日周南軒那裡吃酒，也有一更天氣，也不曾見的新親，說老早就去了。今早衛門中放假，也沒去看看，打發了兩張桌面，與喬親家那裡去。」說畢，坐下了。伯爵就喊李錦：「你把禮物抬進來。」不一時，兩個抬進儀門裡放下。伯爵道：「李三哥、黃四哥再三對我說，受你大恩，節間沒什麼，買了些微禮來孝順你賞人。」只見兩個小廝向前，扒在地下磕頭。西門慶道：「你們又送這禮來做什麼？我也不好受的。還教他抬回去。」伯爵道：「哥，你不受他的，這一抬出去，就醜死了。他還要叫唱的來伏侍，是我阻止他了。只叫了六名吹打的在外邊伺候。」西門慶即令與我叫進來。不一時，把六名樂工叫至，當面跪下。西門慶向伯爵道：「他就是叫將來了，莫不又打發他！不如請他兩個來坐坐罷。」伯爵得不的一聲，即叫過李錦來，吩咐到家，對你爹說，老爹收了禮了。這裡不著請去了，叫你爹同黃四爹早來這裡坐坐。那李錦應諾下去。須臾收進禮去，西門慶令玳安封二錢銀子賞他，磕頭去了。六名吹打的下邊伺候。少頃，棋童兒拿茶上來那裡吃。西門慶陪伯爵吃了茶，說道：「有了飯，請問爹？」西門慶讓伯爵西廂房裡坐，因問伯爵你今日沒會謝子純？伯爵道：「早晨起來時，李就到我那裡，看著打發了禮來，誰得閒去會他？」西門慶即使棋童：「快請你謝爹去。」不一時，書童兒放桌兒擺飯，書童兒用桌漆方盒兒拿了四碟小菜兒，都是裡外花

邊精緻小碟兒，一碟美甘甘十香瓜茄，一碟紅馥馥的糟笋，四大碗下飯，一碗火燎羊頭，一碗滷燉的炙鴨，一碗黃芽菜，並炒的餛飩雞蛋湯。一碗山藥燴的紅肉圓子，上下安放了兩雙金筋牙兒。伯爵面前是一盞上新白米飯兒，西門慶面前是一甌兒香噴噴軟香稻粳米粥兒。兩個同吃了飯，收了家火去，揩抹的桌兒乾淨。西門慶與伯爵兩個坐著，賭酒兒打雙陸。伯爵趁謝希大未來，乘先問下西門慶說道：「哥明日找與李三、黃四多少銀子？」西門慶道：「把舊文書收了，另搗五百兩銀子文書就是了。」伯爵道：「這等也罷了。哥，你總不如再找上一千兩，到明日也好認利錢。我又一句話，那金子你用不著，還算一百五十兩與他，再找不多兒了。」西門慶聽罷道：「你也說的是。我明日再找三百五十兩與他罷，改一千兩銀子文書就是了。省得金子放在家也是閒著。」兩個正打雙陸，忽見玳安……

（不久，謝希大來了。當銅鑼銅鼓的來了。）

說了一回，西門慶請人書房裡坐的。不一時李智、黃四也到了。西門慶說道：「你兩個如何又費心！送禮來，我又不好受你的。」那李智、黃四慌的下了跪，說道：「小人惶恐！微物胡亂與爹賞人罷了。蒙老爹呼喚，不敢不來。」于是搬過坐兒來，打橫坐了。……

按一：這裡雖已寫到第四十五回，在時間上，則是第四十三回的第二天——正月十六日，換言之，它是緊接著第四十三回的賁四從東平府攔關了一千兩銀子的情節。所以這裡寫著應伯爵自從與西門慶作別，趕到賁四家取中錢。於是，黃四與應伯爵談到西門慶要他們過了節去，猜想到「口氣兒只是搗那五百兩銀文書的情」，可是他們還需要錢用。應伯爵便應允替他們向西門慶再挪五百兩，湊成一千兩。當然，李三、黃四他們要再拿五兩銀子謝應伯爵。（業已謝過了十兩。）情節正好與第四十三回相連。

按二：黃四說李三打算向內臣借，也是五分行利。但卻不如向西門慶借，可以靠著西門慶衙門中的勢力，就是上下使用也省些。兼且說李三哥不知道這些。這裡已說明當時駐外的內臣，已不如西門慶這個提刑副千戶的勢力。想來，頗是問題，這時的西門慶，用二十扛壽禮換來的副千戶，為時不過數月，蔡太師父子尚未見過他，他在清河地方上的勢力，未必能大過那些看守皇莊與管理磚廠的內臣。所以我推想《金瓶梅詞話》中的西門慶，已不是早期《金瓶梅》中的人物。如果，早期《金瓶梅》中的「西門慶」（可能另一名字），是位親王什麼的？那黃四的這番話，就能符節了。第十七回宇文虛中的參本，不是寫明了嗎！

按三：應伯爵建議黃四他們向西門慶餽送禮物，用以達成再加借五百兩，湊成一千兩的希望。斯乃人情之常，無關宏旨矣。

六、第四十六回

李智、黃四約坐（一回告辭），伯爵趕送出去。如此這般告訴：「我已替你二公說
了，準在明日還找五百兩銀子。」那李智、黃四向伯爵打了恭又打恭。到黃昏時
分，就告辭去了。

（另一處寫西門慶的娘兒們在吳大妗子家吃著燈酒，天下雪，要為眾婦女取皮衣，其中有一件
皮襖就是李智的。月娘道：「這皮襖纏不是當，倒是商人李智少十六兩銀子，准折的皮襖。……」）

按一：這裡寫的仍是正月十六日，緊接著第四十五回，李智、黃四送禮來，西門慶
留他倆進來坐，一同吃了一會子酒，在打發吳月娘等人到吳大妗子家吃酒去之後，李三、
黃四告辭。應伯爵趕出去告訴二人說：「準在明日還找五百銀子。」這筆錢又借妥了。

按二：在這一回中寫的一件皮襖，吳月娘說是商人李智少十六兩銀子折抵的。亦足
可想知，李三、黃四這兩人，除了明寫的大數銀兩借貸，另外，仍有少數的金錢往還。
也許，這皮襖的折抵，是算還利息的一部分。

七、第五十一回

（四月二十日，西門慶遣來保等人，往揚州去支鹽。）

伯爵舉手道：「哥，恭喜！此去回來，必有大利息。」西門慶一面讓他坐，喚茶
來吃了。因問李三、黃四銀子幾時關？應伯爵道：「也只不出這個月裡，就關出
來了。他昨日對我說，如今東平府，又派下兩萬香來了。還要問你挪五百兩銀子，
接濟他這一時之急。如今，關出的這批銀子，一分也不動，都抬過這邊來。」西
門慶道：「到是你看見，我這裡打發揚州去，還沒銀子，問喬親家那裡借了五百
兩在這裡頭，那討銀子來。」伯爵道：「他再央及我對你說，一家不煩二主，你
不接濟他這一步兒，交他又問那裡借去？」那西門慶道：「門外街東徐四舖，少
我銀子，我那裡挪五百銀子與他罷。」伯爵道：「可好哩！」

（之後，在這一回中，又寫陳姐夫往門外討銀子。）

陳經濟回來，回說「徐四家的銀子，後日先送兩百五十兩來，餘者出月交還。」

按一：寫到這一回，已是四月二十日，去正月間借銀事，又三個月了。所以西門慶
問伯爵「李三、黃四銀子幾時關？」上次，西門慶派人到東平府攔下一千兩銀子，也是
借後三個多月。應伯爵說是也只不出這個月就關下來了。看來，他們經手的這批生意，
從開始到領款，似乎都是三個來月。這裡也正可據以作為晚明官商之間的貿易資料。

按二：正月間借去的一千兩銀子，尚未歸還，卻又要借了。因為東平府又派下兩萬

香來。上一次是「香」與「蠟」，要一萬兩銀子；這次只是「香」，此說「兩萬香」，未寫明是重量還是銀兩的價值。所謂「又派下」，想是舶來品，派定數量，要進出口的貿易商人去採辦。像這種情形，如按《金瓶梅詞話》其他事件的細描寫法，可就顯得筆觸的線條太粗也太簡略了。看來，這種地方，都似乎是改寫過的，只餘下了一個簡略的情節而已。

按三：這裡寫到「門外街東徐四舖少我銀子」的事，之後，一連寫到向徐四家付銀子，情節也都自然如一的貫串密切的配合上第二次再借五百兩銀子與李三黃四。看來，尚無斧鑿痕跡，只是「香」等事，缺少交代。

八、第五十二回

（宋巡按送禮給西門慶，其中有一口鮮豬，怕放不久的，遂叫廚子卸開用椒料連豬頭燒了。湊巧應伯爵來了，西門慶又著人去請謝希大。）

伯爵因問，徐家銀子討來了？西門慶道：「賊沒行止的狗骨禿，明日纔有，先與兩百五十兩。你交他兩個後日來，少我家裡湊與他罷。」伯爵道：「這等又好了。怕不的他今日買些鮮物兒來孝順你。」西門慶道：「倒不消受他費心。」說了一回，……

（謝希大到後，三人在一起吃吃說說。）

三人吃了茶出來，外邊松墙外，各花臺邊，走了一遭。只見黃四家送了四盒鮮禮來，平安見掇進來，與西門慶瞧。一盒鮮烏菱，一盒鮮荸薺，四尾冰湃的大鱘魚，一盒枇杷果。……

當日三個吃到掌燈時分，還等著後邊拿出綠豆白米飯來吃了纔去。伯爵道：「哥，明日不得閒？」西門慶道：「我明日往磚廠劉太監莊子上，安主事、黃主事兩個昨日來請我吃酒，早去了。」伯爵道：「李三、黃四那事，我後日會他來罷？」西門慶點頭兒，「吩咐交他那日後晌來，休來早了。」二人也不等送，就去了。

（以上四月二十一日事。）

四月二十二日，西門慶早起沒往衙門，吃了粥便冠戴著騎馬擎著金扇，僕從跟隨，出城三十里往劉太監莊上赴席。潘金蓮與李瓶兒則在家計較，把陳經濟輸的三錢銀子，又交李瓶兒添出七錢來，買了些酒菜，送到後花樓上賞花觀景。月娘猛然想起今日，倒不請陳姐夫來坐坐。大姐道：「爹又使他，今日往門外徐家催銀子去了。他待好來也。」不一時陳經濟來到，……向月娘眾人作了揖，就拉過大姐，一處坐下，向月娘說：「徐家銀子討了來了，共五封，二百五十兩，送到房裡，玉簫收了。」……

按一：到了四月二十一日，徐家的欠銀尚未付來，答應明天（四月二十二日）先還二百五十兩。西門慶關照應伯爵：「你教他兩個後日來。」於是應伯爵關照黃四送禮物來；送了四樣時新鮮菓：一盒鮮烏菱，一盒鮮荸薺，四尾冰湃的大鱘魚，一盒枇杷果。

按二：到了四月二十二日，西門慶到劉太監莊上吃酒去，潘金蓮等人在家中園子裡翫花樓上賞花觀景。在這裡交代了陳經濟已從門外徐家討來二百五十兩銀子共五封，送到房裡玉簫收了。

按三：四月二十二日，李三、黃四要借的銀子，尚未取去。但在此回，業已寫出了徐家的欠銀已討回二百五十兩來了，用以伏筆下文。

九、第五十三回

（西門慶在劉太監莊上吃酒回來，第二天（二十三日）應伯爵又來了。）

應伯爵就挨在西門慶身邊來坐近了。「哥前日說的，曾記得麼？」西門慶道：「記甚的來？」應伯爵道：「想是忙的都忘記了。便是前日同謝子純在這裡吃酒，臨時說的。」西門慶呆登登想了一會兒說道：「莫不就是李三、黃四的事麼？」應伯爵笑道：「這叫簷頭雨滴從高下，一點也不差。」西門慶做攢眉道：「教我那裡有銀子？你眼見我前日支鹽的事，沒有銀子與喬親家挪得五百兩湊用。那裡有許多銀子放出去。」應伯爵道：「左右生利息的，昨日先有兩百五十兩來了，這一半就易處了。」西門慶道：「是便是，那裡去湊？不如且回他，等討徐家銀子，一總與他罷。」應伯爵正色道：「哥，君子一言，快馬一鞭。人而無信，不知其可也。哥前日不要許我便好，我又與他們說了。千真萬真，道今日有的了，怎好去回他。他們極服你做人慷慨，直甚麼事？反被這些經紀人背地裡不服你。」西門慶道：「應二爹如此說，便與他罷。」自己走進去，收拾了二百三十兩銀子，又與玉簫討昨日收徐家二百五十兩頭，一總彈准四百八十兩。走出來對應伯爵道：「銀子只湊四百八十兩，還少二十兩，有些緞疋作數，可使得麼？」伯爵道：「這個卻難。他就要現銀去幹香的事。你好的緞疋也都沒放，你剩這些粉緞，他又幹不得事，不如湊現物與他，省了小人腳步。」西門慶道：「也罷，也罷。」又走進來，補了二十兩成色銀子，叫玳安通共撾出來。那李三、黃四卻在間壁人家坐久，只待伯爵打了照面，就走進來。謝希大適值走來，李三、黃四敘揖畢了，就見西門慶行禮畢。就道：「前日蒙大恩，因銀子不得關出，所以遲遲。今因東平府又派下二萬香來，敢暫挪五百兩，暫濟燃眉之急。如今關出這批銀子，一分也不動，都盡送這邊來。一齊算利奉還。」西門慶便喚玳安舖子裡取天秤，請了陳姐夫，先把他的徐家二十五包彈準了，後把自家二百五十兩彈明了，付與黃四、

李三。兩人拜謝不已，就告別了。西門慶欲留應伯爵、謝希大再坐一回，那兩個
那有心想坐，只待出去與李三、黃四分中人錢了。假意說有別的事，急急的別去
了。

　　按一：第二天（四月二十三日），應伯爵又來了。從應伯爵的問話推想，可以想知這
次西門慶不想再借銀子給李三黃四了，所以這天應伯爵來，西門慶沒有主動提起這事。
因而逼得應伯爵去問，西門慶還裝作忘了，說：「記甚的來？」到了應伯爵道出，居然
攢眉道：「教我那裡有銀子？你眼見我前日支鹽的事，沒有銀子，與喬親家挪得五百兩
湊用。那裡有許多銀子放出去。」像這一處，便與第五十二回的描寫略有衝突。在第五
十二回，已寫明西門慶業已應允等明日徐家答應先還的二百五十兩收到，湊五百兩銀子
給他們。而且吩咐「你教他兩個後日來取。」同時，又收受了他們送來的禮物。應伯爵
走時，還一再向西門慶說明：「李三黃四那事，我後日會（同）他來罷？」西門慶也曾
點頭，吩咐應伯爵交他那日（二十三日）「後晌（下午）來，休來早了。」試想，西門慶
在四月二十一日那天，業已答應他們後天（二十三日）後晌（下午）來取銀子，送來的禮
物也收了。再說，徐家的欠銀，也確實在四月二十二日討來了二百五十兩。那麼，應伯
爵帶著李三黃四準時於四月二十三日後晌來取借銀，身為幫會老大，現又居了官的西門
慶，怎會食言？顯然的，這一處，想必也是重寫後留下的痕跡。

　　按二：雖然，此一漏洞，這一回也注意到了。所以應伯爵正色道：「哥，君子一言，
快馬一鞭。人而無信，不知其可也。哥前日不要許我便好，我又與他們說了。千真萬真，
道今日有的了，怎好去回他？他們極服你做人慷慨，直甚麼事？反被這些經紀人背地裡
不服你。」西門慶聽了便道：「應二爹如此說，便與他罷。」雖然這段描寫，業已銜接
上了第五十二回的情節，總覺得這位幫會出身的老大，未嘗在金錢上出爾反爾的。正如
應伯爵說，反正要付利息。西門慶也不怕借給他，曾說：「他少下我的，我有法兒處。」
不是曾派賁四到東平府攬下了李三黃四關的銀子嗎！

　　按三：這五百兩銀子，終於在四月二十三日湊出，借與了李三黃四。

十、第五十六回

（應伯爵陪同常時節到西門慶家借錢，正遇上西門慶家添製秋衣。）

常時節伸著舌道：「六房嫂子就六箱了，好不費事。小戶人家，一匹布也難的。
恁做著許多綾絹衣服，哥果是財主哩。」西門慶和應伯爵都笑起來。伯爵道：「這
兩日杭州貨船怎的還不見到？不知他買賣貨物如何？前日哥許下李三、黃四的銀
子，哥許他待門外徐四銀到手，湊放與他罷。」西門慶道：「貨船不知在那裡擔

　　擱著，書也沒捎封來，好生放心不下。李三、黃四的，我也只得依你了。」

　　按一：這一段情節，顯然的是重覆了。討來徐四家銀子，湊成五百兩借與李三黃四他們，在第五十三回，業已寫明借與李三黃四他們了。這裡卻又重述了一次。

　　按二：雖說李三黃四借銀，借了還還了借，徐四家欠五百兩，四月二十三日討來二百五十兩，尚欠二百五十兩，而且，寫到這第五十六回，時間業已進展到七月中旬，將滿三個月，又該還了。這裡說：「哥許他待門外徐四銀到手，湊放與他罷。」應伯爵的這句話，顯然指的是寫在第五十一回中的情節，西門慶曾說：「門外街東徐四舖，少我銀子，我那裡挪五百銀與他罷。」這話說在四月二十日（參閱前錄第五十一回），四月二十三日已把從徐家討來的二百五十兩，另湊了二百五十兩借與了李三、黃四，借去三個月了，這裡又提到「哥許他待門外徐四銀到，湊放與他罷。」這幾句話，自然是重覆了。那麼，怎樣重覆的呢？我想，除了多人執筆，分回改寫，方始會產生這樣的錯誤，其他，委實尋不出更恰當的原因。

　　按三：這裡提到「杭州的貨船怎的還不見到？」查西門慶派崔本韓道國等人到揚州支鹽，再去杭州等地辦貨，時在四月二十日（參閱第五十一回），抵此七月中旬，已三閱月，提到「杭州貨船怎的還不見到？」也正是時候，但又提到西門慶許下的待門外徐四銀到手，湊放給李三黃四的事，則又不是時候了。如果說是錯簡的關係，李三、黃四借銀的事，又怎的會錯到這裡來呢？現在，我們試把有關李三黃四借銀的這幾句話剔除，這段情節就很完整了。我們看：伯爵道：「這兩日杭州貨船怎的還不見到？不知他買賣貨物如何？」西門慶道：「貨船不知在那裡擔擱著，書也沒稍封來，好生放心不下。……」把下面的一句：「李三黃四的，我也只得依你了。」也刪去。這段情節就很完整了。算來，這裡有關李三黃四借銀的四十個字，全是多餘的。

　　按四：何以我認為不是「錯簡」的錯誤呢？第一，從第五十一回提到徐四家欠銀，到這裡雖祇六面，可是篇幅則相當長，以所謂「萬曆刻本」計，也有近九十頁（一百九十餘面）之多，不可能錯簡如此之遠的。想來，還是多人分回改寫造成的錯誤。

　　按五：沈德符第五十三回至第五十七回五回，乃「陋儒補以入刻」者。美國哈佛大學的韓南教授，曾為此語代沈德符尋注腳。那麼，這一錯誤也正好在沈說的這五回之內。我們可依沈說把這一錯誤放在「陋儒補以入刻」的頭上嗎？如果可以這樣說，我就不禁要問：這位「陋儒」補寫這五回，也會「陋」到連自己鋪述的情節，也自相抵觸嗎？第五十三回已寫過把討來的徐家二百五十兩銀子，湊了五百兩，借與李三、黃四了。

十一、第六十回

　　卻說次日應伯爵領了李智、黃四來交銀子，說：「此遭只關了一千四百五六十兩銀子，不夠還人。只挪了這三百五十兩銀子與老爹，等下遭銀子關出來，再找完，不敢遲了。」伯爵在旁，又替他說了兩句美言。西門慶把銀子教陳經濟來，擎天秤兒收明白，打發去了。……

　　按一：情節進行到這一回，已是政和七年九月四日，四月二十三日湊成的一千兩銀子，至此方行歸還三百五十兩，業已四個半月，加上四月二十日以前未清償的利息，算來，這三百五十兩，還不夠利息，本錢一千兩還在外呢！說是「等下遭銀子關出來，再找完，不敢遲了。」

　　按二：除去第五十六回的重覆情節，此處所寫，可以與第五十一、五十二、五十三等回的借銀情節，銜接起來。這一點，不能契合，也足以否定了沈德符說的有「陋儒補以入刻」的話。如果說，在這部《金瓶梅詞話》之前，還有一部《金瓶梅》刻本，一如鄭振鐸等人的說法。但根據東吳弄珠客的序言，李日華與袁中道的日記，以及馬仲良「司榷吳關」的時間，均足以證明在《金瓶梅詞話》以前，不可能還有另一刻本《金瓶梅》。此一問題，我在《金瓶梅探原》中已探討清楚了。所以我們可以確定這部《金瓶梅詞話》乃是一部改寫本，多人根據一部《金瓶梅》原稿或殘稿，集體而分回改寫成的。像我摘出的這些情節之誤，不是一大證據嗎！

十二、第六十七回

　　（鄭愛月著鄭春送一盒酥油泡螺來，應伯爵搶著嘗食。西門慶吩咐王經把盒兒撥到後面去。）

　　玳安兒來說：「李智、黃四關了銀子來。」西門慶問多少？玳安道：「他說一千兩，餘者再一限送來。」伯爵道：「你看這兩個天殺的，他連我也瞞了，不對我說。嗔道他昨日你這裡念經，他也不來。原來往東平府關銀子去了。你今收了，也不要發銀子出去了。這兩個光棍，他攬得人家債也多了，只怕往後，後手不接。昨日北邊徐內相，發狠要往東平府自家抬銀子去，只怕他老牛箍嘴箍了去，卻不難為哥的本錢了。」西門慶道：「我不怕他。我不管什麼徐內相、李內相，好不好我把他小廝提留到監裡坐著，不怕他不與我銀子。」一面教陳經濟：「你拿天秤出去，收兌了他的，上了合同就是了。我不出去罷！」良久，陳經濟走來回話，說銀子已兌足一千兩，交人（送）後邊大娘收了。黃四說，還要請爹出去說句話兒。西門慶道：「你只說我陪著人坐著哩，左右他要搞合同的話，教他過了二十四日來罷。」經濟道：「不是，他有樁事兒，要央煩爹，請爹出去親自對爹說。」

西門慶道：「什麼事？等我出去。」一面走到廳上，那黃四磕頭起來，說：「銀子一千兩，姐夫收了。餘者下單找還與老爹。有小人一樁事兒，今央煩老爹。」說著，磕在地下哭了。西門慶拉起來，「端的有甚事？你說來！」黃四道：「小的外父孫清，搭了夥計馮二，在東昌府販棉花，不想馮二有個兒子馮淮，不守本分，要便鎖了門，出去宿娼。那日把棉花不見了兩大包，被小人丈人說了兩句，馮二將他兒子打了兩下，他兒子就和俺舅子孫文相撕打攘起來，把孫文相牙打落了一個，他亦把頭磕傷，被客夥中勸解開了。不想他兒子到家，遲了半月，破傷風身死。他丈人是河西有名土豪白五，綽號四千金，專一與強盜作窩主。教唆馮二具狀在巡按衙門，朦朧告下來。批雷兵備老爹問。雷老爹又伺候皇船，不得閒，轉委本府童推官問。白家在童推官處使了錢，教勸隣人供狀，說小人丈人在傍喝聲來。如今，童推官行牌來提俺丈人，望乞老爹千萬垂憐，討封書，對雷老爹說。寧可監幾日，抽上文書去，還是雷老爹問，就有生路了。他兩人撕打，委實不管小人丈人事，又係歇後身死，出于保辜限外，先是他父馮二打來，何必獨賴在孫文相一人身上！」西門慶看了說帖，寫著：「東昌府現監犯人孫清、孫文相，乞青目。」西門慶因說雷兵備前日在我這裡吃酒，我只會了一面，又不甚相熟，我怎好寫書與他！那黃四就又跪下，哭哭啼啼哀告。說：「老爹若不可憐見，小的丈人父子兩個，就多是死數了。如今，隨孫文相頭上去罷了，只是分豁小人外父出來，就是老爹莫大之恩。小人外父今年六十歲，家下無人，冬寒時月，再放在監裡，就死罷了！」西門慶沈吟良久，說：「罷，我轉央鈔關錢老爹和他說說去，他們是同年，多是壬辰科進士。」那黃四又磕下頭去。向袖中又取出一百石白米帖兒（一百兩紋銀），遞與西門慶，腰裡就拜兩封銀子來。西門慶不接，說：「我那裡要你這行錢。」黃四道：「老爹不稀罕，謝錢老爹也是一般。」西門慶道：「不打緊，事成我買禮謝他。」……

（就這樣，西門慶接下了黃四的請求。）

玳安下了書回來回話說：「錢老爹見了爹帖子，隨即寫書，差了一吏，同小的和黃四兒子，到東昌府兵備道下，與雷老爹。老爹旋行牌向童推官催文書，連犯人提上去，從新問理，連他家兒子孫文相都開出來，只追了十兩燒埋錢，問了個不應罪名，杖七十，罰贖復。又到鈔關上回了錢老爹話，討了回帖纏來了。」西門慶見玳安中用，心中大喜，折開回帖觀看，原來雷兵備回錢主事帖子，多在裡面。上寫道：「來諭悉已處分，但馮二曾責子在先，何況與孫文相忿毆，彼此俱傷，歇後身死，又在保辜限外。問之抵命，難以平允。量追燒埋錢十兩，給與馮二相應發落。謹此回覆，下書年侍生雷起元再拜。」西門慶歡喜，因問黃四舅子在那

裡？玳安道：「他出來，都往家去了。明日同黃四來與爹磕頭。黃四丈人給了小
人一兩銀子。」……

按一：李智、黃四主動來還債，把新關來的一千兩銀子，親自送來，並沒有經過應
伯爵。所以應伯爵罵他們，調唆西門慶以後不要再借錢給他們。這天是十月二十一日，
去四月二十三日湊成一千兩至今，將及半年。九月四日還了三百五十兩，如今又還了一
千兩，從頭算起來，所欠利息銀也不過五、六百兩而已。

按二：雖然李三、黃四主動來還這一千兩銀子，主要的原因，還是黃四因為他岳父
與舅子招惹了人命官司，特地來想請西門慶說項的。這情節在此附在一起，也很自然。
除了還上一千兩債務，還另外送了一百兩銀子的禮。官司遂被開脫了。

十三、第六十八回

……黃四領他小舅子孫文相宰了一口豬，一罈酒，兩隻燒鵝，四隻燒鷄，兩盒菓
子，來與西門慶磕頭。西門慶再三不受，黃四打旋磨兒跪著說：「蒙老爹活命之
恩，救出孫文相來，舉家感激不淺。今無甚孝順，些微薄禮，與老爹賞人罷了。
如何不受？」推阻了半日，止受豬酒，留下送你錢老爹，也是一樣。黃四道：「既
是如此，難為小人，一點窮心，無處所盡。」只是把羹菓抬回去。又請問老爹：
「幾時閒空？小人問過了應二叔，裡邊請老爹坐坐。」西門慶道：「你休聽他哄你
哩！又費煩你，不如不年下了。（此語有誤。崇禎本改為：「不如不央我了。」）」那
黃四和他小舅，千恩萬謝出門。這裡西門慶賞給盒錢，打發去訖。……
那日伯爵領了黃四家人，具帖初七日在院中愛月兒家買酒請西門慶。西門慶見帖
兒笑了笑說：「我初七日不得閒，張西材家吃生日酒，倒是明日空閒。」問還有
誰？伯爵道：「再沒有人，只請了我，李三哥相陪。又費事叫了四個女的唱西廂
記。」西門慶吩咐與黃四家人齋（飯）吃了，打發回去。伯爵便問：「黃四那日
買了分什麼禮來謝你？」西門慶如此這般，說：「我不受他的，再三磕頭禮拜，
我只受了豬酒，添了兩疋白鸚紵絲，兩疋京緞，五十兩銀子，謝了龍野錢先生。」
伯爵道：「哥，你不接錢，儘夠了，這個是落得的，少說四疋尺頭值三十兩銀子，
那二十兩那裡尋這分上去！救了他父子二人性命。」當日坐至晚夕方散。……
第二天，（十一月初六日）應伯爵一早就來邀約西門慶去赴黃四的宴請。
西門慶與應伯爵、黃四、李三等人，在院中鄭愛月家吃酒聽唱，到半夜纔散。

按：這一回，只是鋪寫黃四感謝西門慶的人情，又送禮，又在院中請宴。並未牽涉
到債貸的事。

　　按二：這一回的情節已是十一月初五日、初六日。

十四、第七十八回

　　晚夕，只見應伯爵領了李三見西門慶，先道當日外承攬之事，坐下吃畢茶，方纔說起李三哥來。「今有一宗買賣與你說，你做不做？」西門慶道：「端的什麼買賣？你說來。」李三道：「今有朝廷，東京行下文書，天下十三省，每省要萬兩銀子的古器。咱這東平府，坐派著兩萬兩，批文在巡按處，還未下來。如今大街上張二官府，破二百兩銀子，幹這宗批，要做，都看有一萬兩銀子，尋小人會了二叔敬來對老爹說，老爹若做，張二官府擎出五千兩來，老爹擎出五千兩來，兩家合著做這幢買賣。左右沒人，這邊是二叔和小人與黃四哥，他那邊還有兩個夥計。二人分錢使，未知老爹意下如何？」西門慶問道：「是什麼古器？」李三道：「老爹還不知，如今朝廷城內新蓋的艮嶽，改為壽嶽，上面起蓋許多亭台樓閣，又建上清寶籙宮，會真堂，璇神殿，又是安妃娘娘梳粧閣，都用著這珍禽奇獸，周彝商鼎，漢篆秦爐。宣王名鼓，歷代銅鍉，仙人掌，承露盤，並希世古董玩器擺設，好不大興工程；好少錢糧？」西門慶聽了，說道：「此是我與人家打夥兒做，我自家做了罷。敢量我擎不出這一二萬銀子來。」李三說：「得老爹全做，又好了。俺們就瞞著他那邊了。左右這邊二叔和俺們兩個，再沒人。」伯爵道：「哥，家裡還添個人兒不添？」西門慶道：「到根前再添上賁四替你們走跳就是了。」西門慶又問道：「批文在那裡？」李三道：「還在巡按上邊，沒發下來哩。」西門慶道：「不打緊，我這差人寫封書，封些禮，問宋松原討將來就是了。」李三道：「老爹若討去，不可遲滯。自古兵貴神速，先下米的先吃飯，誠恐遲了。行到府裡，乞人家幹的去了。」西門慶笑道：「不怕他，設使就行道府裡，我也還教宋松原擎回去就是。胡府尹我也認的。」於是留李三應伯爵同吃了飯。「約會（過一回）我如今就寫書，明日差小价去。」李三道：「又一件，宋老爹如今，按院不在這裡了。從前日起身，往兗州府盤查去了。」西門慶道：「你明日就同小价往兗州府走遭。」李三道：「不打緊，等我去，來回破五六日罷了。老爹差那位管家？等我會下，有了書，教他往我那裡歇，明日我同他好早起身。」西門慶道：「別人，你宋老爹不認的，他常喜的是春鴻，來爵，一時兩個去吧。」於是叫他二人到面前，會了李三，晚夕住他家宿歇。伯爵道：「這等纔好，事要早幹，多才疾足者得之。」於是與李三吃畢飯，告辭而去。西門慶隨即教陳經濟寫了書，又封了十兩葉子黃金在書帕內，與春鴻來爵二人，吩咐路上仔細，若討了批文：「即便早來。若是行到府裡，問你宋老爹討張票，問府裡要。」來爵道：「爹不消

吩咐,小的曾在兗州答應過徐參議,小的知道。」於是領了書禮,打在身邊,逕往李三家去了。

不說十一日來爵春鴻同李三早顧了長行頭口,往兗州府去了。卻說十二日,西門慶家中,……

按一:關於李三、黃四的行當,只由應伯爵之口,說他們是攬頭。從情節上看,也只寫他們代官府買辦香蠟等物,不曾細寫其他。所以我推想這李三、黃四在早期的《金瓶梅》中,可能擔當了商場上的重要腳色,到了《金瓶梅詞話》已被刪略了。我們看這回,則又寫了「今有朝廷,東京行下文書,天下十三省,每省要萬兩銀子的古器,咱這東平府,坐派著兩萬兩,批文在巡按處,還未下來。」說是「如今大街上張二官府破二百兩銀子,幹這宗批。」又說:「要做都看有一萬兩銀子」,所以他與應伯爵來與西門慶說,希望西門慶拿出五千兩銀子,張二官府也拿出五千兩銀子,兩家合夥來討這一件批文。從這裡的描寫,可以想知這李三、黃四只是東平府方面的貿易商,何以動輒要拉著別人合夥?正如我前面猜想的,這兩人大概還不是登記合格的貿易商。想來,這些貿易,如有詳盡的行動描寫,像描寫西門慶家庭酒色生活那樣,可能更具社會寫實吧。不過,這段文字,讀來感於仍有錯誤。既然只萬兩銀子的古器,東平一府焉能派著兩萬兩?

按二:雖然,這件古器批文,已由西門慶派人去獨家攬來,交給了李三、黃四去承辦,但卻未再牽涉到借貸的事。是以李三、黃四的債務,還是去年的舊欠。這時,已是重和元年正月初十日。

十五、第七十九回

(西門慶臨終時,留下的遺言中,有李三、黃四的債務。)

李三、黃四身上,還欠五百兩本錢,一百五十兩利錢未算。討來發放我。

(西門慶死後,一面行文開缺,申報東京本衛。)

卻說來爵春鴻同李三,一日到兗州察院,投下了書禮。宋御史見西門慶書上,要討古器批文一節,說道:「你早來一步便好,昨日已都派下各府買辦去了。」尋思間,又見西門慶書中封著金葉十兩,又不好違阻了的。須得留下春鴻來爵李三在公廨駐紮,隨即差快子擎牌,趕回東平府批文來,封回與春鴻書中,又與了一兩路費,方取路回清河縣。往返十日光景,走進城就聞得路上人說,西門大官人死了。今日三日,家中念經做齋哩。這李三就心生奸計,路上說念來爵春鴻,將此批文按下,說宋老爹沒與來,咱們都投到大街張二官府那裡去吧。「你二人不去,我與你每人十兩銀子,到家穩住,不拿出來就是了。」那來爵見財物,倒也

肯了，只春鴻有些不肯，口裡含糊應諾。到家見門首挑著紙錢，僧人做道場，親朋吊喪者不計其數。這李三就分路回家去了。來爵、春鴻見吳大舅陳經濟磕了頭，問：「討的批文如何？李三怎的不來？」那來爵還不言語，這春鴻把宋御史書連批都拏出來，遞與大舅，悉把路上李三與的十兩銀子，說的言語，如此這般，教他隱下休拏出來，同他投往張二官府去。「小的怎敢忘恩背義，逕奔家來。」吳大舅一面走到後邊，告訴月娘：「這個小的兒，就是個有恩的。叵耐李三這廝短命，見姐夫沒了幾日，就這等壞心。」因把這件事對應伯爵說：「李智、黃四借契上本利還欠六百五十兩銀子，趁著剛纏何大人吩咐，把這件事寫紙狀子，呈到衙門裡，教他替俺追追這銀子出來，發送姐夫。他同僚間，自恁要做分上，這些事兒莫肯不依。」伯爵慌了，說道：「李三卻不該行此事，老舅快休動意，等我和他說罷。」於是先到李三家，請了黃四來，一處計較，說道：「你不該先把銀子遞與小廝，倒做了管手，狐狸打不成，倒惹了一屁股臊。他如今怎般恁般，要拏文書提刑所告你們哩。常言道，官官相護，何況又同僚之間，費恁難事！你等原抵鬥的過他？依我，不如如此如此，這般這般。悄悄送上二十兩銀子與吳大舅，只當克州府幹了事來了。我聽得說，這宗錢糧，他家已是不做了，把這批文難得拏出來，咱投張二官那裡去罷。你們二人，再湊得二百兩，少了也拏不出來，再備辦一張祭桌，一者祭奠大官人，二者交這銀子與他，另立一紙欠結。你往後有了買賣，慢慢還他就是了。這個一舉兩得，又不失了人情，有個始終。」黃四道：「你說的是。李三哥，你幹事忒慌速些了。」真個到晚夕，黃四同伯爵送了二十兩銀子，到吳大舅家，如此這般：「討批文一節，累老舅張主張主！」這吳大舅已聽他妹子說，不做錢糧，何況又黑眼見了白晃晃銀子。如何不應承。於是收了銀子，到次日李智黃四備了一張插桌，豬首三牲，二百兩銀子，來與西門慶祭奠。吳大舅子對月娘說了，拏出舊文書，從新另立了四百兩銀一紙欠帖，饒了他五十兩，餘者教他做上買賣，陸續交還，把批文交付與伯爵手內，同往張二官處合夥，上納錢糧去了。……

按一：雖然，這一檔古器購辦的批文，西門慶已從巡按衙門討得來了，可是批文尚未到達手上，西門慶便一命嗚呼。於是，這一批生意便在「樹倒猢猻散」的情況下，又轉到張二官手上去了。那麼，李三、黃四的債務呢？據西門慶臨死時的遺言說：李三、黃四本利尚欠六百五十兩。但如以實際情節所寫的債貸情形計算，西門慶遺言的這一數字，尚無太大出入。第一，李三、黃四的借貸，首從政和六年九月中旬借起，借一千五百兩，行利五分。政和七年正月十五日還一千兩，利息以四錠金鐲折抵一百五十兩。以

四個月計息，應為三百兩，還了一百五十兩，尚欠息一百五十兩。那麼，尚欠本息六百五十兩。第二，政和七年正月十六日，又借五百兩。共計一千一百五十兩；四月二十三日又借去五百兩。那麼，六百五十兩自正月十六日起息，到四月二十三日算三個月好了，利息應為九十七兩五錢。合共應為本息一千二百四十七兩五錢。換言之，自政和七年四月二十三日起，李三、黃四欠西門慶的本息共為一千六百四十七兩五錢。更可以說約為一千七百五十兩。（算到四月二十三日）第三，到了九月四日，還了三百五十兩。由四月二十三日到九月四日，算三個月利息好了，也是一百八十七兩五錢，本利合計應為一千九百三十餘兩。還了三百五十兩，尚欠一千五百八十餘兩。第四，十月二十一日歸還一千兩，尚欠五百八十餘兩，再加上壹個月的利息，約八十兩，則合計應為六百六十餘兩。到了重和元年正月二十一日，又是三個月了，加上利息，則已七百餘兩。計來，尚無太大出入。

　　按二：看來，李三、黃四的借銀情節，雖然綿亙了十餘回之多，除了第五十六回是重覆的，其他都能連貫統一，只是太簡略了些。或許，此一情節在早期《金瓶梅》中，乃一重要情節。因為它牽涉了晚明的商場。所以，我們如從這一點來說，李三、黃四的借銀部分，就未免簡略了。

十六、第八十回

（西門慶死後一個多月。）

伯爵李三、黃四借了徐內相五千兩銀子，張二官出了五千兩，做了東平府古器這批錢糧。逐日寶鞍大馬，在院中搖擺。……

（時間是重和元年二月下旬）

十七、第九十七回

……春梅道：「咱這裡買一個十三四歲丫頭子，與他房裡使喚，掇桶子倒水，方便些。」薛嫂道：「有兩個人家賣的丫頭子，我明日帶一個來。」到次日，果然領了一個丫頭，說：「是商人黃四家兒子房裡使的丫頭，今年纔十三歲。黃四因用下官錢糧，和李三家，還有咱家出去的保官兒，都為錢糧，拏在官裡追贓，監了一年多，家產盡絕，房兒也賣，李三先死，拏兒子李活監者。咱家保那兒子僧寶兒，如今流落在外，與人家跟馬哩。」春梅道：「是來保？」薛嫂道：「他如今不叫來保，改了名字，叫湯保了。」春梅道：「這丫頭是黃四家丫頭，要多少銀子？」薛嫂道：「只要四兩半銀子，緊等著要交贓去。」春梅道：「甚麼四

兩半，與他三兩五錢銀子，留下吧！」一面就交了三兩五錢雪花官銀與他，寫了

文書，改了名字，喚做金錢兒。

（時間已是宣和三年六月初頭。）

按一：這兩回寫的有關李智、黃四，只是小說結尾的交代，第八十回交代了東平府那件古器批文，已由黃四向徐內相借了五千兩銀子，與張二官合夥做了。

按二：第九十七回則交代了李三、黃四的下場，他們都為了虧欠公款，拏在官裡追贓，死的死，監的監，妻子流落，婢僕變賣，跟著西門慶衰下去了。

我已把《金瓶梅詞話》中有關李三、黃四的借銀事，全部情節一一摘錄如上，且一一加上按語。我們可以清楚的見到這一情節，在《金瓶梅詞話》中所占的分量。如果，我們認為《金瓶梅》是一部晚明時代的社會寫實小說，那麼，李三、黃四二人所代表的，應是晚明商業社會的一個重要縮影。但如以此一觀點來看，則李三、黃四的承辦官府商品的情節，可就顯得太薄弱了。所以我推想此一情節，極可能在早期的《金瓶梅》中，是一重要部分，今之《金瓶梅詞話》，著眼的只是西門慶家庭間妻妾僕婦間的生活，擴而大之也只是妓院之粉黛爭妍已耳。其他，有關政治與社會的諷諭，無不星星燦燦，何以？改寫者已刪略之也。

苗青、苗員外、苗小湖

　　《金瓶梅詞話》的情節，前後血脈不貫，可以說不勝枚舉。我已在劄記中記述了一些。關於苗青、苗員外、苗小湖這三個人物的問題，我在劄記中雖已浪費了不少篇幅，則仍感意猶未盡，用特在此，再加補述，冀以研判這一錯誤，究竟是怎樣產生的？

一、苗青是怎等樣人

　　根據該詞話本第四十七回第一頁所寫，苗青是揚州廣陵城內，一位「家有萬貫資財，頗好詩禮」的苗員外——苗天秀的家人（傭工人也）。因與苗員外的寵妾刁氏有染，某日，被苗員外發現苗青在後園亭側與刁氏相倚私語，苗員外猝然到來，二人躲避不及，被這苗員外抓來，痛打了一頓。本要把苗青驅逐出門，苗青央懇親鄰說情，再三規勸苗員外，方始把苗青留下。

　　詞話又說這苗青，「平白（日）是個浪子。」

　　文雖不多，卻已說明了苗青只是揚州一個財主人家的家人（傭工），而且出身微賤，在行為上是個「浪子」。可以說，苗青是怎等樣人？業已介紹得很明白了。

二、苗青謀財害命案

　　有一天，這位苗員外苗天秀，要到東京開封府一位做通判的表兄處，去尋求功名。遂打整了兩箱金銀，再裝載了一船貨物，帶了小廝安童與苗青，由揚州上船，打從水路而行。不想苗青勾通了兩個船夫，在徐州洪把苗員外殺死，拋入水中，小廝安童也推下河去了。於是苗青與兩個船夫，瓜分了船上的貨物及金銀。苗青謀財害命的命案，便這樣造成了。這位揚州的苗員外，也在此結束了。

　　不想安童被漁翁救起，得以不死；因而苗青案發。

　　這位苗員外的小廝安童，在漁家住居下來，漁人也應允慢慢為他訪查兇手。一天，安童跟隨漁家老翁在出河口賣魚，發現了那兩個船夫，便具狀告到了提刑院，提來兩個船夫，一個叫陳三，一個叫翁八。一經勘問，知道還有個家人苗青共謀，遂再發票差人緝捕苗青。

　　這時的苗青，已在臨清開設店舖。得知此情，忙把店門鎖了，躲在經紀樂三家。樂

三家住的是韓道國夫婦，樂三嫂知道韓道國的老婆王六兒是提刑所副千戶西門慶的相好，遂建議苗青花銀子錢，託王六兒打點。苗青為了保命，把所有的貨物，摒當了一千七百兩銀子，光是西門慶就送了一千兩。等到官司了結，苗青雖然逃得了一條性命，但害命謀來的錢財，只餘下了一百五十兩，還得拿出五十兩來答謝樂三嫂。所以當苗青離開臨清返回揚州，謀財害命來的財物，已無剩餘，只保得一條性命而已。

（以上情節，全部寫在第四十七回。）

三、西門慶被參劾

關於苗青的謀財害命案，可以說在第四十七回的一回情節中，業已交代完畢。尤其那位「揚州」的「財主苗員外」，已經被害命亡，苗青的謀財害命案，若須繼續發展，必與西門慶的貪贓賣法，連成一體，可是《金瓶梅詞話》的此一情節，卻不是這樣發展下去的，我們看此一命案的以下情節。

當西門慶貪贓把苗青賣放，只把兩個船夫抵命，詳文東平府問成斬罪。安童保領在外聽候傳問。後來，安童不服，又到東京他主人表兄黃通判處訴情。黃通判寫了一封信給山東巡按御史曾孝序，要他重行推檢這件案子。儘管，曾御史是一位正直清廉的官吏，讀了黃通判的信，接了安童的訴狀，馬上取紙筆批仰東平府從公查明，連同卷帙詳報，著安童回到東平府聽候傳問。

同時，這曾御史又根據他平時的調查，加上這件貪贓賣法的事，上了一道參劾清河衛所正副提刑千戶夏延齡與西門慶的本章，認為這兩人一個是「葛葺之材，貪鄙之行」；一個是「市井棍徒，夤緣陞職，濫冒武功，……縱妻妾嬉遊街巷，而帷薄為之不清；攜樂婦而酣飲酒樓，官箴為之有玷；至於包養韓氏之婦，恣其歡淫，而行檢不修。受苗青夜賂之金，曲為掩飾而贓跡顯著」；遂認為「此二臣者，皆貪鄙不職，久乖清議，一刻不可居任者也。」試想此本一上，苗天秀的命案，必可平反了吧。

但西門慶獲知此情，只遣家人來保等進得京去，照舊到了蔡太師府上，連蔡太師都不用見，翟管家一人之力，就可以把曾御史的本章壓制下來，不予呈報。把案子打點妥當，曾御史的參本，尚未到京城。雖已行牌揚州，捉拿苗青，卻其奈西門慶何？不久，曾御史任滿，調往他處去了。新任御史宋喬年，也是蔡太師門人，居然經由蔡巡鹽的介紹，來山東上任便接受了西門慶的招待。飯後，西門慶轉託蔡御史向宋御史說明此案，誆誤在曾公案下，要求宋公把案結了吧。後來，宋御史往濟南去，在河道中又與蔡巡鹽相會，在船上便把公人提來的苗青，未加審問，即接受了蔡巡鹽的建議：「此是曾公案外的，你管他怎的！」便把苗青放回去了。下詳文至東平府，斬決了兩個船夫，解除了安童的在外候問。苗青的謀財害命一案以及牽涉到的西門慶之貪贓賣法，在這第四十九

回的情節中，已全部結束了。

　　按說，苗青的情節，可以到此結束，以後不再提到苗青，也不會是小說情節的缺失。因為苗青的謀財害命案，在這三回（四十七回至四十九回）情節中，業已完成了他烘托西門慶的「貪肆不職」與「包養韓氏之婦，恣其歡淫而行檢不修，受苗青夜賂之金，曲為掩飾而贓跡顯著」使之一一展示在曾御史的參本上。並進一步寫出了《金瓶梅》的社會之政治靡爛，雖有清廉御史如曾孝序其人的參劾，又其奈西門慶何？同時，更寫了曾御史的此一參本，不惟未傷及西門慶的毫毛，反而因此參本派人進京打點，又為西門慶帶回來三萬鹽引的專賣。可是曾御史呢？卻因此參本遭到了蔡京的憤恨，竟予羅織罪名，先謫官，後遣戍。可以說到了宋御史結了苗青一案，這苗青在小說上的任務，業已完成，用不著再讓苗青上場了。如果再寫苗青，就應該是苗青回到揚州以後的故事。或者可以這樣推想，這苗青回到揚州之後，居然以好人被冤的面孔，作了苗員外遺孀的忠僕，等到苗天秀的妻子病故，他便與刁氏成親，侵占了苗家在揚州的產業，也像西門慶似的，成了揚州一方的土豪。不過，我的此一代為設想，想來還是不可能的。第一，苗天秀家中還有一個未嫁的女兒；第二，苗青與刁氏有染，險些被趕，親鄰皆知；第三，同船遇難安童未死，苗天秀的表兄黃美仍在開封府任通判，怎能就此罷休。如照今之《金瓶梅詞話》的情節論之，苗青的故事，應該到第四十九回為止，以後的小說，似乎不應再有苗青上場纏對，可是，這位苗青，居然在以後的第五十一回、七十七回、八十一回，又出現了三次。

　　那麼，苗青在以後各回的出場，他究竟在這小說的情節上，擔當了什麼任務呢？有什麼作用呢？值得我們研究。

四、命案了結後的苗青

　　政和七年（1117）四月二十日，西門慶打發韓道國崔本去揚州辦貨，帶去了兩封信，一交碼頭上王伯儒店裡，一交城內苗青。小說上這樣寫：

> ……西門慶出來，燒了紙，打發起身。交付二人兩封信，一封到揚州碼頭上，投王伯儒店裡下，這一封就往揚州城內，抓尋苗青，問他的事情下落？快來回報我，如銀子不勾（夠），我後邊再交來保稍（捎）去。……」（第五十一回）

　　若從這一情節看來，可以推想出西門慶開脫了苗青，返回揚州，還交代苗青回到揚州後，辦理一些事情，所以要韓道國等人到了揚州，去「抓尋苗青下落？快來回報我。」恰像苗青回揚州之後，都沒有消息。又說：「如銀子不夠，我後邊再交來保帶去。」顯然的，西門慶曾給了苗青銀子，要苗青到揚州替他辦事。像這些情節，在這第五十一回

之前,都無任何跡象可尋。非常明顯,這第五十一回與四十九回之間,必有情節上的缺失。造成這一情節的缺失,除了改寫者可能發生的錯誤,幾無其他理由可說。

那麼,韓道國與崔本等人,到了揚州之後,有沒有抓尋到苗青呢?當七月二十八日韓道國由杭州辦貨回來,對於寫在第五十一回,抓尋苗青的事,竟一字未提。

七月二十八日韓道國由杭州辦貨回來,寫在第五十八回(第1頁)及第五十九回(第1頁)。

第五十八回:

> 一宿無話,到次日二十八,乃西門慶正生日,剛燒畢紙,只見韓道國後生胡秀,到了門首下頭口。左右稟報與西門慶。西門慶叫胡秀到廳上,磕頭見了,問他貨船在那裡?這胡秀遞上書帳,悉把韓大叔在杭州置了一萬兩銀子緞絹貨物,現今直抵臨清鈔關,缺少稅鈔銀兩,方纔納稅起腳,裝載進城。
>
> 這西門慶一面看了書帳,心中大喜。吩咐棋童看飯與胡秀吃了,教他往喬親家爹那裡見見去。不一時,胡秀吃畢飯去了。西門慶進來,對吳月娘說,如此這般,韓夥計貨船到了臨清,使了後生胡秀,送書帳上來,如今少不的把對門房子打掃,卸到那裡,尋夥計收拾裝箱上庫,開鋪子發賣。

我們看韓道國他們從南方辦貨回來,對於第五十一回寫到的抓尋苗青的事,一字未提。雖說,第五十一回寫著他們是到揚州,這裡則寫著由杭州辦貨回來。顯然的,他們到揚州,任務是支鹽,支領那三年鹽引的鹽,盤實了之後,再到杭州等他去買辦貨物。可是,在第五十一回則還寫有在臨行前,因為李桂姐與王招宣的三公子王三官交往,牽連了官司躲在西門家,派來保進京打點,要韓夥計和崔本先去,等來保由東京辦事回來,再趕了去。這裡寫韓道國回來,也沒有交代來保的事。韓道國等人於政和七年四月二十日動身去揚州支鹽辦貨,到七月二十八日返回清河,已三月有餘,來保進京為李桂姐辦事,回來之後,有沒有趕去南方?這次韓道國回來,又怎能沒有交代?到了第五十九回,也祇寫到韓道國等人已把買辦來的十大車緞貨運到了家,直卸到掌燈時分,並說明在鈔關過關時,多承鈔關上的錢老爹(主事)照顧,一封信遞上,便少使了許多稅銀,十大車貨只納了三十五兩五錢鈔銀。至於第五十一回上寫的有關抓尋苗青的事,全沒有交代。到了第六十七回,西門慶的揚州朋友,卻又出現了一位苗小湖呢!

西門慶又要派韓道國去南方辦貨了。第六十七回這樣寫著:

> (1)正說著,只見韓道國進來,作揖坐下。說剛纔各家多來會了,船已催下,准在(十月)二十四日起身。西門慶吩咐甘夥計攢下帳目,兌了銀子,明日打包。因問

兩邊舖子裡賣多少銀兩？韓道國說：「共湊六千餘兩。」西門慶道：「兌兩千兩一包，著崔本往湖州買綢子去。那四千兩，你與來保往松江販布，過年趕頭本（班）船來。你們每人先拿五兩銀子，家中收拾行李去。……（第3頁）

(2)西門慶吃了飯，就過對門房子裡，看著兌銀，打包寫書帳。二十四日燒紙，打發夥計崔本、來保並後生榮海、胡秀五人起身往南邊去。寫了一封信，稍（捎）與苗小湖，就寫（謝）他重禮。……（第15頁）

關於這裡寫到的「苗小湖」，他是怎等樣人？與西門慶有何瓜葛？我們留在後面再說，這裡先來探討韓道國等五人到南方辦貨的事。

從這第六十七回寫的兩段情節來看，這次韓道國等人去南方辦貨，並不是去揚州，一路去湖州買綢子（崔本等人），一路去松江販布（韓道國等人）。當然，他們買辦完妥，運到揚州，再由揚州上船，運到臨清，再車運返清河。這次南行，崔本帶本銀二千兩，韓道國帶本銀四千兩，共六千兩。到了第七十七回時序已是臘月中旬，前後約兩閱月，崔本與人在南方辦貨回來了。

我們看第七十七回的這段情節：

……西門慶走到廳上，崔本見了磕頭畢，放了書帳。說：「船到碼頭，少車稅銀兩。我從臘月初一日起身，在揚州與他兩個分路，他們兩個往杭州去了。俺們都到苗親家住了兩日。因說苗青替老爹使了十兩銀子抬了揚州衛一個千戶家女子，十六歲了，名喚楚雲。說不盡的花如臉、玉如肌、星如眼、月如眉、柳如腰、襪如鉤，兩隻腳兒恰剛三寸。端的有沉魚落雁之容，閉月羞花之貌。腹中有三千小曲，八百大曲，端的風流如水晶盤內走明珠，態度似紅杏枝頭推曉日。苗青如今還養在家，替他打廂（箱）奩，治衣服，待開春韓夥計保官兒船上帶來，優（服）侍老爹，消愁解悶。」西門慶聽了，滿心歡喜。說道：「你船上稍了來也罷，又費煩他治甚衣服，打甚粧奩，愁我家沒有。」于是恨不的騰雲展翅，飛上揚州，搬取嬌姿，賞心樂事。正是：「鹿分鄭（趙）相應難辨（辨），蝶化莊周未可知。」有詩為證：「聞道揚州一楚雲，偶憑出鳥語未真；不知好物都離隔，試把梅花問主人。」

如從這裡說的苗青使了十兩銀子，抬了揚州衛千戶家一個十六歲的女子楚雲，為她打好箱奩治妥衣服，待開春交韓夥計等人帶來的這一情節來說，似可銜接上第五十一回的情節。第五十一回曾說到要韓道國等人，到了揚州抓尋苗青，問他事情的下落，還問他銀子夠不夠？不夠再交來保帶去。或可使我們想到第五十一回說的這些事，可能指的

是要苗青購買歌女的事。可是，第五十一回沒有說明，這一回的文辭，也不像是曾受西門慶之託。這一回還說：「俺們都到苗親家住了兩日。」西門慶與苗青什麼時候結的親？是什麼關係的親家？以前各回，都沒有寫過。像這「親家」一辭的兩者關係，最遲也應寫在第五十一回韓道國等人到揚州的這段情節裡面。西門慶與苗青結親家，最可能的時機，也應在宋御史開脫了苗青的時候，要不然，兩人不相聚會，如何能結成親家？可是，在這些回目中，全沒有寫到。那就很難揣測他們是如何成為親家的了。說來，這當然是小說情節的缺失。美國哈佛大學的韓南教授，把此一缺失，派到沈德符說的「陋儒」頭上，是陋儒補寫殘缺的第五十三回至第五十七回時，因陋儒才拙，未能照顧周到而造成。可憾的是，像這類情節前後不相關聯的缺失，在《金瓶梅詞話》中是太多了。所以我們對此缺失的造成，還得另下判斷。那麼，我們來看此處的缺失，究竟是怎樣形成的？

第一，如照情節回目的秩序看，這一情節應該緊緊連接著第五十一回，我在前面已說到了。可是，韓道國等人在四月二十日起身去南方支鹽辦貨（第五十一回），到了七月二十八日業已返回清河（第五十八回），按說，第七十七回的此一情節，應該寫在第五十八回。但第五十八回，只寫他們在南方辦貨回來了，辦了一萬銀子的緞絹貨物，遞上書帳而已。對於他們（在第五十一回）帶去揚州的兩封信，以及囑咐他們問詢苗青銀子夠不夠的事，都一字未提。韓道國等人第二次再南去辦貨，只帶了一封信給一位名叫「苗小湖」的人，謝他的重禮。他們這次辦貨回來，崔本竟先報告苗青為西門慶買了一位歌女的事。這一情節，可是空懸的了。從文詞的語氣看，苗青的此一情節，也不像是受了西門慶之託，似是特別買了一個歌女，來報答西門慶救命之恩。這樣看，這第七十七回的情節，似應寫在第六十七回之前，因為第六十七回寫有謝「苗小湖」重禮的事。

第二，我們如果這樣認真而有秩的去探尋這些情節的錯綜，準能清楚的絲縷出苗青、苗員外、苗小湖之情節的錯誤根源。下面，我們再看第八十一回，有關苗青的情節：

> ……話說韓道國與來保兩個，自從西門慶將二千兩銀子，打發他在江南等處置買貨物，抓尋苗青家內宿歇。苗青見了西門慶手札，想他活命之恩，盡力趨奉他兩個。成日尋花問柳，飲酒作樂。一日初冬天氣，寒雲淡淡，哀雁淒淒，樹木彫零，景物蕭瑟，不勝旅思。于是二人忙將銀往各處，置了布足，裝在揚州苗青家安下，待貨物買完起身。……（第1頁）

按情節演進說，這一情節應銜接第六十七回。雖說，銀子的本錢，數目與第六十七回所寫不符，第六十七回寫韓道國與來保，帶去本金是四千兩，這裡說兩千兩。此一錯誤，無關宏旨，可以不必管它。可是，這裡寫「苗青見了西門慶手札，想他活命之恩，盡力趨奉他兩個。」可就不能與第六十七回的情節相銜接了；應銜接第五十一回纔對。

難道，韓道國等人在四月間南去支鹽辦貨，竟未能「抓尋」到苗青？這十月間第二次南去，方始「抓尋」他？在第五十八回辦貨歸來時，卻又沒有說明。而且，在第七十七回崔本先回家，且經說明苗青已為西門慶買了一個歌女楚雲養在家中，正在打製粧奩，治衣裝，開春由韓夥計等人船上帶來。到了這第八十一回，寫韓道國等人之在揚州，只是在等江南等處買賣的貨物到齊，就上船回家，怎的又寫起「苗青見了西門慶手札，想他活命之恩」呢？居然把先返家的崔本，帶回去的那番苗青買歌女的事，忘得一乾二淨，好像根本不知道有崔本說的那些事，連他們帶來的那封「謝苗小湖重禮」的信，也不知被丟到何處去了？

第三，看起來，所有關於苗青出現在《金瓶梅詞話》中的情節，（一共四處：1第四十七回，2第五十一回，3第七十七回，4第八十一回）全是孤起孤落，互不相聯。第四十七回到第四十九回的苗青謀財害命，情節孤起孤落；第五十一回的到揚州「抓尋苗青，問他事情的下落」，這情節也是孤起孤落；第七十七回的苗青為西門慶買的歌女楚雲，也是孤起孤落；這第八十一回的這一情節，也是孤起孤落；有關苗青的四處情節，彼此之間，都無法聯粘得上。所以我們不禁要問：像宋惠蓮之死，前後綿亙了五回的情節，而且還在這五回中像搓草繩似的，貫串了其他情節，一處處無不縝密而覈實，又怎的竟把苗青的故事，寫得如此支離破碎？推想起來，不是極有問題的嗎？

現在，在我們尚未進入此一問題的研判與推斷之前，還有「苗小湖」與「苗員外」的問題，有待我們加以討論呢！

五、苗小湖與苗員外

我們在前面已經寫到了「苗小湖」，第六十七回西門慶第二次派韓道國等人南去辦貨，要他們帶去一封給苗小湖的信，「謝他的重禮」。

這位苗小湖是怎樣人呢？第六十七回之前，沒有提到過他。所以我們無法確知西門慶謝他什麼「重禮」。到了第八十一回，「苗小湖」這個人物出現了。

崔本先返清河之後，韓道國與來保等人在揚州住在苗青家，待貨物買完起身。這段日子，他們便在揚州玩樂，「日逐請揚州鹽客王海峯和苗青遊寶應湖。」有一天，他們這夥人在妓家玩樂，後生胡秀吃了酒，說話傷了韓道國，因而韓道國要打胡秀，「被來保苗小湖做好做歹勸住了。」這樣看來，又似乎這「苗小湖」就是苗青的另一名號。這苗青在第六十七回之前，送過什麼「重禮」給西門慶呢？在以上十多回情節中，隻字未曾寫過。但在第五十五回，卻寫了一位揚州第一財主苗員外，贈送了兩個歌童給西門慶。可是這位苗員外，乃另有其人，決不可能是苗青。我們看第五十五回怎樣寫出這位「苗員外」：

> ……西門慶遠遠望見一個官員，也乘著轎進龍德坊來。西門慶仔細一認，倒是揚
> 州苗員外。卻不想苗員外也望見西門慶了。兩個同下轎作揖，敘來寒溫。原來這
> 個苗員外，是第一個財主，他身上也現做個散官之職，向來結交在蔡太師門下，
> 那時也來上壽，恰遇了故人。當下兩個忙匆匆，路次說了幾句，分手而別。……

　　試看這裡的揚州苗員外，他「是第一個財主，他身上也現做個散官之職，向來結交
在蔡太師門下。」當然不會是苗青。

　　按苗青謀財害主，發生在政和六年（1116）秋末冬初，事發在翌年正月。西門慶接納
了王六兒的請託，開脫了苗青，時在政和七年正月十七日。安童上告，曾御史批仰東平
府從公查明，重驗尸骨，時在同年二月上旬。西門慶派來保上京打點，時在同年三月上
旬，來保等由東京返回清河，已是三月下旬。西門慶在永福寺擺酒為蔡御史餞行，並請
轉託宋御史了結青一案，時在同年四月十六日。後來，宋御史在船上便把在揚州提來
的苗青押來，把案結了，釋回苗青。時間約在同年四月末五月初。蔡太師的壽誕日是六
月十五日。西門慶在東京遇見苗員外，距離苗青被開脫釋回，為時不過一月有餘，苗青
縱有天大的神通，也沒有時間攀緣到蔡太師門下，弄個散職之官。所以我們可以確定的
說，這位「苗員外」，絕不會是苗青。

　　那麼，這位苗員外，是不是苗小湖呢？

　　這位苗員外，小說的作者並沒有給他寫個名字，但在《金瓶梅詞話》的情節上，卻
被列上了回目，這第五十五回的後半回目，寫的就是「苗員外揚州送歌童」，可以想知
這位苗員外，在《金瓶梅詞話》中，應該是個重要的人物，不至於連個名字都沒有給他
寫上。但事實上，蘭陵笑笑生，不惟沒有給他寫上名字，在情節上，也祇是這一回中的
「送歌童」，以後，這位苗員外就沒有再出現了。

　　「送歌童」的情節，是怎樣在小說中演出的呢？

　　小說的這一情節，是這樣寫的：

> (1)次日，（西門慶）要拜苗員外，著玳安眼尋了一日，卻在王城后李太監房中住下。
> 玳安擎著帖子通報了。苗員外來出迎，道：「學生一個兒坐著，正想個知心的朋
> 友講講，恰好來（得）湊巧。」就留西門慶筵燕。西門慶推卻不過，只得便住了。
> 當下山餚海錯，不計其數。又有兩個歌童，生得眉清目秀，開喉音唱幾套曲兒。
> 西門慶指著玳安琴童、書童、畫童，向苗員外看著，說：「那般蠢材，只顧吃酒
> 飯，卻怎的比得那兩個。」苗員外笑道：「只怕伏（服）侍不的，老先生若愛時，
> 就送上也何難。」西門慶謙謝：「不敢奪人之好。」飲到更深，別了苗員外，依
> 舊來翟家歌。那幾日內相府管事的，各各請酒，留連了八九日。西門慶歸心如箭，

便叫玳安收拾行李，那翟管家苦死留住，只得又吃了一夕酒，重敘姻親，極其眷戀。次日早起辭別，望山東而行。……（第7頁反第8頁正）

(2)且說苗員外，自與西門慶相會，在太師府前，便請了一席酒，席上又把兩個歌童許下了。那一日西門慶歸心如箭，卻不曾作別的他，竟自歸來了。還當西門慶在京，伴當來翟家問看。那翟家說三日前西門大官家去了。伴當回話，苗員外纔曉的。卻不道君子一言快馬一鞭，不送去也罷，不和我合著氣？只（怕）后來說不的話了。便叫過兩個歌童，吩咐道：「我前日請山東西門大官，席上把你兩個許下他，如今他離東京回家去了。我目下就要送你們過去，你們早收拾包裹，待我收下書打發你們。」那兩個歌童一齊陪告道：「小的伏（服）侍的員外多年了，卻為何今日悶的小的們不好。又不知西門大官性格怎地？今日還要員外作主。」員外道：「你們卻不曉的，西門大官家裡，豪富潑天，金銀廣布，身居著右班左職，現在蔡太師門下做個乾兒子，就是內相朝官，那個不與他心腹往來。家裡開著兩個綢緞鋪，如今又要開個標行。進的利錢也委實無數，況兼他性格溫柔，吟風弄月，家裡養著七八十個蒼頭，那一個不穿綾著襖。後房裡擺著五、六房娘子，那一個不插珠掛金。那些小優們戲子們，個個借他錢鈔，服他差使，平康巷、青水巷，這些角伎，人人受他恩惠。這也不消說的，只是咱前日酒席之中，已把小的子許下他了。如今終不成改個口哩。」那歌童又說道：「員外這幾年上，不知費盡多少心力，教的俺們彈唱哩。如今纔曉得些弦索，卻不留下自家歡樂，怎的倒送與別人快活！」說罷不覺地撲簌簌哩吊下淚來。那員外也覺慘然不樂。說道：「小的子，你也說的是。咱也何苦定要是這等？只是人而無信，不知其可也。那孔聖人說的話，怎麼違得。如今也由不得你。待咱修書一封，差個伴當送你去。教他把隻眼兒好生看覷你們。你到那邊快活，也強似我這裡一般。」就叫那門管先生，寫著一封通候的八行書信；後面又寫那相送歌童，求他青目的話兒。又寫個禮單兒，把些尺頭書帕，做個通問的禮兒。差了苗秀、苗實，齎擎書信，護送兩個歌童，一霎時拴上了頭口，帶了被囊行李，直向山東西門慶家來。……

這兩個歌童送到西門家之後，除了修書整辦厚禮，答謝苗員外，還收拾房間給兩個歌童住。當晚就準備酒宴，叫兩個歌童席前演唱，引得後邊的娘兒們都來聽唱。都十分歡喜，齊聲讚美說：「唱得好。」尤其潘金蓮，不但聽得心歡，而且看得心動。這裡如此寫：

只見潘金蓮在人叢裡，雙眼直射那兩個歌童。口裡暗暗低言道：「這兩個小夥子，

不但唱得好，就（是）他容貌也標致的緊。」心下便已有幾分喜他了。……

如循應著小說的情節看去，「苗員外揚州送歌童」的情節，應是《金瓶梅》的重要關目纏對，可是，這「送歌童」的情節，卻只有這第五十五回的上錄這些，到了第五十六回，只寫了短短二十餘字，說：「後來，兩個歌童，西門慶畢竟用他不著，都送太師府去了。」這「送歌童」的情節，便全部了結。這種虎頭蛇尾的情節穿插，誠非《金瓶梅》原作者的原始手筆。我們可以肯定的說，「苗員外揚州送歌童」的情節，在原作者的原始手稿中，一定很多。更可以確定的說，這兩個歌童在西門家，必與「潘金蓮」有了瓜葛，不是伏筆了潘金蓮「心下已有幾分喜他了」嗎？依小說情節演進與發展的情理說，也應枝生出這些瓜葛出來。要不然，安排這「苗員外揚州送歌童」有何意義呢？

就以《金瓶梅詞話》第五十五回的這一「送歌童」的情節所寫，更是孤起孤落，與其他的情節，全都連貫不上。再去推究一下這一情節的內容，對於西門慶身家興衰的整個故事來說，既無穿插它的意義，也無穿插它的作用。想來，與欣欣子的敘論所言，不能符節了。

1. 苗小湖其人？

關於「苗小湖」這個人物，在小說的情節中，一共祇寫到兩次，第一次寫在第六十七回，韓道國等人二次南去辦貨，西門慶要他們帶去一封信給苗小湖，「謝他的重禮」。此一問題，本文前面已經說到了。但從西門慶寫信謝他重禮的這一點來想，這位苗小湖的身分地位，應與西門慶相等，我在前面說了。如果認為這位苗小湖就是西門慶在京城會到的那位「苗員外」，前後的情節，尚能關連上。雖說，「送歌童」的事，業已寫了謝函，又備了謝禮，交由苗員外派去送歌童的兩位家人苗秀苗實帶回。這次派韓道國等人南去辦貨，免不了有求苗員外幫忙之處，再寫封信謝謝他的重禮，「禮多人不怪」，何嘗不是人情之常。所以，我們可以推想這位「苗小湖」就是那位「苗員外」。

可是，當「苗小湖」在第八十一回出現時，卻不得不令我們推翻了此一推想。因為他與來保等人的地位相等。當韓道國要打胡秀，苗小湖與來保上前勸住了。

從寫在第八十一回之苗小湖的舉止來看，他又怎能是那位有資格進京向蔡太師拜壽的「苗員外」呢？看來，這位被寫在第八十一回的「苗小湖」，極可能就是苗青的另一名號。但如以之與寫在第六十七回的「苗小湖」，可又貫連不上了。我們說到苗青擺脫了官司之後，回揚州時，身上只餘下一百兩銀子。到了韓道國第二次南去辦貨（十月二十四日），為時不過十閱月，那裡來的經濟能力再去送厚禮呢！再說，在人情往還上，他與西門慶也無此必要啊！

所以，我們肯定的認為：這位苗小湖，既不是那位「苗員外」，也不是這個「苗青」。

2.王伯儒其人？

韓道國等人第一次南去辦貨，帶去兩封信，一封信抓尋苗青，另外一封信，寫給王伯儒。那次，來保要先到東京為李桂姐辦事，回來之後，再趕去揚州。

> 因說：「我明日到揚州，那裡尋你們？」韓道國道：「老爹吩咐，教俺們碼頭上投經紀王伯儒店裡下，說過世老爹，曾和他父親相交。他店內房屋寬廣，下的客商多，放財物不耽心，你只往那裡尋俺們就是了。」

我們看，西門慶的揚州朋友，還有這麼一位世交王伯儒，他們兩人的上一代就有交往。而且，「他店內房屋寬廣，下的客商多，放財物不耽心」，可以想知他們過去到南方的貨物起運，都是屯放在王伯儒店內。可是這位王伯儒，也只有這第五十一回寫了兩次，只說帶信給他，以後也就再也沒有說到他了。

計算起來，西門慶在揚州方面，只有苗青、苗員外、王伯儒，以及苗小湖有往還。可是這幾個人，除苗青與王伯儒兩人，我們可以從情節的文詞上，知道西門慶是怎樣認識他的——苗青是西門慶提刑所刑案中的犯人，王伯儒是西門慶的世交，其餘兩人，與西門慶如何相識？都不曾明確的寫在小說的情節上。是以我們無從知道他們與西門慶之間，有過什麼樣的關係？但如從小說情節的演變需求來說，像「苗員外」這個人物，絕不應在第五十五回與西門慶見上兩面，送了兩個歌童，就從此沒有了蹤跡，在以後的情節中，還應出現纏對。但無論為何，這兩個歌童還應有故事被情節出來。我們在前面已經說到了。

今者，如從《金瓶梅詞話》的現有情節來看，第五十一回之後的苗青、苗員外、苗小湖這三個人的情節，他們之所以孤起孤落，顯然的，他們已不是原作者的原作，業已經過改寫者重新編纂或改頭換面的重新經營過了。我想，這一看法，應是不會錯的。

至於這幾個上下綿互三十餘回居然孤起孤落而不相連貫的缺失，能否從之探索出一些原作《金瓶梅》的風貌呢？我們不妨推想一下。

六、苗青情節的原貌探索

我在前面說過，苗青的謀財害命情節，寫到第四十九回結束，也不會使我們讀者感到有欠缺。因為苗青的謀財害命情節，業已烘托出西門慶在交通官吏上的廣大神通，連巡按御史也莫奈他何。同時，也寫出了《金瓶梅》那個時代的政治黑暗，清官如曾孝序者，竟因了他的為官正直，居然落了個謫戍的下場。可以說，苗青的情節，已經完成一個不算小的任務，不再上場，也不致於使讀者認為他的故事還沒有完。那麼，我們如把苗青的情節，擴大去推想呢？這位苗青自然還應有他回到揚州之後的情節。安童還沒有

死，苗天秀的表兄黃美，還在東京開封府任通判之職。這兩個人物，都應是延續苗青情節的轉圜關鍵。所以，我們可以推想苗青的情節，在第四十九回之後，還應該有。果然，在第五十一回又提到了苗青，到了第八十一回又寫到了苗青。由此，我們可以肯定的說，在原始《金瓶梅》的情節中，苗青的故事，極可能綿亘到第八十一回。只是其中的原始情節，已被《金瓶梅詞話》的改寫者改寫掉了。

從《金瓶梅詞話》的情節中，我們知道西門慶在揚州方面的熟人，除了苗青之外，尚有「苗員外」、「苗小湖」、「王伯儒」三人。這三人出現在《金瓶梅詞話》中的情節，全是「孤起孤落」，連苗青都算上，他們都互不牽連。而且第五十一回已寫明，那位王伯儒是揚州方面的「經紀」，更是西門慶的世交（兩人的上一代就是朋友）。兼又寫明「他店內房屋寬廣，下的客商多，放財物不就心。」可是第八十一回寫韓道國等人在揚州，則是住在苗青家。

苗青本是一個浪子，在苗天秀家的身分，也只是個傭工，想來，不是一位有什麼大才能的人。他幹了一票弒主謀財的命案，雖然逃了一條命出來，謀來的那筆財貨，則已蕩然無存。他回到揚州，縱然苗天秀的家屬未再找他的麻煩，為時不到一年的時間，也不見得能有家院來招待韓道國等人吧？第八十一回居然寫著苗青與鹽商王海峯同遊處呢。這些情節，都未免令人無從思議。

那麼，像這些情節的缺失，是怎樣產生的呢？是蘭陵笑笑生的才薄能拙嗎？可是其他如宋惠蓮之死；夏花兒竊金；春梅遊舊家他館……等等情節，無不穿插得自然有致。何以有些情節，不僅孤起孤落，而且錯簡重疊。所以，我們怎能怪到《金瓶梅》的原始作者身上呢？（原始《金瓶梅》的作者，是不是蘭陵笑笑生？尚屬疑問。）

基是推想，除了改寫者，打算刪掉原始《金瓶梅》中的有問題的情節，在改寫時未能周詳而縝密的圓實了改寫後的情節，別的我們委實尋不出更適當的原因。像第五十一回之後的苗青、苗員外、苗小湖以及王伯儒的情節，不就是改寫者遺留下來的蛛絲馬跡嗎！

像苗員外這個人，他既是揚州的第一財主，又是蔡太師的門下，「他身上也現做個散官之職」，顯然的，他必是揚州方面的一位重要人物，自不致於只讓他出來，在《金瓶梅》中只送了兩個歌童，就沒他的事了。在我看來，這個苗員外，應是苗青被西門慶釋放後，回到揚州後的一位庇蔭者纏對。如按西門慶的為人，像苗青也者，又怎能不是西門慶運用在南方替他效命的小人物呢！這麼看來，極可能西門慶在開脫苗青回南方的時際，就介紹他去見那位現居散官之職的「苗員外」，到苗員外府邸作他蔭避之所。同時再交代他一些任務。這樣，則寫在第五十一回「抓尋」苗青的事，便有了根蒂了；寫在第八十一回的苗青，也不顯得孤起孤落了。說起來，關於苗青的情節，自第四十九回

到第八十一回之間，必還穿插了不少的情節。但已被《金瓶梅詞話》的改寫者，改得面目全非矣！

　　像西門慶這麼一位在政治舞台上以及現實社會中擅於長袖善舞的人物，怎可與那同是蔡太師門下爪牙的苗員外，僅僅有那麼一次「送歌童」的往還，就不再交往？更何況，那苗員外曾向歌童們說：「你們卻不曉的，西門慶大官家裡，豪富潑天，金銀廣布，身居著右班左職，現在蔡太師門下做個乾兒子，就是內相朝官，那個不與他心腹往來。家裡開著兩個綾緞舖，如今又要開個標行。進的利錢，也委實無數。……」（第五十五回第11頁，上已引過。）試想，這麼一位重視西門慶的苗員外，也不可能只贈送了兩個歌童，以後便不再往還。所以我們可以從之推想到那寫在第六十七回韓道國二次南去辦貨，西門慶要他們帶去一封信給「苗小湖」，「謝他的重禮」。這位苗小湖可能就是苗員外的名號。至於寫在第七十七回崔本先回來說的，揚州苗青已為西門慶買來一位揚州千戶家的女子，名叫楚雲，正為她打製粧奩治衣服，開春由韓夥計船上帶來。這一情節，依情依理都應是苗員外，不應是苗青。再後面第八十一回寫的與來保勸開韓道國打胡秀的苗小湖，則應是苗青。我們這樣推想，就可以認定《金瓶梅詞話》的這些有關苗青、苗員外、苗小湖的情節，之所以孤起孤落，前後不粘，相互矛盾，全由於改寫者的重新編纂，未能周圓格局，因而還留下了原始《金瓶梅》情節的痕跡。其他，我們委實不易尋出更適當的理由，來解說這個問題。

　　《金瓶梅詞話》是改寫本，應是確立不移之論。有關苗青、苗員外、苗小湖的情節之孤起孤落，業已清楚的顯示了原始《金瓶梅》的一些殘餘風貌。我們從這一殘餘的情節，可以想像得到，有關苗青謀財害主的命案，必是原始《金瓶梅》中的重要情節之一，前後牽連綿亙達三十餘回之久。可能事涉政治隱喻，《金瓶梅詞話》的改寫者，已為之重新改纂重新經始過了。我不是從第十七回宇文虛中的參本，尋出了「賈廉、賈慶、西門慶」的問題，推想原始的《金瓶梅》不是以西門慶其人為主的故事嗎！本文探索到的苗青、苗員外、苗小湖，亦一證也。

清河、東京、嚴州

在《水滸》；武大、潘金蓮、西門慶的故事背景，是陽穀，到了《金瓶梅》，則易陽穀為清河。至於《金瓶梅》的作者，何以要為武氏兄弟搬個家？我在「武松、武大、李外傳」這一章，業已說到了。但尚未說到清河的地理位置，與東京以及江南等地的路線問題。這裡，我們來探索一番清河究在山東何方？東京在清河何方？以及江南的揚州、湖州、杭州、還有嚴州，與清河這地方，究竟怎樣往還？這樣，或許能獲得一些作者的原始創意。

一、清河

根據《清河縣志》（光緒九年刊本）之沿革說，清河本境，古屬兗、冀二州。清河人崔對考謂：「馬（端臨）杜（佑）既列清河為兗州，而復云兗冀者，因清河在昔為郡為國，領縣甚多。馬杜二通，其小注云：『在漯水東，古兗州地，在漯水西，古冀州地，蓋清河屬縣在河內者，自屬古之冀州，而清河現在本境之故跡及屬縣，同在河東者，當然入於古之兗州也。』」那麼，照此說來，《金瓶梅》的作者，把清河列為山東省，還是有根據的。可是，清河與山東省的陽穀，中間尚隔臨清、堂邑二縣，堂邑之左，尚有聊城，陽穀之右，尚有莘縣，並非鄰縣。不過，此一問題，在《水滸》中便把清河與陽穀寫成「咫尺」。

按《水滸全傳》第二十三回，武松說了這段話：「我是清河縣人氏，這條景陽崗上，少也走過了一二十遭，幾時見說有大蟲！你休說這般鳥話來嚇我，便有大蟲，我也不怕。」這話也在說明了陽穀縣的景陽崗，與清河很近，所以陽穀縣的知縣說：「雖你原是清河縣人氏，與我這陽穀縣只在咫尺。我今日參你在本縣做個都頭，如何？」如照《水滸傳》的這些話來看，清河與陽穀應是鄰縣纔對。但事實上，清河與陽穀，並非鄰縣。按實際地理，陽穀南臨壽張，極近；西有朝城，北有莘縣，還有聊城；再東便是黃河南岸的東阿。清河則南鄰臨清、夏津；北鄰南宮、武城；西鄰廣宗、威縣。可以說清河與陽穀，既不相鄰，也不「咫尺」之近。不惟隔著他縣，相距也有數百里呢。

再說，武松由滄州返回清河縣看望哥哥，卻為了何事，先去了陽穀？又在陽穀遇見了哥哥，真是巧。由滄州到清河，不必經過陽穀，陽穀在清河以南。如果說，武松先到

清河，發現哥哥已不在清河，問知他人，說是已搬到陽穀去了，再去陽穀，這就符合情節了。可是在《水滸》中，並未寫上此一交代，可見現存的百回《水滸》，也是改寫本，把這些問題，都改寫掉了。到了《金瓶梅》，把武氏兄弟的籍貫，從《水滸》借來調了一個過兒，說他們本是山東陽穀人，「因時遭荒饉，將租房賣了，與兄弟分居，搬移在清河居住。」又說：「這武松因酒醉，打了童樞密，單身獨自，逃在滄州橫海郡（軍）小旋風莊上。」這樣一寫，可以說武氏兄弟由陽穀搬到清河居住，武松是知道的，而且是一塊兒搬來的。那麼，武松由滄州柴進莊上回清河尋兄，幹麼要跑到陽穀去呢？我在前面說了，由滄州到清河，又不需經過陽穀。滄州在清河東北，陽穀在清河以南。他們弟兄已由陽穀搬到清河居住，武松已經知道，且已寫明他要回清河尋兄，居然也跑到陽穀來了。在《水滸傳》，寫武松到了陽穀，只能說小說家欠了一句交代，未交代武松先回清河尋兄，問知哥哥已搬到陽穀，再從清河趕往陽穀，遂在景陽崗打虎成了英雄。這一漏洞，還有理由說得過去。但《金瓶梅》的武松，明明知道哥哥已由陽穀遷到清河，他又到陽穀去作什麼？由滄州到清河又不經過陽穀；滄州在清河北，陽穀在清河南。可以說《金瓶梅》的此一地理上的錯誤，連個解說的理由都尋不出來，只能說是小說家言，難往實處觀也。

但無論如何說，像清河與陽穀的地理關係之誤，以及武松由滄州返回清河，居然在陽穀演出了打虎的英雄故事？委實是《金瓶梅》作者的錯誤。問題是，原始作者就是這樣錯的嗎？那麼，《金瓶梅》的此一作者，寫作才能也就未免太低劣了吧！如果說，《金瓶梅》的作者借用《水滸傳》的情節寫入《金瓶梅》，迫於時間倉促，或許是個說得通的理由。而我，則認為像這等情節上的不相貫串，並不是孤單的問題，這類錯誤，他處還多得很呢！前述各章，不是縷述了不少嗎？下面，我們再看另一問題。

二、東京

《金瓶梅》的故事，以清河縣為發展的基地，其他涉及的地方，除了近鄰的臨清，則為東京以及南方的揚州、湖州、杭州還有嚴州等處。其中要以東京在《金瓶梅》故事中，所占地位較重。西門慶曾兩次進京，寫到了京城的盛況。

按北宋時代的東京，是汴梁城，即今之開封。位置在清河的西南方。可是，《金瓶梅》中的東京，又似乎不是開封，我們看第七十二回所寫：

> 西門慶來到清河縣，吩咐賁四、王經跟行李先往家去，他便送何千戶到衙門中，看著收拾打歸（掃）公廨乾淨，（轉下）他便騎馬來家，進入後廳。吳月娘接著拂去塵土，舀水淨面畢，就令丫環院子裡放桌兒，滿爐焚香，對天地位下告許願心。

月娘便問：「你為什麼許願心？」西門慶道：「且休說。我性命來家。」往回路
上之事，告說一遍：「昨日十一月二十三日，剛過黃河，行到沂水縣八角鎮（誤
刻公用鎮）上，遭遇大風。那風那等兇惡，沙石迷目，通不放前進。天色已晚，百
里不見人，眾人多慌了。況（一個裝）駄垜又多，誠恐鑽出個賊怎了。前行投到古
寺中，和尚又窮，夜晚連燈火沒個兒，各人隨身帶著些乾糧麵食，借了燈火來，
熬來了豆粥，人各吃一頓，砍了些柴薪草根，喂了馬，我便與何千戶在一個禪坑
上抵足一宿。次日風住了，方纔起身。這場苦，比前日還苦十分。前日雖是熱天，
還好些，這遭又是寒冷天氣，又耽許多懼怕，幸得平地還罷了，若在黃河遭此風
浪，怎了？我頭行路上，許了些願心，到臘月初一日，宰豬羊祭賽（謝）天地。……

　　試看這一段話，已寫明他們從東京返回清河，要渡過黃河。那麼，他們由東京返回
清河，經過那些路線呢？這一段話說：「剛過黃河，行到沂水縣八角鎮上」，這沂水縣
應離黃河不遠纔對。可是沂水縣在山東地界，無論南或北，距離黃河，都不止一天的路
程。按沂水縣在魯之東南部，出泰山郡蓋縣艾山，南至於邳（江蘇北部）西南入於泗。《明
一統志》云：「沂水縣在青州府莒州城西北七十里，周為鄆邑，漢為東莞縣，後魏改為
新泰縣，隋初改為東安縣，後於古蓋城別置東安縣，而此縣改名沂水，唐宋屬沂州，金
元屬莒州。」那麼，我們再查歷代黃河變遷的流道，曾否經過沂水附近呢？

　　查劉鶚著《歷代黃河變遷圖考》，則無論禹貢故道，周至西漢河道，東漢新莽清河
的流道，唐宋時的河道，以及宋時的二股河，金章宗時決河南流入淮的南河道，俱無流
經沂水近境的情事。西門慶等人又焉能「剛過黃河」就「行到沂水縣」呢？這難道是小
說家言？無從去入實稽考矣？

　　再說，由宋時的東京回清河，應在東京（開封）附近渡河，一直東北行，回到清河，
已無須再渡黃河。不過，這裡說：「剛過黃河」，就「行到沂水縣」，顯然是由北往南，
換言之，《金瓶梅》的作者寫宋之東京，事實上乃是以明之北京為背景的。這一點，則
是明顯的證據。不過此一問題，在第七十一回結尾時，則說：「比及剛過黃河，到水關
八角鎮，驟然撞遇天起一陣大風。」過了黃河到達的地方，不是「沂水縣」，而是「水
關」的八角鎮。查山東並無「水關」這個縣分，如果是個小地名，黃河流經冀魯甚長，
不易查了。總之，這也是一處前後不相契一的問題，也只有歸咎於分回改寫之未能統一
耳。或者「沂水縣」乃原著語。

三、嚴州

　　西門慶與南方的交往，全是商業上的事務，往還最多的地方是揚州，其次是杭州、

湖州；揚州則是一個屯貨轉運點。因為西門家開了五爿舖子，除了祖傳生藥舖，還有綢緞、絨線、典當以及南北雜貨等。正如同應伯爵說的，舖子裡樣樣有，纔算得買賣。可以說西門慶的舖子樣樣有。所以他時常派人南去辦貨。買辦的貨品大多是綢緞絲絨或香蠟等等。往往一次買辦，都得用十車二十車搬運，辦貨的本錢動輒數千兩上萬兩，但卻從來沒有去過嚴州。

嚴州乃今之建德，富春江流域，在桐廬縣以南，蘭溪縣以北，屬於浙西南的一個山城，是個小地方。西門慶的舖子需要的貨物，買辦不到嚴州那種地方。但《金瓶梅》之寫到嚴州，則是西門慶死後，陳經濟為了打孟玉樓的主意，嚴州方始被寫入了《金瓶梅》的小說情節中來。

在第九十一回，西門家的六房妻妾，只賸了大房吳月娘一人，孟玉樓也嫁了。孟玉樓嫁的是清河縣太爺的小衙內，名叫李拱璧，也三十零了。雖是一個國子監監生，卻也是個常在三瓦兩巷中走走的紈袴子弟，外號李棍子。由於在清明節上墳時，從永福寺回家路過杏花村，在跑馬賣解的熱鬧處，遇見了孟玉樓，兩人便一見傾心。縣太爺派人來說媒，孟玉樓便下嫁了。不久，這位縣太爺改調嚴州府判官，一家人由清河遷到嚴州。就這樣，嚴州這地方，寫進了《金瓶梅》。

陳經濟在丈人家經管典當物存儲房屋的鎖鑰，經常出入內院，有一天他在花園中拾到孟玉樓的一根金頭蓮瓣簪兒，上面鐫著兩溜字兒：「金勒馬嘶芳草地，玉樓人醉杏花天。」因而留下來不給孟玉樓。西門慶死後，這根簪子他還曾納在袖中，被潘金蓮發現，盤問了一番，纔還給他。（見第八十二回）到了第九十二回，吳月娘把西門大姐送來，又交還許多床帳粧奩，但卻三日一場嚷，五日一場鬧。這陳經濟又吵嚷他娘籌本錢，他要找房子開布店作生意。就這樣，他娘被吵嚷不過，為他湊了五百兩銀子在臨清碼頭，開店販賣布疋。當他聽說孟玉樓嫁了李衙內，近日隨老子到嚴州去了，這陳經濟便想起了他在花園中拾到的孟玉樓那根簪子，遂想：「就把這根簪子，做個證見把物，趕上嚴州去。只說玉樓先與他有了奸，與了他這根簪子，不合又帶了許多東西嫁了李衙內。都是昔日楊戩寄放金銀箱籠應沒官之物。那李通判一個文官，多大湯水，聽見這個利害口聲，不怕不教他兒子，雙手把老婆奉與我。我那時娶將來家，與馮金寶一對兒，落得好受用。」所以陳經濟帶領家人陳安，還有楊大郎，「押著九百兩銀子，從八月中秋起身，前往湖州，販了半船絲綿綢絹，來到清江浦江口碼頭上，灣泊住了船隻。投在個店主人陳二店內。夜間點上燈火，交陳二郎殺雞取酒，與楊大郎共飲。在飲酒中間，和楊大郎說：『夥計，你暫且看守船上貨物，在二郎店內略住數日，等我和陳安拏些人事禮物，往浙江嚴州府，看家姐嫁在府中。多不上五日，少只三日期程就來。』楊大郎道：『哥去只顧去，兄弟情願店中等候。哥到日一同起身。』……」這陳經濟便帶了陳安由清江浦江口到浙

江嚴州去了。

我們看上錄《金瓶梅詞話》第九十二回的這一番話，便產生了地理上的問題。第一，清江浦江口在何處？距離湖州多遠？在湖州何方？第二，由湖州返回清河，需要經過清江浦（江口）嗎？第三，清江浦（江口）距離嚴州多遠？它在嚴州何方？這三個問題，都需要我們去探索的。

第一，清江浦（江口）在何處？距離湖州多遠？在湖州何方？

查清江浦舊名沙河，又名烏沙河，宋喬維岳開濬。明永樂初，陳瑄重濬，改名清江浦，屬江蘇省清河縣。《明史·河渠志》：「清河六十里，陳瑄濬至天紀祠，東涇於黃河。」從地圖上看，它在淮陰淮安附近。在運河岸邊。當然，它在浙江湖州（吳興）的北方，論距離，總有二千里之遙。

第二，由湖州返清河，需要經過清江浦（江口）嗎？

從地圖上看，如循水路，由湖州先到揚州，再由揚州入運河北上，當然經過清江浦。可是，再由清江浦去嚴州，可就太遠了。

第三，清江浦距離嚴州多遠？它在嚴州何方？

當我們知道清江浦在江蘇北部，嚴州在浙江西南部，比湖州還要偏遠，算起來，也不會少於二千里。一在南一在北，關山阻隔，並非近鄰。按說，湖州距離嚴州較近，也有五、七百里吧？中隔數縣，山路崎嶇，也不是三五日可以來回的，單程也未必能達。既然這陳經濟的南去湖州買辦貨物，行前即已安下去嚴州尋孟玉樓的心意，應在湖州去嚴州，何必到了清江浦再去嚴州？令人費解。

再查「嚴州」這個地名，在我國地理上，捨浙江之外，他省也有。如唐置宋廢之嚴州，故地在廣西來賓縣。另一遼置金廢的嚴州保來軍，故治在今遼寧省興城縣南，與清江浦遠而又遠矣！更是攀不上關係。

那麼，如照《金瓶梅》的說法：「多不上五日，少只三日期程就來。」則由清江浦到嚴州，來回最多不過五天，距離不會超過二百里，方有這樣的說法。可是清江浦近處，並無嚴州，嚴州近處，也無清江浦。這番說詞，是怎麼來的呢？當真，是小說家的信口雌黃？只能當作小說家言嗎？

四、時間的問題

陳經濟由臨清前往湖州，寫明「從八月中秋起身」。路上行程總得十天半個月，再加上買辦貨物多天，他們離開湖州時，最遲也應該是九月上旬了。船到清江浦，又折回嚴州，惹了一場官司，最快，當他了清這場官司，也應該是十月間。這裡則寫陳經濟了清官司，回到清江浦陳二店中尋楊大郎，說：「是三日前，往府前尋你去，說你監在牢

中,他收拾貨船,起身往家中去」了。陳經濟則和陳安搭別人便船,當衣討吃歸家。說:「那時正值秋暮天氣,林木凋零,金風搖落。」他回到家,也查不到楊大郎把貨船運到那裡去了。家庭,又因小老婆馮金寶與西門大姐及丫頭元宵鬧氣。陳經濟把西門大姐打了一頓,西門大姐上吊死了。死日竟是「八月二十三日」。在陳經濟由嚴州回到家中,到西門大姐上吊,全部情節只寫了五百字(每行24字寫了21行),在這五百字中,無一字交代時間又過了一年。試想,西門大姐之死,又怎的會是八月二十三日?

這一筆,如以紀年來看,乃宣和元年。西門大姐死時是二十四歲。按西門大姐在政和三年(1113)出嫁時,年十四歲,抵宣和元年(1119),不過二十歲,不是二十四歲。像這些情節不符的問題,再淺陋的小說家,也不致誤失到如此程度。那麼,我們應認為這種誤失的情事,乃改寫者的編纂匆忙,未能將原稿改寫周圓,遂一處處殘餘了這多誤失。這些問題,還需要寫一本校勘專書來訂正錯誤。在此,我只是舉出來,用以證明清河、東京、嚴州這些地理上的錯綜不契,都是改寫者在匆忙中付梓造成的。

再譬如陳經濟在晏公廟任道士時,年二十四歲。時為宣和二年(1120)。政和三年他十七歲,抵宣和二年正好二十四歲。死時(靖康元年,1126)年二十七歲,則又不符了。我在《金瓶梅編年紀事》中說過,宣和元年以後,就不易詳確的編其年紀其事矣!此一問題,自也是改寫者造成的缺失。

五、問題的推想

如從現實上的地理關係,來探討《金瓶梅》中的幾處重要地方的方位與距離,委實無法把它們取出安放在現實的地圖上。譬如那位蔡狀元與安進士,由東京(汴梁)返里省親,蔡是九江人,安是錢塘人,又如何能道經山東清河?顯然的,《金瓶梅》中的東京,在《金瓶梅》作者的心理上,是以燕都為背景的,由北京返江西九江或浙江錢塘,繞道清河,也就說得過去了。像這種地理關係的安排,自然是這小說家為了隱喻宋之東京即明之北京的有意安排,以宋喻明也。

雖然,清河與東京之間的地理關係,實際上是清河與北京的關係,然而嚴州與清江浦之間的地理關係,卻無法以之與清河、東京間的關係併看。它們之間,如照《金瓶梅》處理其他地理關係來看,絕非小說家在現實地理關係以外,或像美國小說家福克納(W. Fualkner)一樣,在密西西比州又建立了一個雅克那巴陶發郡。《金瓶梅》使用的地理名詞,全是現實地理上的地名,既是現實上的地名,像陳經濟到湖州辦貨,回到清江浦,再由清江浦折回嚴州的地理關係,自然是作家在筆墨上的差誤,尋不出有何隱喻的意義存在其間。說來,這種錯誤的造成,怎能不令人推想它是改寫時造成的呢?

極為明顯的事,業已在這些差誤的問題上,一一展示出來,那就是,在《金瓶梅詞

話》未成書之前，有一大堆雜亂的稿件，這些稿件是那裡來的？我們可作如下推想：

(一)從許多不同傳抄人的手中蒐求到的

我想，同意此一推想的人，一定占多數。

可是，此一推想，則有四個問題，得不到圓滿的解釋。1.沈德符說：「此等書必遂有人板行。」沈的這句話，乃明朝當時社會文化樣相的事實，像《金瓶梅》這類的小說，正合當時社會需要，必然有人梓行它。但是，《金瓶梅》自萬曆二十四年（1596）傳抄於世，居然二十餘年，沒有人梓行它。這是怎麼回事？2.在明朝——尤其嘉靖萬曆年間，淫穢的文字與圖畫，不干公禁。這是歷史上的事實。那麼，《金瓶梅》之遲遲無人梓行，自不是因為它的淫穢關係吧？3.明朝的萬曆年間，刻書之風最盛，大部頭的叢書，接一連二；而且改寫編纂的風氣，更是明代文人的習尚。像《金瓶梅》這樣的一部書，在傳抄時代縱無全本，也會有人代之續完付梓的；可能續本不止一種呢。此一情事，居然沒有產生，怎麼回事？4.最早梓行的《金瓶梅詞話》，時間最早已是萬曆四十五年（1617），可是，在我們今天已見到的明朝人論及《金瓶梅》的文字資料，竟無一人見到這部《金瓶梅詞話》？如有人見到《金瓶梅詞話》的話，何以無人提到「蘭陵笑笑生」與「欣欣子」？

這第一個推想，看來很難成立。

(二)從說書人的口中抄來的

此一推想，已有人這樣說了。我則認為此一推想，最難成立。何以？試想啊！《金瓶梅》如在萬曆時代已在說書人口中傳說著了，怎的在萬曆的文獻中，沒有說書人說《金瓶梅》的記載？張岱的《陶庵夢憶》提到說《金瓶梅》一事，時間已是崇禎七年了。

(三)多人根據原稿改寫出來的

此一推想，我在拙作《金瓶梅的問世與演變》及《金瓶梅劄記》兩書中，已說了又說，證之又證。可以說，除了這個解釋，足以周圓情理，其他都不易解釋。下面，我們再把理由臚述一遍：

1.《金瓶梅》的早期原稿，乃一政治諷諭小說，對象是明神宗寵幸鄭貴妃有廢長立幼的悖禮心態，引起臣民的掛慮與不滿。有不少臣子不懼謫官與廷杖甚至丟命的危險去上疏諫諍，怎的會無人以小說的形式去諷諫呢！

2.早期的《金瓶梅》既是有關政治諷諭，目標是「今上」，試問，誰敢梓行？是以十年來沒有全稿，也無刻本。（見《萬曆野獲編》沈德符語。）一直到了萬曆三十四年（1606）方始有了全稿在誰家的消息。

3.在萬曆二十六年及三十一年，曾兩次發生所謂「妖書」事件，用小冊子假名反諷萬曆爺寵幸鄭貴妃的廢長立幼心態，鬧了一個不小的政治風波。要拿問妖書的作者與梓

行者。若從此聯想，則萬曆三十四年的全稿消息，或者就是他們打算改寫《金瓶梅》的計畫。

4.到了萬曆四十三年（1615）十一月，沈德符手中已有了《金瓶梅》全稿（見李日華《味水軒日記》卷 7），或者可以說至此已改寫完成了。卻又遇上福王之國的問題（福王之國在萬曆四十二年三月），以及萬曆四十三年間的「梃擊」事件，這兩個政治風波，都由宮闈而起，自然是影響《金瓶梅》付梓的阻礙。所以《金瓶梅》的付梓，又拖了下去了。

5.流行於今之《金瓶梅詞話》，有東吳弄珠客萬曆四十五年（1617）冬的序文，但此書則刻於大啟初，有第七十回七十一回一年兩冬至的隱喻可證。再加以天啟三年的詔修「三朝要典」（梃擊、紅丸、移宮等三案），又影響了《金瓶梅詞話》的發行，直到所謂「崇禎本」把殘餘在《金瓶梅詞話》中的政治隱喻刪了（改寫了第一回的政治諷諭），《金瓶梅》一書，方始流行。從明朝人論及《金瓶梅》，居然無人提及「蘭陵笑笑生」與「欣欣子」的這一點來說，即足以證明《金瓶梅詞話》在明朝未敢發行，刻出的書，可能毀了。日本京都大學收藏的那二十三回殘本，就是從佛經的襯紙中發現的。這也清楚的說明了《金瓶梅詞話》雖已刻出，在明朝則未曾發行。

那麼，我們若從以上的三種推想來看，自以第三種推想：「多人根據原稿改寫出來的」理由，最能說得通，最能解釋得周圓。正因為是多人分回改寫，遂產生了這多的錯誤，如重覆、錯簡、名不統一、情節不聯，自全是大家分回改寫而無人總其成便匆匆付梓造成的。捨此，還有另外什麼好理由說它呢？

因果、宿命、改寫問題

　　佛家的因果之說與宿命之論，雖有其相因的關係，但兩者的人生目標，則大不相同。因果之說「善有善報，惡有惡報；不是不報，時間未到。」佛《涅槃經》之〈憍陳品〉，說：「善惡之報，如影隨形，三世因果，循環不失。」《法華經》說到因果報應，〈方便品〉則說：「如是因，如是緣，如是果，如是報。」換言之，人之一生得失，都是前行事實產生的必然後果；斯即所謂的「善有善報，惡有惡報。」這樣看來，講因果的人生觀，則認為人生的禍福際遇，不是與生俱來就固定了的，尚能由其在世間行事的善惡行為，來改變他這一生的時運遇合；行善則有善報，作惡則有惡報也。宿命之論則不然，講求的是前生，人的一生命運，則是生來就注定了的；認為人生的福祿壽夭，皆定於其人之宿命，一切禍福際遇，無可避免。《大藏法數》三十四，說：「六道眾生，各各宿命。」若照此說來，所有的眾生，都具有既定的宿命。那麼，人生之富、貴、貧、賤、壽、夭，既是在未生之前就注定了的，則其有生之年的善惡行為，自也無法改變其業已生前就注定了的「宿命」，最多只能修其來生而已。這一點，豈不就是「因果」與「宿命」的不同處嗎？

　　明人屠隆，寫有《知命篇》數萬言，從歷史上的三代例說到他當代的世宗（嘉靖）朝，例說的宿命故事，不下千條。屠隆所強調的「知命」，即意在命乃宿定，非能強也。可是屠隆又強調「因果」與「宿命」的合一說，他認為「定命必本宿業」。我們看他例說的這個故事：「武后誅戮皇宗，一宗子繫大理當死。歎曰：『既不免刑，焉用污刀鋸！』夜中以衣領自縊死。及曉而蘇，遂言笑飲食如故。曰：『始死，冥官怒之！曰：「爾合戮死，何為自來？速還，受爾刑。」宗子問故？官示以冥簿云：「前世殺人，今宜償對。」』數日就戮，神色不變。余謂定命必本宿業，以此不然，命何由而定哉！」

　　屠隆此說，強調「定命必本宿業」。還有一個故事，說：「（梁）武帝召一高僧入宮，僧至而帝與大臣奕。帝忽云：『殺卻。』左右誤以為命殺此僧，逐牽出。臨刑，問僧曰：『師道德既高，何為至是？』僧曰：『帝之前身為蚓，老僧鋤地，誤斫其頭；今日所以報也。』以誤而殺，以誤而報，嗚呼嚴哉！悟達國師之冤業，卒得解釋。則以十代戒德，足為定業報償，非倖免也。」此說也是強調定命本由宿業的「宿命」。

　　再者，屠隆還強調定命的不能改變，他記有這個故事：「庾黔婁至孝，父病危，每

夜稽顙北辰，求以身代。聞空中曰：『徵君壽盡，命不可延。汝誠禱既至，政得至月末耳。』天神業已感格孝子，而壽數竟不可易，可易則非定命矣！」

從屠隆的「知命論」來看「因果」與「宿命」之說，縱能合而為一，也是兩個階段，所謂「定命必本宿業」。宿業是前因，定命是後果。這種「因果」說，卻又不是「善惡之報，如影隨形」的因果論說。在俗語中，有「現世報」或「現世現報」之說，都是因果論的說法。這說法，就不是屠隆所強調的「定命」說了。

那麼，《金瓶梅》這部書，它的人生觀，基於因果說呢？還是宿命論？頗值吾人探索。

一、從《金瓶梅》的故事結構看

《金瓶梅》的故事，寫的是西門慶的身家興衰，但故事中的情節，譜敘的則是《金瓶梅》那個時代的社會縮影，乃現實社會的寫實，是一部寫實主義的小說。

凡是寫實主義的作品，總是正面提出各種問題，而且十之九也都是暴露黑暗面的，筆鋒總是大張撻伐，《金瓶梅》就是這樣一部描寫現實社會黑暗面的作品。從整個人生觀來說，寫實主義的作品，是入世的，不是出世的。當然，《金瓶梅》的人生觀，也是入世的。

譬如西門慶這個人物，他不過一個清河縣的小商人之子，又不曾讀書識字，只靠了十兄弟的幫會，在地方上混生活。諸如包攬詞訟，官商之間的營私舞弊，他就是交通官吏的樞鈕。因而發了跡，娶了六房妻子，開了五個舖子，又上攀到京城太師，弄了個五品千戶，居然成了地方上的一流要人；連皇帝的御前太尉都賞光到他府上吃頓飯。當他還是一個小小地痞流氓的時候，一位兵科給事中的參本，原要捉去枷號一月發到邊衛充軍，他有本領把名字買了下來。另一件巡按御史的參本，更是指名參劾他行為浪蕩，貪鄙不職，應予罷斥。可是，這監察御史的參本，尚未送達京城，西門慶便已派人在京城打點妥了。不惟這位曾御史的參本沒有損及西門慶的毫毛，反而因此為西門慶帶來三萬鹽引的專賣。那位上本參劾西門慶的曾御史，還因而被羅織成罪，先謫慶州，再竄嶺南。

再說，《金瓶梅》的故事，由西門慶的「興」，描寫出的那些官場上的腐敗淫靡以及社會風尚的頹廢，自是因由於那個《金瓶梅》時代的政治竊敗。換言之，如果沒有《金瓶梅》那個靡爛的社會，又怎能產生西門慶那樣的人物呢？若是看來，我們可以肯定的說，《金瓶梅詞話》的故事，乃是結構在因果論上的。更可以說，寫實主義的作品，無不入世乎此。西門慶的「衰」，則是因由於他的縱慾過度，強調的也是因果。

二、從《金瓶梅》的人物架設看

如從因果說的「善惡之報」來說，《金瓶梅》中的人物，尚難說是基於「因果論」的架設。譬如西門慶之死，雖因於他的縱慾過度造成的後果，但一生作惡多端的西門慶，死後卻又脫生在一位財主人家為子。這又怎能說是「善有善報，惡有惡報」呢？

固然，書到結尾時（第一百回），寫到吳月娘的結果，說：「……壽年七十歲，善終而亡，此皆平日好善看經之報也。」這話自然是基於因果的說法。

結尾尚有詩一首，說：「閒閱遺書思惘然，誰知天道有循環；西門豪橫難存嗣，經濟顛狂定被殲。樓月善良終有壽，瓶梅淫佚早歸泉，可憐金蓮遭惡報，遺臭千年作話傳。」這首詩，自也是基於因果論的說法寫的。不過，這說法則又未免膚淺而且勉強。竟認為西門慶的雖有子嗣而未能傳代，乃其「豪橫」之報；陳經濟的被殺，乃其顛狂之報；孟玉樓與吳月娘之所以能獲得長壽善終，乃其好善之報；李瓶兒與春梅的死，乃其淫佚之報；潘金蓮慘死又蒙淫婦之名而遺臭千年，更是她應得的報應。像這些因果報應的說法，如從因果論的哲理上說，幾無學理可以析論，但如置於寫實這一論點來說，這些說法，誠是一般中下層社會的婆婆媽媽們的普遍心理。她們的果報觀，的確是如此的。若以之放在小說藝術上說，這些人物的架設，似乎不是這八句詩的意思。就拿潘金蓮來說，「武都頭殺嫂祭兄」，本是《水滸》的舊情節啊！

東吳弄珠客在敘言中說：「如諸婦多矣，而獨以潘金蓮、李瓶兒、春梅命名者，亦楚檮杌之意也。蓋金蓮以姦死，瓶兒以孽死，春梅以淫死，較諸婦為更慘耳！」關於此一說詞，先勿論《金瓶梅》的命名，是否一如東吳弄珠客所說。這三個婦人的死，在《金瓶梅》的情節中，則是可以印證的。雖說潘金蓮的死，乃一仍《水滸》之舊，死於她與西門慶通姦，又酖殺親夫，引發了武松的殺嫂祭兄，但金蓮之死於姦，則係事實。春梅因淫慾過度，淫死在男人懷中，也符合弄珠客的說法。李瓶兒的孽死，這說法則較隱晦。蓋「孽」字之義，乃惡因也；此所謂「李瓶兒以孽死」，即意指李瓶兒之死，是有惡因的。什麼惡因呢？那就是李瓶兒與她那叔公花老太監之間的不正常關係。由於她與那花老太監有非人道的性行為，使她養成不正常的狂熱性需求，這一點，應是她把西門慶當作了藥物的原因。正由於李瓶兒在性生活上，有著狂暴的需求，遂造成了李瓶兒的血崩之症，這就是李瓶兒之死的惡因。關於這一部分，我在《金瓶梅劄記》中已說到了。不過，要說這三個婦人之死，「較諸婦更慘」，則又不合《金瓶梅》的情節。如孫雪娥、宋惠蓮都是因被逼吊死的。若春梅，因貪圖淫慾，枯竭在男人懷中，復何慘之有？說起來，這三個婦人之死，頗符《金瓶梅》的人物架設而已。

雖說吳月娘的壽高七十，善終而亡，皆由於她平日好善看經修來的。那麼，韓道國

與王六兒夫婦，也是善終的。這夫婦二人，何嘗好善看經？那李嬌兒不是又嫁了一位與西門慶相等的張二官嗎？這些問題，又如何能以因果論之呢？

總之，從《金瓶梅》這部小說的人物架設看，很難以因果論的學理來論斷它們。認真說來，《金瓶梅》的人物，只是描繪那現實社會的眾生相，小說家的附加議論，也只是俯拾人生的口頭禪而已。

三、《金瓶梅》的宿命說

在《金瓶梅》的情節中，除了具有宿命論的詩，附入了不少，以宿命論之說，論及人物的地方，則極少。只有官哥死時，由徐陰陽的口中，說了這麼一番話：「他生前曾在衰州蔡家為男子，曾倚力奪人財物，吃酒落魄，不敬天地，六親橫事牽連，遭氣寒之疾，久臥床席，穢污而亡。今生為小兒，亦患瘋癲之疾。十日前被六畜驚去魂魄，又犯太歲先亡。攝去魂死，託生往鄭家為男子，後作千戶，壽六十八歲而終。」另外，薛姑子又替李瓶兒念《楞嚴經》，解冤咒，勸她休要哭了。說：「經上不說的好！『改頭換面輪迴去，來世機緣莫想他。』當來世，他不是你的兒女，都是宿世冤家債主託生來，化財化目，騙劫財物。或一歲而亡，二歲而亡，三、六、九歲而亡。一日一夜，萬死萬生。」又說了《陀羅經》上的故事：「昔日有一婦人，常持《佛頂心陀羅經》，日以供養不缺。乃于三生之前，曾置毒藥，殺害他命。此冤家不爭離子前後，欲求方便，致殺其母，遂以託蔭此身，向母胎中，抱母心肝，令母至生產之時，分解不得，萬死千生。及至生產下來，端正如法，不過兩歲，即便身亡。母思憶之，痛切號哭，遂即抱孩兒拋向水中，如是三遍。託蔭此身，向母腹中，欲求方便，致殺其母至第三遍。准前得生，向母胎中，百千計較，抱母心肝，令其母千生萬死，悶絕叫喚，准前得生下，特地端嚴，相見具足，不過兩歲，又以身亡。母既見之，不覺放聲大哭。是何惡業姻緣，准前抱孩兒直至江邊，已經數時，不忍拋棄。感得觀世音菩薩，遂化作一僧，身披百衲，直至江邊。乃謂此婦人曰：『不用啼哭，此非是你男女，是你三生前冤家，三度託生，欲殺母不得。為緣你常持誦《佛頂心陀羅經》，並供養不缺；所以殺汝不得。若你要見這冤家，但隨貧僧指看之。道罷，以神通力一指，其見遂化作一夜叉之形，向水中而立。報言：『緣汝曾殺我來，我今故來報冤；蓋緣汝有大道心，常持《佛頂心陀羅經》，善神日夜擁護所致，殺汝不得。我已蒙觀世音菩薩受度了，從今永不與汝為冤。』道畢，沉入水中不見。此女人兩淚交流，禮拜菩薩，歸家益修善事，後壽至九十七歲而終。轉女成男。」於是，這薛姑又勸李瓶兒說：「你這兒子必是前世冤家，託來你蔭下，化目化財，要惱害你身。為緣你供養修持，印捨了此經一千五百卷，有此功行，他殺害你不得，今此離身。到明日再生下來，纏是你兒女。」（第五十八回）

　　除了官哥之外，也只有李瓶兒死時寫了前生，在第六十二回李瓶兒病危時，吳月娘使出玳安來，教徐陰陽看看黑書上，往那方去了？「這徐先生一面打開陰陽秘書觀看，說道：『今日丙子日，乃是己丑時。死者上應寶瓶宮，下臨齊地。前生曾在濱州王家作男子，打死懷胎母羊，今世為女人屬羊。稟性柔婉，自幼陰謀之事，父母雙亡，六親無靠。先與人家作妾，受大娘子氣，及至有夫主，又不相投。犯三刑六害，中年雖招貴夫，常有疾病。比肩不和，生子夭亡。主生氣疾，肚腹流血而死。前九日魂去，托生河南汴梁開封府，袁指揮家為女。艱難不能度日，後軏擱至二十歲，嫁一富家，老少不對，中年享福，壽至四十二歲，得氣而終。』看畢黑書，眾婦聽了，各自歎息。」

　　作者之所以把官哥的前世冤家生死觀念，用僧尼薛姑子之口道出，又把李瓶兒的前世由徐陰陽看黑書道出，說來，也只是寫實的手段而已。像薛姑子講述的這一則投胎殺母的輪迴報應，這一宿命觀的生死觀念，正是我們中國人近千年來的人生觀，可以說至今仍存乎現實社會間。此一生死觀念，也正是我國人之具有忍耐的基本力源。至於徐陰陽的黑書，說到李瓶兒的前世與輪迴，也正是我國民間，在人死時獲得安慰的一種說詞，只要說到前生，論及宿命，便不得不認為人之生生死死，全是宿命完了的，既是宿命，自然莫可如何！像這兩處寫的李瓶兒母子的兩世因果，一出薛姑子之口，一出徐陰陽之口，可以說只是小說家描寫現實社會的寫實手段而已，還讀不到是《金瓶梅》的宿命論。如果，《金瓶梅》是宿命論，如西門慶、潘金蓮、吳月娘、春梅，甚而陳經濟等人，都應述其前生，寫其兩世。可是《金瓶梅》沒有這樣作，也只是附帶說他們死後，又投胎到何處已耳！

　　宿命論，講究的是前生，即本文開頭引錄屠隆說的那些「定命必本宿業」的故事。那麼，宿命論的小說，與《金瓶梅》有何不同呢？例說起來，雖然很多，像馮夢龍的《三言》，則十之九都是宿命論的作品，但要以《平妖傳》最具代表性。

　　《三遂平妖傳》的題材，是歷史故事，宋仁宗慶曆七年（1047）王則在貝州叛亂，文彥博救平。由於王則之亂，含有神話色彩，是以後人傳說鼎盛。據說羅貫中曾把這故事譜成小說，名之為《三遂平妖傳》，今還存有一部由明萬曆年間人王慎修改纂過的一本二十回《三遂平妖傳》。但馮夢龍則又於萬曆末年，把這二十回本加以充實，改寫成四十回本；這四十回本的《平妖傳》，便是以宿命論來架構故事情節及人物傳設的。可以說，馮夢龍的《平妖傳》，已把貝州王則之亂的故事，徹頭徹尾的用宿命論予以處理了。譬如小說中的幾個重要人物，王則、胡永兒、聖姑姑，以至於平妖的大臣文彥博，都譜了他們前生的因。像王則，寫他是武則天轉身，文彥博則是張柬之轉身。關於這些宿命的部分，除了在故事的情節中，加以詳細的描述，（此不引錄）馮氏還在第三十七回這樣寫著說：「原來王則原是個趣修羅中多欲魔王轉劫，五百年一出世，或男或女，妖浮好

殺，應人間魔運而起。遇著昏君無道，擾亂乾坤。若撞了治世明主，其魔亦不能逞也。因為真宗皇帝偽造天書，裝鬼說鬼，醞釀齋醮，妖氣深重，所以生下王則。湊著魔運，幸是赤腳大仙治世，文曲武曲諸星，皆為輔助，不成其大害。前劫武則天娘娘，福壽太過分了，這一劫雖轉男身，事事減損，命中合居王位一十三年，遇天壽星而絕，享年四十。那天壽星是誰？就是招討使文彥博。他在唐朝，姓張名柬之，一生抱文武全才，年近八旬，不得際遇，虧了梁國公狄仁傑薦為丞相，領羽林軍剿滅了武氏，建立了李家。後因中宗皇帝不明，枉受貶死。上帝哀憐，使配天壽星之位，世享富貴遐齡。在五代為馮贏王，在今日為文彥博。都是位極人臣，壽將百歲。當初則天之亂，是他平定了，今日王則之亂，仍要做他的功勞。天數註定，非偶然也。」馮夢龍的這一番話，足以說明他的《平妖傳》乃宿命論的作品。

那麼，我們如從馮夢龍的《平妖傳》，來比況《金瓶梅》，就會認為《金瓶梅》並無宿命論的情節，李瓶兒母子的前生述說，以及宿業定命，也祇是社會現實眾生心象的寫實，無從以宿命論的學理論之。

可是，在《金瓶梅詞話》中，卻夾有不少有關宿命論的證詩，頗值吾人深入探索。

四、宿命論的證詩

按說，小說中的「有詩為證」，應證的當是它那一回或那一節的內容，此一傳統原自經書——如《論語》、《孟子》、《尚書》、三《傳》等。可是《金瓶梅詞話》的證詩，則泰半難與它那一回或那一節的內容符合。這一點，本文沒有篇幅從事討論，今祇摘錄一部分含有宿命意蘊的詩句，來尋求這些宿命論的詩，之何以被引證於此。

(1)

第十四回，吳月娘等人在她家牆的這一邊，用梯子接運牆的那一邊李瓶兒家的財物，小說上寫著說：「到晚夕月上的時分，李瓶兒那邊同兩個丫環迎春、綉春，放桌凳把箱櫃抬到牆上，舖苫毡條，一個個（件件）打發過來，都送到月娘房中去。你說有這等事，『要得富，險上做。』」有詩為證：

> 富貴自是福來投　　利名還被利名憂
> 命裡有時終須有　　命裡無時莫強求

既然說：「要得富，險上做。」而且「富貴自是福來投」，那西門慶之獲得了李瓶兒囊取的花家財產，全是西門慶命裡該獲得的了？但在小說情節中，則又不曾譜寫西門慶的「宿命」如此。

那麼，這首詩又何以證在此處？

(2)

第十九回的回目是：「草裡蛇邏打蔣竹山，李瓶兒情感西門慶」。這一回的證詩是：

花開不擇貧家地　　月照山河處處明
世間只有人心歹　　百事還教天養人
癡聾瘖瘂家豪富　　伶俐聰明卻受貧
年月日時該裁定　　算來由命不由人

這首詩放在這第十九回的前面，豈不是在指證蔣竹山的被草裡蛇等「邏打」，以至到最後「鬱死」，都是他命中註定的嗎？是他前世欠了西門慶的嗎？在小說的情節中，也未譜寫蔣竹山的「宿命」如此。

這詩在第九十四回，又重證了一次。按第九十四回的回目是：「劉二醉毆陳經濟，洒家店雪娥為娼」。推敲起來，都會令人感於這首詩何以證之這兩回？

(3)

第二十回，內容是「孟玉樓義勸吳月娘，西門慶大鬧麗香院」。回目前的證詩則是：

在世為人保七旬　　何勞日夜弄精神
世事到頭終有悔　　浮華過眼恐非真
貧窮富貴天之命　　得失榮華隙裡塵
不如且放開懷飲　　莫使蒼然兩鬢侵

想來，這首詩放在這一回，豈不是認定西門慶的這種享樂行為，乃「天之命」也乎？「不如且放開懷飲，莫使蒼然兩鬢侵」，不正是西門慶的享樂人生嗎？這兩句話與欣欣子序言中的「明人倫、戒淫奔、分淑慝」的說法，已大相逕庭矣！

(4)

第二十九回「吳神仙貴賤相人」，吳神仙說：「智慧生於皮毛，苦樂觀乎手足；細軟豐潤，必享福逸樂之人也。兩目雌雄，必至富而多詐，眉抽二尾，一生常自主歡娛；根有三紋，中年必然多耗散；奸門紅紫，一生廣得妻財；黃氣發於高曠，旬日內必定加官；紅色起於三陽，今歲間必生貴子。又有一件不敢說，淚堂豐厚，亦主貪花；谷道亂毛，號為淫抄；且喜得鼻乃財星，驗中年之造化；承漿地閣，管末世之榮枯。」遂又舉了四句詩為證：

承漿地閣要豐隆　　準乃財星居其中
生平造化皆由命　　相法玄機定不容

命相之學，自亦出乎宿命之論。吳神仙說：「生平造化皆由命」，那麼，西門慶的興衰以及其淫靡荒誕的生活，還有他那些無法無天的作為，都是命中註定的了！所憾者，小說的情節，並沒有寫他的前生宿業。

不過，吳神仙的這些說詞在第二十九回的情節中，卻還貼切。

(5)

第三十三回「陳經濟失鑰罰唱，韓道國縱婦爭鋒」的情節，證詩則是：

人生雖未有前知　　富貴功名豈力為
枉將財帛為根蒂　　豈容人力敲天時
世俗炎涼空過眼　　塵紛離合漫忘機
君子行藏須用舍　　不開眉笑待何如

我們看這首詩中的「富貴功名豈力為」，以及「豈容人力敲天時」等句，自也是宿命的思想。問題是，這首詩證在這三十三回，顯然有些兒河漢空溟，何況，這一回中的回目「韓道國縱婦爭鋒」的情節，也不在第三十三回，我在《金瓶梅劄記》中已說到了。

(6)

第四十六回「妻妾笑卜龜兒卦」完後，潘金蓮方始到來，沒有趕上。她就大發議論的說：「我不卜他。常言：算的著命，算不著行。想著前日道士打看，說我短命哩。怎的哩說的人心裡影影的。隨他，明日街死街埋，路死路埋，倒在洋溝裡就是棺材。」說畢，和月娘同歸後邊去了。作者在此加了一句「正是」，詩云：

萬事不由人計較　　一生都是命安排

這兩句詩，證在此處，不知指的是誰？

(7)

同樣，在第四十八回的結尾，當西門慶派去進京打點曾御史參本的來保回來，告知一切均已打點停當，還附帶為西門慶攜回了三萬鹽引的專賣。西門慶的朋友蔡狀元又點了兩淮巡鹽，心中不勝歡喜。一面打發夏壽回家，（夏提刑的家人，與來保同去京城）報與夏提刑知道，一面賞了來保五兩銀子，兩瓶酒，一方肉，回房歇息，不在話下。然後來一「正是」：「樹大招風風損樹，人為名高傷喪身。」按說，這兩句話，足夠作為這一回的結尾證言，這一回的回目，是「曾御史參劾提刑官，蔡太師奏行七件事」。可是後面，還附加了一首證詩，說：「有詩為證」：

得失榮枯命裡該，皆因年月日時栽；

胸中有志終須到，囊中無財莫論才。

這四句詩的含意，頭兩句乃屠隆的知命論，「定命本宿業」的說法，得失榮枯都是命定的，而且是經由以往的年月日時栽培成的。那麼，後兩句是感慨曾御史嗎？「囊中無財莫論才」，不正是曾御史與西門慶的尖銳對比嗎！可是，這首證詩，則又出現於第九十五回結尾。

按第九十五回，情節是「平安偷盜假當物，薛嫂喬計說人情」。寫吳月娘差遣玳安到春梅家送禮，春梅只收了下飯豬酒，把尺頭都著玳安抬回來了。月娘問玳安，那春梅是不是說明年到咱家來？玳安答道，委實對我說來。自此兩家交往不絕。正是：「世情看冷暖，人面逐高低。」按說，有這兩句證言，也就夠了，卻偏再加上「有詩為證」，這四句詩，就是上錄第四十八回結尾的這同樣四句。

這四句證詩，頭兩句可以證上這第九十五回有關春梅的情節，後兩句就證不上了。試問，何以證此？

(8)

第四十九回的情節是「西門慶迎請宋巡按，永福寺薦行遇胡僧」，開頭的證詩是：

寬性寬懷過幾年　　人死人生在眼前
隨高隨下隨緣過　　或長或短莫埋怨
自有自無休歎息　　家貧家富總由天
平生衣祿隨緣度　　一日清閒一日仙

這一回是西門慶的事業已興旺到極點的時期，換言之，「永福寺薦行遇胡僧」，也正是西門慶衰的開始。這一首讚頌「隨緣過」而「總由天」的詩，放在第四十九回的前面，有何意義呢？

這一回的開頭，交代了曾御史的後果。那位參劾西門慶的曾御史，調回京城之後，又參劾蔡京的七件事不當，因而被冠以「大肆倡言，阻撓國事」的罪名，先予降調，再繼之以私事羅織，竄於嶺表。或許，這首詩的感慨，如「平生衣祿隨緣度，一日清閒一日仙」，乃基乎曾御史的下場而發的吧？所以我推想曾御史的情節，在《金瓶梅詞話》之前的《金瓶梅》中，極可能是一重要部分，到了《金瓶梅詞話》，已被刪略得還餘下了這一些些了。

(9)

第九十三回「王杏庵仗義賙貧，任道士因財惹禍」。證詩是：

誰道人生運不通　　吉凶禍福並肩行

　　　只因風月將身陷　　未許人心直似針

　　　自課官途無枉屈〔曲〕　　豈知天道不昭明

　　　早知成敗皆由命　　信步而行黑暗中

　　當然，這詩也是贊頌宿命論的，所謂「早知成敗皆由命，信步而行黑暗中。」這首
詩的含意，及其感慨的對象，自是基於陳經濟而發的，但又不是十分貼切。

　　《金瓶梅詞話》中的證詩，十之九都是錄自他處，又略加改纂。至於它們之不切內容，
確應專題研究，在此不多費辭了。

　　（10）

　　第九十七回「經濟守禦府用事，薛嫂買賣說姻親」回前的證詩是：

　　　在世為人保七旬　　何勞日夜弄精神

　　　世事到頭終有盡　　浮華過眼恐非真

　　　貧窮富貴天之命　　得失榮枯隙裡塵

　　　不如且放開懷樂　　莫待無常鬼使侵

　　這詩雖然說到「貧窮富貴天之命」，天命是不可強求的，人生的一切都是命中註定
的，但此八句詩的全詩意蘊，則是今日有酒今朝醉而得過且過的人生。人生在世如想活
到七十以上，最好不要日日夜夜在爭競上費神憂思，世事再好也有盡頭，浮華只是過眼
雲烟，貧富貴賤都是命中註定的，得失榮枯一如隙光中的塵屑，一瞬目便消失了，有什
麼可戀念的。所以說人生最好是「不如且放開懷飲」，不要等待無常鬼到來索命，可就
晚了。像這詩，可以說與這部小說前面的四季詞一樣，全是出世的思想。可是這首詩，
在第二十回已證過了，在此卻略加改動，又用一次。

　　（11）

　　關於這一類出世思想的詩，從小說前面的四季詞開始，在百回情節中，確是夾有不
少。如第二十九回：「百年秋月與春花，展放眉頭莫自嗟！吟幾首詩消世憂，酌二壺酒
度韶華。閒敲棋子心情樂，悶撥瑤琴興趣賒。人事與時俱不管，且將詩酒作生涯。」先
不管這詩錄自何處，但這首詩的出世思想，則與小說前面的四季詞，如出一轍的。再如
第四十三回的「事推古今事堪愁，貴賤回歸土一丘。漢武玉堂人豈在，石家金谷水空流。
光陰自旦還將暮，草木從春又到秋。閒事與時俱不了，且將身入醉鄉遊。」只求遊於醉
鄉不要浪費韶光，這都是出世的思想，非有所寄寓於「世運代謝」與「循環之機」，不
是欣欣子的說法了。

　　他如第五十三回結尾，寫完了西門慶要應伯爵拿出所得中人錢（介紹李三黃四借銀的佣

金）請客，一面擺下酒菜與應伯爵謝希大等弟兄吃喝，一面商量在應伯爵請客時，西門慶如何支應他。等應伯爵等人走後，已寫到結尾，遂有「正是」：「百年終日醉，也只三萬六千場。」像這要以酒來為人營建醉鄉的證詩，在第五十七回的結尾，也寫了這同樣的句子。說：

> 秋月春花隨處有　　賞心樂事此時同
> 百年若不千場醉　　碌碌營營總是空

第五十七回的情節是「道長老募修永福寺，薛姑子勸捨陀羅經」，這一回的結尾，寫完了西門慶給了薛姑子三十兩銀子，印五千卷《陀羅經》。這時，他請的客人都到了，有吳大舅、花二舅、謝希大、常時節這一般人，坐下來吃喝。還寫了他們吃喝的情況，說：「只見酒逢知己，形迹多忘。猜枚的，打鼓的，催花的，三拳兩謊的，歌的歌，唱的唱。談風月盡道是杜工部、賀黃冠乘春賞翫；掉文袋也曉的蘇玉局、黃魯直赤壁清遊；投壺的定要那正雙飛、拗雙飛、八仙過海；擲色的又要那正馬軍、拗馬軍，鰍入菱窠；輸酒的要喝個無滴，不怕你玉山傾倒；贏色的又要去掛紅，誰讓你倒看接羅；頑不盡少年場光景，說不了醉鄉裡日月。」那麼，這「百年若不千場醉，碌碌營營總是空」，指的是西門慶這般人了？

可是，這「百年若不千場醉，碌碌營營總是空」，又怎能是西門慶的人生呢？西門慶並不是劉伶這類人物，他還在官場與商場上行雲造雨，更在地方上飛揚拔扈著呢！想來，這證詩放在此處，也不適合。

我已多次說過，《金瓶梅詞話》的故事，是架構在因果論上的，由入世的人生觀作出發點的。但《金瓶梅詞話》，卻又夾有如此多具有宿命論與出世的人生觀的詩詞為證。這種不相協調的現象，除了歸咎於《金瓶梅詞話》是改寫過的，其他，還有什麼理由更適當呢？

五、改寫的問題

我們把問題探索到這裡，可以說《金瓶梅詞話》是一部改寫過的版本，已非傳抄時代的《金瓶梅》原貌，這一點，應是可以確定了的，幾已無可爭論。說來，應是我十餘年來辛勤獲得的成果。

最近，上海復旦大學的黃霖，又引錄了一條明朝人論及《金瓶梅》的史料，乃萬曆崇禎間人薛岡在其所著《天爵堂筆餘》卷二有一文。文曰：[1]

---

[1]　關於薛岡在《天爵堂筆餘》論《金瓶梅》一文，首由目錄學家王重民拈出，記於《中國善本書目提

往在都門，友人關西文吉士，以抄本不全《金瓶梅》見示。余讀數回，謂吉士曰：「此雖有為之作，天地間豈容有此一種穢書，當急投秦火。」後二十年，友人包嚴叟以刻本全書寄敞齋，予得盡覽。初頗鄙嫉，及見荒淫之人，皆不得其死，而獨吳月娘得善終，頗得勸懲之法。但西門慶當受顯戮，不應使之病死。簡端序語有云：「讀《金瓶梅》而生憐憫心者，菩薩也；生畏懼心者，君子也；生歡喜心者，小人也；生效法心者，禽獸耳！」序隱姓名，不知何人所作，蓋確論也。所宜焚者，不獨《金瓶梅》，《四書笑》、《浪史》，當與同作坑灰。李氏焚書，存而不論。

　　其中提到的「關西文吉士」，我已查出是陝西三水人文翔鳳，堪證薛岡讀到抄本的時間是萬曆三十七、八年間，所言「二十年」後讀到的刻本，確定是「崇禎本」。何以？第一，文中提到的第一篇序文（簡端序語），是東吳弄珠客序文中的語句，「崇禎本」的第一篇序文，就是東吳弄珠客的序，第二篇是廿公的跋，無欣欣子的序。第二，文中又說「序隱姓名，不知何人所作？」顯然的不是《金瓶梅詞話》，因為《金瓶梅詞話》的第一篇序，是欣欣子的，薛岡讀到的刻本如果是《金瓶梅詞話》，絕不會說「序隱姓名，不知何人所作？」所謂「蘭陵笑笑生」雖不是真實姓名，卻不能說不是名字，更不致於說「不知何人所作？」光是從這一點，也足以肯定薛岡讀到的《金瓶梅》刻本，乃「崇禎本」無疑。再者，薛岡只有文翔鳳這一位姓文的好友。

　　按「崇禎本」的問世，據日本版本學家鳥居久靖作《金瓶梅版本考》，論及「崇禎本」時，曾引另一版本學家長澤規矩也的研究，認為日本內閣文庫的藏本，字樣類似天啟間的南京刻本。近來，日本北海道函館大學的荒木猛寫了一篇〈新刻繡像金瓶梅（內閣文庫藏本）出版書肆之研探〉一文，根據裝在這二十本上的表紙，乃印刷物之背面貼成，因而查出這些作表紙的印刷物，再進一步推研，查出這些出版物，多為杭州書賈魯重民所發行。遂結論說：「是故此人（魯重民）雖未必是內閣本《金瓶梅》之發行者，然其發行年代，應是明祚大限已盡之崇禎十三年或稍晚。」（此文原載日本《東方月刊》1983 年 6 月）再根據鳥居久靖的《金瓶梅版本考》，肯定所謂「崇禎本」的《金瓶梅》，最早的一部刻本，是藏於北平孔德圖書館的那一部，其次纔是內閣文庫藏本。這樣看來，所謂「崇禎本」的《金瓶梅》，最早的梓行問世時間，不會超過天啟。換言之，最早問世的刻本，也應在天啟末年，約當一六二一年之後。那麼，若以此一上限來說，薛岡見到的不全抄本《金瓶梅》，當在一六〇〇到一六〇四間，即萬曆三十八年至四十年間，不會更

　　要》中。我則由黃霖得來。

早。按文翔鳳是萬曆三十八年進士，他與薛岡初交於萬曆三十七、八年間，二十年後即崇禎初。

尤其，此一問題，則是可以肯定的，那就是《金瓶梅詞話》的欣欣子序文，在所有現發現的九位明朝人論及《金瓶梅》的史料中，竟無一人說到。自可基此推想抄本在傳抄時，並無欣欣子的序文。同時，也可以基此推想刻本《金瓶梅詞話》，刻出後並未公開發行，緊跟著便改寫第一回等等，梓行問世時，已是天啟末或崇禎初了。

我在拙作《金瓶梅的問世與演變》一書中，曾研判認為《金瓶梅詞話》刻妥後，正巧碰上詔修《三朝要典》，梓行人惟恐其中的政治諷諭會惹上麻煩，不敢發行，到了改寫後的「崇禎本」，對於欣欣子序文中的「寄意於時俗，蓋有謂也」，以及「知盛衰消長之機」與「世運代謝」等語的隱喻，便不得不割愛它了。

以我看來，欣欣子還是《金瓶梅詞話》刻本以前的序，東吳弄珠客方是《金瓶梅詞話》的序者。我在《金瓶梅的問世與演變》一書中，已經說了，原始的抄本《金瓶梅》，在袁中郎的《觴政》寫出後，《金瓶梅》即已有了改寫的構想。當沈德符的那篇論金瓶梅的文章完成，金瓶梅的第一次改寫稿，即已完成。要不然，沈德符怎會說：「未幾時而吳中懸之國門矣！」事實上，《金瓶梅》在萬曆四十五年（1617）以前沒有刻本，我這一研究成果，業已鐵證如山，不必再說的了。但此一改寫稿，也未付梓，直到明神宗賓天，方始匆匆再行修正付梓，即今之《金瓶梅詞話》也。

正由於《金瓶梅詞話》與傳抄本之間，有著一改再改的情況，所以《金瓶梅詞話》中殘餘了不少匆匆改寫的痕跡。我在《金瓶梅劄記》中已舉證了不少；那麼，我這十篇探索舉出的例證，不是更清楚了嗎？

我認為《金瓶梅詞話》是改寫本，非原始傳抄之《金瓶梅》的全部內容，雖淫穢如故，可能原有的故事情節，則已脫胎換骨了。

附錄一　屠隆是《金瓶梅》作者

　　《金瓶梅》一書的作者是誰？雖有諸多推說，仍無具體結論。近數年來，中外學界研究日熾，作者是誰？又有不少新說。如大陸方面的徐朔方、吳曉鈴的李開先說，張遠芬的賈三近說，美國芝加哥大學芮效衛的湯顯祖說，今又有復旦大學黃霖的屠隆說。若是幾說，要以黃霖的〈金瓶梅作者屠隆考〉一說，最值繼續推究。

　　黃霖說屠隆是《金瓶梅》的作者，有八點可以符節。(一)屠隆生於嘉靖二十年(1542)，卒於萬曆三十三年(1605)。按《金瓶梅》之前半，問世於萬曆二十四年(1596)，以屠隆的生存時間說，可以符節。(二)屠隆於萬曆五年(1577)中進士，任穎上令，晉禮部主事，抵十二年(1584)罷官，入仕僅七年。家居二十餘年，生活困頓，賣文為活。且罷官原因，劾與西寧侯淫縱(與西寧侯夫人有染)，離京時，友儕多避之如時疫。以其這段生活歷程論之，屠隆誠有寫作《金瓶梅》之可能。(三)在屠隆罷官家居的這二十餘年間，正是明神宗遲不立儲，官民疑帝有廢長立幼心意，紛起疏請，鬧得時間最久。此一問題，自萬曆十四年(1586)起，雖東宮冊立於萬曆二十九年(1601)，然而神宗偏寵鄭貴妃之皇三子，引起的事件，到光宗死後未息。且在萬曆二十六年(1598)、三十一年(1603)，發生兩次「妖書」事件。大理寺評事雒于仁於萬曆十七年(1589)冬上四箴疏，直指皇上有酒色財氣之病，應戒。揣想此時的屠隆，極有可能以此題材，作一政治諷諭小說之可能。(四)《金瓶梅》問世於萬曆二十四年(1596)，上已說到，但到萬曆四十五年(1617)以後，方有刻本問世。這一點，在明朝嘉萬社會，淫穢文字與圖書均不干公禁，而又出版業鼎盛，編書偽纂風氣正盛的時代，像《金瓶梅詞話》這樣內容的書，正如沈德符說：「此等書必遂有人板行」，竟然二十餘年無人板行，自有其不能板行的原因。這原因，除了政治因素，焉有其他？是以，如展觀自萬曆二十四年(1596)到泰昌元年(1620)再到天啟三年(1623)這二十餘年間的一次次因宮闈鄭貴妃之寵引發的事件來看，再對證一下《金瓶梅詞話》第一回的入話(劉邦寵戚夫人有廢嫡立庶之意)，以及《金瓶梅詞話》及所謂「崇禎本」《金瓶梅》之改寫痕跡，在在均足以證明《金瓶梅詞話》以前的《金瓶梅》，必是一部有關政治諷諭的小說，內容可能諷諭的是明神宗宮闈事件，因而遲遲未能付梓。所以，我們如認為屠隆在萬曆十八年(1590)春，獲知雒于仁有四箴疏一本，他以小說題材來作一小說，推情奪理，此時的屠隆，極有可能。(五)那麼，何以袁小脩、謝肇淛等

人提到《金瓶梅》的內容，看來應與《金瓶梅詞話》無異？又怎能說袁中郎在一五九六年冬閱及的《金瓶梅》不是這部書？我們從沈德符、袁小脩、謝肇淛等人的說詞矛盾情形，可以蠡及袁中郎這夥朋友們，企圖為《金瓶梅》諱，為朋友諱，更為自己諱。他們之所以眾口一詞的說《金瓶梅》寫的是有關西門慶家庭淫佚故事的書，一言以蔽之，「諱」也。因為袁中郎這班朋友最先讀到的《金瓶梅》，是一部「雲霞滿紙，勝枚生〈七發〉多矣」的政治小說，當萬曆二十六年（1588）與三十一年（1603）兩次「憂危竑議」明喻皇上寵愛鄭貴妃，鄭氏子將取代皇長子，且於三十一年（1603）間釀成「妖書」事件，動盪全國。試想，這樣的政治小說，誰敢入刻？這一點，屠隆的情況，極能符節。(六)最值得推敲的一件資料，是沈德符寫於《萬曆野獲編》有關《金瓶梅》的那段話。他這段話寫於萬曆四十一年之後，溯述他在萬曆三十四年（1606）間在京城遇見袁中郎，說到《金瓶梅》時的情形。若從沈氏的這段說詞看，沈德符還不曾見到《金瓶梅》，袁中郎也從未讀到全書，只知「今唯麻城劉延白承禧家有全本。」還說是「從其妻家徐文貞鈔得者。」沈氏又說他於萬曆三十七年（1609）間，在京城向袁小脩抄得《金瓶梅》其書歸，返抵家鄉後，友人勸他高價出售板行，可以療饑，他雖固篋未售，卻未幾時吳中便懸之國門。因之鄭振鐸等據此說判定《金瓶梅》出版於萬曆三十八年（1610）。沈德符的這段話，寫於萬曆四十一年（1612）乃係確定的事實，蓋文中的「丘工部」乃萬曆四十一年進士也。既是作於萬曆四十一年，則沈氏於萬曆三十七年抄回《金瓶梅》，又怎能「未幾時」在吳中「懸之國門」？竟到了萬曆四十五年（1617）之後，方有刻本問世？又何況，袁小脩於萬曆四十二年（1614）八月寫的日記，還說未見《金瓶梅》全本，沈德符又如何能於萬曆三十七年抄得全本？再者，袁中郎的《觴政》一文，作於萬曆三十五年（1607）間，何以沈德符到了萬曆四十一年，還說「袁中郎《觴政》，以《金瓶梅》配《水滸傳》為外典，余恨未得見。」這時，《觴政》早已出版了，愛飲的沈德符又常與袁小脩往還，焉能不見？想來，沈說乃為《金瓶梅》作者諱也。按屠隆卒於萬曆三十三年，所以萬曆三十四年間，《金瓶梅》有了「全本」的消息，而且唯有麻城劉承禧家有全本，劉承禧乃屠隆恩人之子也。黃霖證出屠隆罷官離京時，只有劉守有未避嫌隙，為他照顧妻兒八口。屠隆作《金瓶梅》先呈劉思雲校正，自是必然之事。傳言劉家有全本，想是基此而發。[1]可以說，沈德符的這句話，已隱指作者是屠隆矣！(七)謝肇淛在《小草齋文集》論跋《金瓶梅》時曾說「唯弇州家藏者最為完好。」按屠隆與王氏兄弟亦交契。不過，屠隆作《金

---

[1] 黃霖與我，均誤以屠隆《栖真館集》中提到的劉大金吾，即劉承禧，嗣經美國芝加哥大學之馬泰來先生指正，此一劉大金吾乃劉承禧之父劉守有，字思雲，屠隆罷官時，劉守有任錦衣衛指揮。萬曆十六年斥退。

瓶梅》時（以《金瓶梅》傳抄時間說），王氏兄弟已謝世。若謝肇淛、屠本畯（《山林經濟籍》）等人之說王氏家有全本，或亦基此之隱指。想來，這些說詞，也堪能與屠隆行狀符節。(八)黃霖發現的《開卷一笑》第三卷還殘有「一衲道人屠隆閱」字樣，恰可與該書編者「笑笑先生」呼應出此書即屠隆編著，其中之〈哀頭巾詩〉與〈祭頭巾文〉，亦刻在《金瓶梅詞話》中也。此一發現極具參證之力。

　　黃霖認為《金瓶梅》的作者是屠隆，所提證言，極有繼續推究價值，我認為黃霖尋出的資料與推斷，率多能夠成立，比其他諸說之疑猜，符節多矣！不過，研究《金瓶梅》的作者，必須區分成兩個階段，第一個階段是袁中郎時代的《金瓶梅》，第二個階段即今之《金瓶梅詞話》。這一點，幾乎是所有研究《金瓶梅》作者的人，忽略了的一個問題。《金瓶梅詞話》是改寫本，它以前的《金瓶梅》，是否是西門慶的故事，都是待究的問題。我的《金瓶梅劄記》已詳說之矣！

附錄二 論屠隆罷官及其雕蟲罪尤
——屠隆可能寫作《金瓶梅》的動機

《金瓶梅》的作者究竟是誰？雖傳言甚久的王世貞之說，業經吳晗、鄭振鐸提出證說予以否定，但今日仍有主張王世貞是作者的論者。比年以來，大陸方面有了三個說法。一是吳曉鈴、徐朔方的李開先說，一是張遠芬的賈三近說，一是黃霖的屠隆說；還有美國芝加哥芮效衛（David Roy）的湯顯祖說。這些創說，只有屠隆有其可能寫作《金瓶梅》的生活背景與寫作動機。此一問題，我雖已作文響應，但尚未進一步探索討論。近來，我又讀了屠氏的《白榆集》與《栖真館集》，頗有收穫。本文即基此而論。

一、屠隆的家世

根據屠隆自撰〈先府君行狀〉一文，說他原是大梁（開封）人，宋南渡時遷鄞，後遂世居於此。屠隆的父祖三代都是布衣，父是漁人，每「與海客乘巨艦絕島而漁」，鄞是浙江濱海之縣。

屠隆有兄五人，（佃、侯、佚、俛、仍）隆居季。另有姊妹二人。據張應文作〈鴻苞居士傳〉，隆卒於萬曆三十三年（乙巳），享年六十四歲，基此，當生於嘉靖二十一年（壬寅）。其父生於弘治十年（丁巳），卒於嘉靖四十五年（丙寅），年已七十，其母少父一歲，是以屠隆生時，其父母均已四十五歲以上，所以他在〈先府君行狀〉文中說：「晚年舉不肖孤」。（屠隆是否庶出？待考。一，名非人傍，與五兄名字有異；二，自號長卿，如按排行，他最幼，焉能號長？）萬曆五年（丁丑）中進士時，年已三十五歲，自弱冠為諸生，困頓名場已十五年矣！

家素貧窮，說：「十歲令就外傳，貧不能具饘粥。」又說：「或從講舍歸，不舉火。府君撫以溫言，即忘其枵腹。」可以說在他父親這一代，即食貧終生。他的父親曾說：「吾食貧六十年，不能嫚語，……」（沒有才能向人說諂媚的話。）自可想知屠隆是窮苦人家出身。

雖說，屠隆中了進士之後，作了縣令，應從此可以改換門庭了吧！不想在官的時間，首尾也不過七年，萬曆十二年（甲申）十月，便因故被削籍了。直到他六十四歲過世，罷

官後的二十年間，屠隆便在窮窘中賣文為活。號窮之辭，在他的詩文中，隨處可見。

二、屠隆的罷官

屠隆是如何被罷官的呢？

我們看屠隆在官七年的情形：

萬曆五年進士及第之後，選任（安徽）潁上令，當年十一月二十六日抵潁上就職。翌年十一月改調（浙江）青浦令，十二月抵青浦就職。十年十月上計，十二月十四日抵京。嗣即改調禮部儀制司主事，返鄉後，於十一年七月北上，八月初九日抵都門，十二日就禮部職。

屠隆任職禮部甫一年，即被刑部主事俞顯卿摘其詩酒放浪行為不檢奏劾，雖查無實據，但竟以他詞，說他在青浦令任內疏曠，遂於萬曆十二年十月與俞顯卿同罷免。

關於屠隆罷官的主要因由，起於他在禮部主事任內，與西寧侯宋世恩的交往。此一部分，在屠隆的《白榆集》卷十一（書六），有兩封信，道出了他被罷官的全部事實，一〈與張大司馬肖甫〉，一〈寄王元美元馭兩先生〉，曾陳顛末。

〈與張大司馬肖甫書〉云：[1]

> ……西寧侯宋世恩，恂恂雅如儒生，生平慕李臨淮之為人，欲脫去貂蟬氣習，而以辭賦顯名。新從秣陵解府印還燕，即託人為介紹，執贄通刺，願就講千秋業，稱北面弟子。不佞力謝不敢當，固請以兄禮事。不佞不得已，許之。九月置酒張戲，大會賓客，詞人無論縉紳布衣，不下十數人；不佞與焉。措大燕五侯之第，酒酣樂作，客醉淋漓，狂態有之。冤哉！獨不佞某不善酒，亦不能狂。當諸客豪舉浮白時，某瞑目趺坐，作老頭陀入定；客相戒無驚其神也。西寧凡兩觴不佞，不佞亦一觴西寧。西寧不解事，時向人抵掌，言屠先生幸肯與宋生通家乎？又向不寧言，徼天寵靈，業蒙先生許某稱弟，異日者，家弟婦將扶伏拜太夫人嫂夫人堂下，座客多聞此話，實未行也。仇人欲甘心不佞之日久，自某之入京，日夜偵不佞行事無所得。不佞故多賢豪長者，游蹤跡皎然，難可媒孽。西寧者，紈褲武人子，可借以惑人報仇。又適聞有通家往來語，又酒中狂態可指摘，遂文致張皇其辭。嗟呼！家僅一僮一婢，何關渠家事？而亦攬摭其中邪？其所誣衊，姑無論事情，即以理度之，通乎？不通乎？疏上，主上令廉訪其事，廉訪而了無實狀，

---

[1] 張大司馬肖甫：名佳允，字肖甫，四川銅梁人，嘉靖二十九年進士，時任兵部尚書兼右副都御史，總督薊遼保定軍務。

乃坐伊人挾仇誣陷，而坐某以詩酒放曠，兩議罷；又及不佞青浦之政。嗟嗟！上所置問疏中，污衊事爾，業廉無之。伊人之傾險，何辭而乃別求他細過，令與險者同罷邪？又及青浦之政，青浦之政應罷邪？又今日是問青浦之政時邪？一夫持論，萬口莫爭，斯其故，不可知已？（此信寫於萬曆十二年十一月二日）

　　屠隆的罷官因由，上錄的這段話，業已說得一清二楚。先是起因於他與那位刑部主事俞顯卿有宿仇，暗中偵伺其行事已久，他無所得，遂摘取西寧侯宋家的這次詩酒之會，疏劾屠隆放曠。上令廉訪，了無實狀。結果，竟羅織了青浦之政，強說屠隆在青浦令任上，以詩酒曠疏政務，竟以此罪名罷官；同時，刑部主事俞顯卿疏劾不實，也予同案罷免。那位西寧侯也因此受到處分，罷薪半年。看來，這種處分，不是極其顯然的，要把屠隆這人削籍嗎？真可以說是，欲加之罪，何患無辭！

　　不錯，正如屠隆所疑，「青浦之政應罷邪？又今日是問青浦之政時邪？」這時，屠隆離開青浦已一年餘，且上計之後再調遷禮部，那是再問青浦之政的時候呢？今竟仇誣之事，雖廉訪非實，居然改以曠廢青浦之政為罪名罷官，是以屠隆大惑不解，「斯其故不可知矣！」

　　〈寄王元美元馭兩先生書〉云：[2]

……禍亦大奇，請略陳其梗概。

刑部主事俞顯卿[3]，傾險反覆，天性好亂。初入刑部，搆陷堂官潘司寇，排擠同僚，提牢生事，風波百生。同僚疾之如寇讎，畏之如蛇蝎，此通都士大夫所盡知也。不肖向待罪青浦，俞以上海分剖隸治青浦，暴橫把持，鄉閭切齒，不肖每事以法裁之。復以詩文相忌，積成仇恨。比長安士大夫盛傳其搆陷堂官事，不肖偶聞而非之，語泄於俞，大仇深恨，遂愈結而不可解。頃者，西寧侯宋世恩，新從留都解府印還。此君賢公子，雅好士，慨然欲脫去貂蟬氣習，而以辭賦顯名。託友人為介紹，執贄通刺，以藝文就正，稱北面弟子。不肖力謝不敢當，固請以兄禮事。不肖不得已許之。一日置酒張戲，大會賓客，無論縉紳山人，同席不下十餘人。酒酣樂作，眾客盡懽，豪舉浮白，狂態有之。冤哉！獨不肖不喜酒，亦不能狂，

2　王元美，名世貞，字元美，江蘇太倉人，嘉靖二十六年進士，及第時年僅十九歲。文名蓋當世，任南京大理卿時被劾罷，時正家居。故僅稱先生而未加職銜。王元馭，名錫爵，字元馭，江蘇太倉人，嘉靖四十一年會試第一，廷試第二。在禮部右侍郎任內，因迕與張居正意左而乞歸不出。萬曆十二年冬即家拜禮部尚書兼文淵閣大學士參機務還朝。屠隆寫此函時，乃萬曆十二年十一月初，元馭尚家居，故僅稱先生而未加職銜。稍後給王元馭書信，則稱「閣老」矣。

3　俞顯卿，松江府上海縣人，萬曆十一年進士。

在門下所素知者。當諸客淋漓時,隆面壁瞑目,趺坐作老頭陀入定;客相戒無驚其神也。西寧凡兩觴不肖,不肖亦一觴西寧;西寧不解事,頗號於人,謂不肖與彼以千秋之業,相砥通家之好,幸甚!至哉!又與不肖言屠君業以弟畜我,弟婦何可不一登堂謁太夫人嫂夫人?座客多聞此語者。而山人布衣,復好揚詡,顯卿聞其事而生心焉。又不肖好從建言,得罪諸公,游居則杯酒相勞,出則長歌送行,為當時所不悅。顯卿廉知其故,益挾以為奇貨。一則計圖報仇,二則意在希合。日夜偵不肖行事無所得,不肖故多賢豪長者,游蹤跡皎然,難可媒孽。近見有西寧交好,謂彼紈褲武人子,可藉以惑人報仇。又適聞有通家往來語,又酒中狂態可指摘,遂肆誣蠛,張皇其詞。疏入,主上下其事,令廉訪,了無實跡。持議者乃坐顯卿挾仇誣陷,而別求不肖詩酒疎狂細過,及追論青浦之政,謂放浪廢職,並議罷。嗟呼!上所置問疏中,污蠛事爾,廉訪既無端倪,則伊人誣陷之罪偏重,何辭乃別求細過,又追論疏外前愆,文致附會,而令被誣之人與仇誣者同罷邪?又及青浦之政,青浦之政應罷邪?又今日是問青浦之政時邪?當口語陡興,舉國駭愕,縉紳臺省諸公,傾都而來,視不肖扼腕慷慨,義形於色者,何止萬口?雖武夫宿衛,閭巷小人,洶洶諮諮,無不為不肖稱冤。陛辭之日,交載外環而觀者,倏如堵城。貂璫緹騎,盡傷不肖無妄,交口而罵伊人,以虜眾共擊之,梃下如雨。公憤如此,而一夫持論,萬口爭之不能得,斯其故不可知已?豈非數哉!(此信寫作時間,自〈與張大司馬書〉同時,相距或不過數日。)

屠隆寫給王元美、元馭兩先生的這封信,把他罷官的起因,說得更加清楚,連他如何與俞顯卿結仇的經過,都一一道出了。但卻使他不解的是,既然俞某參劾他在西寧侯家飲燕,有酒後越禮行為,業被廉訪不實,按理依法,應去處罰那位挾仇誣陷的人,不應連他這位無罪而被誣陷者,一併處罰。他說:「上所置問疏中,誣蠛事爾,廉訪既無端倪,則伊人仇誣之事偏重,何辭乃別求細過,又追論疏外前愆,文致傅會,而令被誣之人與仇誣者同罷邪?」而且,「萬口爭之不得」,這可真叫屠隆莫明所以,只有納悶的說:「斯其故,不可知已?」

關於此一問題,我們今天,卻能在明史的文件中,尋到屠隆罷官的底蘊。請看《明神宗實錄》卷一五四(萬曆十二年十月)的記事:

一、甲子(十月二十二日)刑部主事俞顯卿,劾禮部主事屠隆與西寧侯宋世恩淫縱諸狀,並及陳經邦。上以顯卿出位瀆奏,並屠隆宋世恩等,該科其參看以聞。

從《實錄》的這一則記事來看,俞顯卿疏劾屠隆等人的本章,十月二十二日皇帝爺

交刑科查報。按理說，刑科給事中奉旨查報，問問東，詢詢西，最快也得三五天，可是，第二天，皇上的處分令就下來了。

> 二、乙丑（十月二十三日）禮部主事屠隆，上疏自辯並參俞顯卿；西寧侯宋世恩亦
> 上疏自辯。於是吏科給事中齊世臣交參之，上削隆、顯卿籍；奪世恩祿米半年。
> 朱宗吉等法司提問。

屠的這件案子，皇上雖已交刑科查報，尚未查報呢，皇上便緊跟著在他看到屠隆與宋世恩的自辯疏時，遂把這件案子處分了，兩人同削籍，一人罰俸。

這樣看來，則與屠隆上兩封信的說法，有了出入，還未曾「廉訪」啊！屠隆怎的說：「廉訪了無實跡，持議者乃坐顯卿挾仇誣陷，而別求不肖（隆）詩酒疏狂細過，及追論青浦之政，謂放浪廢職，並議罷。」

此一問題，我們應作內外觀。實錄所記之事，是內觀，別求他過罷屠隆是外觀。蓋實錄的記事，並不是當時可以件件都應發表的文件，應發表的錄之邸報。所以當時的屠隆，並不知道皇上於十月二十二日把俞顯卿的疏，交科「參看以聞」，第二天，皇上就又批示削其二人籍，罰宋半年祿米。我們可以據理推想，內閣大臣接到皇上批下的此一處分決定，總不能毫無理由的遵照皇上的批示發布。罷官總得有罪名吧！如承認俞的參劾，縱不去顧及西寧侯家的榮辱，又如何削俞顯卿的籍？不承認俞的參劾，又如何削屠隆的官籍？既然皇上這樣批示決定了，不另求他過以罷屠隆，怎麼辦呢？只有羅織罪名來冤屠隆矣。可以說，屠隆說的也是事實，但是外觀，有關單位對外發布的罪名也。

固然，屠隆罷官的罪名，非常勉強。但臣下為天子補袞，也只有如此吧。屠隆一再冤呼：「萬口爭之不能得」，他怎知這是皇帝老子存心要削他的籍呢！所以他一再說：「斯其故，不可知已？」說：「豈非數哉！」

三、屠隆猜想到的罷官原因

上錄的屠隆寫給張大司馬以及元美元馭兩先生信，他已把他罷官的前因後果，一一說明，只是起因於刑部主事俞顯卿的挾仇誣陷而仇口，結果，仇口雖非事實，竟別求其他細過而與誣告者同罷。真格是「禍大奇矣」！所以屠隆一再的冤呼：「斯其故，不可知已？」

當然，屠隆在上述兩信函中說的那些，只是他所能知道的業已發表的外在原因，至於他的罷官，必有內在原因，屠隆自然會想到，決不是由於他在青浦令任上的有所「廢政」，此一罷官之辭，乃羅織而已。雖然屠隆以「豈其數哉」來自慰，但像屠隆這樣的求真性格，又怎麼僅僅訴之於「數」而心甘罷休？自然要去尋得真正的底因；非得尋出

他被罷官的內在原因不可。所以屠隆有不少向友朋訴冤的信函。

在《白榆集》卷十一（書六）還有一封〈答張質卿侍御〉[4]的信，說：

> ……不肖某橫被仇人中傷，實為無罪污名業，蒙當事湔白，乃坐以酒過。嗟嗟！坐酒過者應與傾險者同議邪？凶德宵人，無故而發難讒士大夫，讒之而其事實，即以其罪罪之，讒之而其事不實，則別求他細過，此何故哉？且令被誣之人與誣人者同罪，何其輕重失倫？是烏可長也！人實暱就不肖，天下大矣，萬耳萬目，寧可盡塗？此其人必有可取，一旦以仇人不實惡口，必逐之而快乎？即論酒德，人之召不肖，以酒為名爾？以為名也者，先生察之，不肖能勝鸚鵡杯幾杯？又雅不善驪呼孟浪，淹淹名理，則有之必也，坐以雕蟲一技，不肖乃俛而無說矣！……

屠隆的這封信，有一句話：「則有之必也，坐以雕蟲一技，不肖乃俛而無說矣！」他認為如必須「逐之而快」，應從他愛寫文章這件事上，去尋出應罷官的理由，如果這樣作，他就俯首認罪無話了。

屠隆的文章，有那些篇可以作為罷官的由頭呢？屠隆自己既然這樣說了，他自己心裡必然有個底案。再說，以文字不妥而涉罪，除了辱君或辱國以及叛國的行為，都派不上罪名。那麼，屠隆這樣想，根據的什麼文章呢？就是你我今日來尋，也未必能在屠隆的文集中，尋出可以作為罷官罪名的不妥文辭。那麼，屠隆既然這樣說了，他心裡一定有個腹案，一定疑心到他的文章，有那一篇不妥。我想，屠隆猜想到的，可能是這一篇：

賀皇子誕生

奏為慶賀事。臣近接邸報，恭遇萬曆十年八月十一日未時，皇第一子誕生。臣恭逢大慶，不勝欣躍。竊惟華渚流虹，大地發祥千帝曆；瑤光貫月，高天呈彩千皇圖。麟趾振振，德徵仁厚，螽斯蟄蟄，慶洽陽和。雲仍繼美，衍國家有道之長；千億宏開，實宗社無疆之福。恭維皇上，沈幾炳朗，妙惟冲玄，孝奉意闈，穆矣兩宮雍肅，仁占黎首，熙然四海清和。蓋惟協氣交暢于寰區，是以皇首錫乎元嗣。嘉祥式啟，會嶽瀆風雨之靈；英哲挺生，協日月星辰之運。龍種鳳雛，俊偉豈同凡品；金枝玉葉，扶疎風植靈根。傳宣宮府，百辟咸歡，詔諭華夷，萬方胥快。玉壘崇基，喜宗祊之世篤，銀橫衍派，占國脉之靈長。臣職忝封疆，欣逢盛美，目極雲中，望龍顏之咫尺；心懸日下，丞虎拜以趨蹌。伏願天眷彌隆，聖謨益慎。立教以淑，冲人出入起居之有度；正學以端，蒙養凝丞保傅之無違。神聖繩繩，

國本繫苞桑之固；元良翼翼，宗祧奠盤石之安。臣無任歡欣鼓舞之至！謹具本差官基齎捧謹奏，稱賀以聞。（《白榆集》卷16）

另外，還寫有〈賀皇上〉、〈賀仁聖皇太后徽號〉、〈賀慈聖皇太后徽號〉，共四篇。（依禮，皇長子生，應加兩宮徽號。）

按說，屠隆的這幾篇因皇長子生而寫的賀辭，意在祝禱，為天子賀，為國家賀，那有因此獲罪之理？可是，當屠隆寫這篇恭賀皇上的賀文時，並不知道他賀辭中的那些話，如「伏願天眷彌隆，聖謨益慎。立教以淑，沖人出入起居之有度；正學以端，蒙養凝丞保傅之無違。神聖繩繩，國本繫苞桑之固；元良翼翼，宗祧奠盤石之安。」卻全不是他的皇上願意聽的。因為萬曆爺壓根兒就不希望這個孩子出生。說來，還有一段宮闈的秘密。我在〈一月皇帝的悲劇〉文中，已經寫了。（參閱拙作《金瓶梅的問世與演變》附錄三）。在此，我再重說一遍。

神宗皇帝朱翊鈞，是隆慶皇帝的第三子。在他六歲的時候，立為太子；那時是隆慶二年。十歲的那年五月，隆慶帝駕崩，他就繼承了帝位，年號萬曆。萬曆六年（1578）三月大婚，到了萬曆十年，皇后尚未生子，有一位王氏宮人，卻懷了孕了。

這位王氏，本是慈寧宮的宮人，年齡比朱翊鈞大。有一天，這位年輕的皇帝到慈寧宮去，私幸了王氏宮人，居然懷了孕。皇帝在宮中的言談舉止，太監們都有紀錄。朱翊鈞私幸了王氏宮人，只是一時的隨喜，可是王氏宮人懷了孕，竟不能隱瞞了。雖然太監與宮人們都不敢說，文書房的紀錄，可以驗證那王氏宮人的身孕，就是皇家的子孫。於是皇太后就追問了起來。那天，皇帝陪侍太后吃飯，太后問起王氏宮人懷孕的事。皇帝避開問話不回答。換言之，是不願承認。皇后著太監取來皇帝的起居注，一經驗證那私幸的日子，當然隱瞞不了。太后便以好言委婉的說：「我老了，還沒有抱孫子呢！如果生下個男孩，豈不是宗廟與社稷的福嗎！」又說：「母以子貴，她是個未來的母親，應與別的宮人有別了。」朱翊鈞怎敢違拗母命，遂在這年四月，冊封王氏宮人為恭妃，八月就生下個男孩，就是皇長子常洛。

可以說，常洛這孩子，自從在母體中成胎，萬曆爺就不喜歡他。若不是皇太后有抱孫的心情，迫使皇帝承認這孩子，這孩子縱然有命留下來，也不知漂落何方？可是，他雖是皇長子，卻仍悲劇一生，這裡不多說了。

但我們可以蠡知，萬曆爺非常不喜歡有這個兒子，像屠隆這樣為了皇長子誕生而無任歡欣鼓舞，還寫文章為國有邦本賀，還規諫皇上從今往後要「聖謨益慎，立教以淑」，這皇帝看了，怎能不隱恨在心。當俞顯卿的參劾引發到屠隆，先是交科查報，第二天卻就下詔命把屠隆與俞顯卿同罷。這一點，不是顯然的「必逐之而後快」嗎！

雖說，明神宗《實錄》上的這兩日記事，當時的屠隆未必見到。但屠隆給王元美王元馭兩先生的信函，寫了這樣幾句話：「陛辭之日，交戟外環而觀者，候如堵城。貂璫緹騎，盡傷不肖無妄，交口而罵伊人，以虜眾共擊之，梃下如雨。」這番話如係當時事實，則「貂璫緹騎」悉宮廷中人，或有所風聞。所以屠隆寫給張質卿侍御的信，有「坐以雕蟲一技，不肖乃俛而無說矣」的話。換言之，屠隆的意思則是說：「如摘出我賀皇長子誕生一文中語言之不當，因而罷我的官，我就沒有話說了。」可是，屠隆又怎敢如此指訴呢？只有冤冤屈屈的一再說：「斯其故，不可知已？」

關於〈賀長子誕生〉一文，寫於青浦令任內，文中自稱「職忝封疆」，似乎不合身分。可是這四篇賀文，全沒有注上「代作」字樣，顯然是出於一時歡欣而寫出的內心賀忱。縱係假擬之詞，亦是屠隆的作品。想來，此文之必上於聖殿，諒亦無所疑問。

自此而後，屠隆與友人函札，輒以雕蟲一技為他惹禍之辭，而時抒感慨。或可推想屠隆已知禍之由來也。

四、屠隆罷官後的反響

若以常理來說，屠隆的罷官，雖有冤屈而又言不正理不順，不平者在當時，也只能鬧嚷一陣，三五個月過後，也就自然的煙消而雲散。反正罷了官的人已易服為民，還有什麼可以繼續鬧嚷下去的因由呢？可是，屠隆罷官五年之後，還有人為屠隆的罷官，繼續鳴不平，而且慫恿屠隆去傲效司馬遷〈報任安書〉，李陵〈與蘇武書〉，把心中的冤抑筆之於書，以昭萬世之不朽。試想，這樣的反響，可就不是俞顯卿的挾仇誣陷的單純問題了。顯然的，與當朝天子有關矣！否則，如何能扯到司馬遷之〈報任安書〉與李陵之〈與蘇武書〉呢？

我們看《栖真館集》中的這幾封信。

(一)答王胤昌太史[5]

> ……放廢以來，五易裘褐，無一字抵長安故人。非欲引抗自高，誠穆穆憒憒，念不及此。趙奉常歸，以足下手書見遺。縶縶百千言，掩抑沈頓，情寄深遐。向無生平，何遽有此？猶憶囊出國門，祖帳如雲，傾都扼臂。逮反初服，遂絕寒暄。今數千里題械申章，相念乃屬胤昌足下，陳義一何高乎！書辭謂僕蒙詬受誣，抱此憤懑，宜如子長之報任少卿，李陵之與蘇屬國，刳腹腸於紙上，寫涕淚於毫端。黃河澎湃，五岳隱起，磊塊心跡，千載猶新。使胤昌讀之，無雲而震，不寒而栗，

5　王胤昌太史，年籍待查。

風蕭蕭從易水來，詎不雄豪颯爽快人哉！感足下相念之雅，誠欲衝冠投袂，作憤激不平之譚，則學道降心之謂何？欲塞充杜機，遵老氏沈嘿之旨，則又胡以仰副知已於萬一！……往者，彼夫以仇故，攎摭中傷，非復人理。維時當宁洞嚗誣周，顯絀其人，群情憤然，咸持公議。道民仰天一笑而掛冠，脫我今日之紅塵，還我舊時之白雲；行逐松關，不減蘭省，鹿驂鶴駕，安事馬蹄；俹犬猶猙，冥鴻已遠，顧何用溲制呶呶則為知己耳！（節錄）

我們看，屠隆罷官，已去五年，一位職司於翰林院的官員，與屠隆又向無生平往還，居然寫信給屠隆，作憤憤不平之語，盼屠隆效司馬遷之〈報任安書〉，李陵之〈與蘇武書〉，「刳腹腸於紙上，寫涕淚於毫端」，真是「何遽有此？」這封信，豈不是極為明顯的道出了屠隆的罷官底因，非為俞某的仇口，乃當朝天子之挾私恨而冤臣民也。司馬遷的〈報任安書〉，李陵的〈與蘇武書〉，都是苦訴定罪受辱之冤，雖未直指天子之私心剛愎，但字裡行間，實乃向天子愬怨且鳴不平。這位王胤昌太史，書盼屠隆倣效司馬遷等作書愬怨，自然是他們業已獲知屠隆被罷官的真正原因。他們在翰林院服務，執掌大內文書，想是洞見了內情。所以雖已事過五年有奇，仍有激起他們不平的理由，方始憤起內心不平，遂函知屠隆冀其一效司馬遷李陵等。

那麼，激起王胤昌他們憤起內心不平的理由，是什麼呢？這一點，我們就需要知道萬曆朝的一些宮闈歷史了。

在前面，我們已經說到皇長子常洛的受孕與出生的經過，常洛這孩子，自從在母體中受了孕的那天開始，他的一生悲劇便註定了。因為他的皇帝老子，根本就不希望有他，他老子幸了他母親，只不過是一時的隨喜，非所愛也。生下他，而且成了皇長子，乃皇太后的慈命難違，非其願也。是以屠隆的那種〈賀皇長子誕生〉的臣民懽躍，正是萬曆爺所厭惡的。當然，如無他事引發，自不便逕以他那篇〈賀皇長子誕生〉等文為免官的罪名。也只能飲恨在心而已。當屠隆受到俞顯卿的挾仇誣陷，便詔示同罷。從萬曆十二年十月二十二、二十三兩日的《神宗實錄》所記，不是清楚的說明了嗎？

第一，當俞顯卿的疏上，「上以顯卿出位瀆奏，並屠隆宋世恩等，該科其參看以聞。」十月二十二日方始旨交刑科。

第二，俞顯卿的出位瀆奏，剛剛交下查報，屠隆與宋世恩的答辯也呈上來了。這時的天子，方行想到屠隆其人，正是那位寫〈賀皇長子誕生〉的人，討厭，免。俞顯卿這人出位瀆奏，也不是什麼好臣子，免。宋世恩大宴賓客，詩酒放浪，罰祿米半年。皇上可能就是出於此一心理頓然如此處分了的。尚未查報，他就處分了。

第三，職司是案的臣子們，對於屠隆的罷免，總得按上個罪名。但如以他在西寧侯

家詩酒放曠為罪名，俞顯卿就得無罪，遂不得不以他辭罪之。只有向青浦令任上去羅織。我在前面已說到了。

屠隆罷官，時在萬曆十二年十月二十三日，未出十月就出京了。從他十一月二日寫給張大司馬的信，可以證明。這時，萬曆爺不喜他的長子常洛的情事，只是宮闈中的生活瑣事，尚未明朗於外。到了萬曆十四年正月，大興鄭氏妃生下皇三子常洵，皇上下詔諭，要封鄭氏為貴妃，內閣首輔申時行疏請立儲，諭命待稍長舉行冊封。從茲始，皇上寵鄭貴妃，有廢長立幼的心意，便一天天明朗起來。於是臣子們上疏請求冊封東宮的本章，連珠箭似的飛向內庭。由萬曆十四年正月到萬曆十七年十二月，臣子們因為疏請冊封東宮，招致廷杖、謫官、削籍者，不下十人。

如萬曆十四年十月，禮部司祭主事盧洪春（萬曆五年進士，屠隆同年）上疏規勸皇上不要太貪衽席之歡，還是為國家保重身體要緊。他發火寫了一百多字的諭旨，要閣臣擬罪報核。閣臣們擬予免官了事，他不答應。結果廷杖六十，斥為民。跟著，戶科給事中姜應麟（萬曆十一年進士）除了上疏請求早日冊封太子，還要求正名定分，直指冊封鄭氏為貴妃的不當，應先封長子母恭妃王氏，然後方能輪到鄭氏。皇上大怒，斥姜應麟「窺探」，謫為山西廣昌縣典史。他如吏部驗封員外郎沈璟（萬曆二年進士）、刑部主事孫如法（萬曆十一年進士）等，也上疏請立太子，以及貴妃冊封，也應將恭妃包括在內。也都一一降級處分。到了十七年冬，大理寺評事雒于仁（萬曆十一年進士）上四箴疏，指出皇上犯了酒、色、財、氣的病症，且直說皇上的色欲是寵愛鄭貴妃。這位皇帝爺氣得要親自問罪。經首輔申時行的委婉勸說，雒于仁自請告歸了事。可以說，萬曆爺不喜皇長子常洛，到了萬曆十六七年間，業已明朗，且天下盡知。這時的屠隆，自然澈底明瞭了他被罷官的主要原因。而他，又怎敢直說而無隱呢？雖有人激發他，他也拒絕再談罷官蒙冤之事。

(二)〈與蕭以占太史〉[6]

另外，在《栖真館集》卷十七，還有一封〈與蕭以占太史〉的信：

> 往歲不佞被謠諑以出也，所為衝冠益夐者，殆通都矣。獨足下陳義更高，燈影幢幢，朔風漠漠，唾壺欲裂，雄劍自吼。拘于官局，恨不提章伏闕，一申子長之墳，吐霍諝之忠。贈言解衰，意氣千古。夫子蘭謫屈，登徒毀宋，自昔而然。第出詬夫之口，即事之所恆有，其究卒空理之所必無，後將何據？而當時雖舉國不平，公論沸起，獨道民若聾若瘖，都無片語。友朋有瞋目戟首相向者，僕但以醇酒關其口，竟長嘯以出國門。人以為達，不知理固應爾。丈夫於此時應揮手去，呶呶

6　蕭以占太史，名良有，萬曆八年榜眼，湖北漢陽人。

何為！今久而其事定，須大有分明，千秋萬歲後，詎遂謂曾參殺人也。貴僚王胤昌，生平未識僕面孔，題書相問，娓娓欲得僕憤懥之言為報也。若李陵之於蘇屬國，司馬遷之於任少卿，近世唐伯虎之於文待詔。感彼風霜，懸諸日月，而不知道民樂道者，與三子調不同。傾感其意，作萬言答之。乃不能得僕憤懥之言而得偷慘閒曠之語。足下試歸而取觀之，亦足以明僕之近抱矣！

　　我們雖沒有讀到王、蕭兩位太史的信，僅從屠隆的覆信上，也能了解到這兩人的心意，顯然的，乃由於他們獲知了屠隆罷官之冤的底因。斯時，又正是臣子們紛紛疏請皇上冊立東宮，僵持得君臣不能和諧的時機。此二人感於屠隆乃此一宮闈事件的第一位受殃者，遂有期於屠隆效法司馬遷報任安書，「刳腹腸於紙上，寫涕淚於毫端」，可垂不朽。是以屠隆美此二人的「陳義高」。如屠隆之美蕭太史「陳義更高」說：「燈影幢幢，朔風漠漠，唾壺欲裂，雄劍自吼。」似是指的蕭太史信上說的近年來宮闈事件之隱隱約約的情形。

　　這時的屠隆，雖已是鄉野草民，儒家門徒，又怎能不憂其君？罷官後這幾年來的冊封貴妃與立儲事件，廷杖謫官者，有其同年。他蒙冤罷官的底因，自然明白了。不再是「斯其故，不可知已」的疑問，應是業已證驗了他「雕蟲一技」惹出來的罪尤之時。像屠隆這樣的有智慧有思想而又有遠見的哲人，怎會在這一點去倣效司馬遷之〈報任安書〉，來期乎己名之垂後世呢？所以，屠隆一一委婉答謝了他們。仔細想想這個問題，屠隆誠哲人也。

五、屠隆罷官的不平與不鳴

　　在科舉時代，奔競科場幾是當時文人的求學目標，是以往還科場而皓首不息。歸有光先生中進士時，已六十歲矣。因為科舉時代的仕途，由舉人而進士，是一條最便捷的道路，中了進士，便是「禹門三級浪，平地一聲雷。」頭戴烏紗足登朝靴的官職，就要得到了。試想，科舉時代的進士及第，該是當時文人多麼需求的一件事。那麼進士得了官，居然無罪被罷，被罷的文士，該是怎樣的心情呢！將心比心，我們任誰都是可以推想而知的吧！

　　我們在前面說到了，屠隆的罷官，是無辜的，所以他在罷官後，寫給友朋與親長的書信，充滿了冤歎的呼號。一再說：「嗟呼！上所置問疏中，污衊事爾，廉訪既無端倪，則伊人誣陷之罪偏重，何辭乃別求細過，又追論疏外前愆，文致附會，而令被誣之人與仇誣者同罷邪？又及青浦之政，青浦之政應罷邪？又今日是問青浦之政時邪？……而一夫持論，萬口爭之不能得。斯其故，不可知已？」這自是屠隆的不平之鳴。在他罷官後

的一年間，這種不平的冤呼，不時在他寫給親友的書信中出現。這些書信，都在《白榆集》中，不必引錄了。

屠隆雖也一再向朋友說，他丟了官等於擺脫了塵網，對於「雞肋浮華，齕破已久；風塵馬蹄，良所厭苦。」終是自解之詞。息心修道之說，實亦殷中軍之咄咄書空耳。

到了萬曆十六、七年間（罷官後五、六年），由於皇上寵愛大興鄭氏妃，遲不立儲君，臣民連章疏請，不是不報，報亦怒責。這時，皇上的廢長立幼心態，業已明朗，天下盡瞭。當然，屠隆的罷官底因，他自然了悟乃咎由何起。雖累於「雕蟲」之辭，仍不時可在他寫給親友的書信中出現（參閱《栖真館集》），但已不再有不平的冤呼之辭。連王、蕭兩位太史的憤情激發，也盪不起一絲漣漪，真可說是修道人已得道矣！（屠隆自語）

當真，屠隆的這一不平之冤，良如他自己所說：「僕寥廓之夫，萬事擺落。此自得之天性，非關學道。偶遭此風波，視之若浮雲幻泡，莫不與丹元君事。一官雞肋，豈千秋長住之物乎？為恩為仇，亦是妄緣。今屏居沈寥，掩關習嬾，二六時中，著衣吃飯，都不復記憶身嘗有官從何處來，卻從何處去？伊人雖嘗貝錦，亦久忘之。即胸懷偶及，亦絕不作瞋恚想此，詎便謂已到三摩地哉！」（《白榆集》卷 11〈答沈肩吾少宰〉）此一問題，在《栖真館集》卷十九〈奉楊太宰書〉[7]中，卻懇切說出了。說：

> ……彼夫以疇昔私憾謠詠攎摭，一旦以至不肖之名加於隆，隆不能受，亦不能怒。夫裂眥濺血，髮上指冠，黃沙儵走，白日陸黑，繁霜夏零，長虹晝見。隆之意氣，自小能之，而今顧不爾……蓋隆近頗得道也。

這裡說的「一旦以至不肖加於隆，隆不能受，亦不能怒。」不是說明了他罷官後的心情嗎？既不能受，也不能怒！「不能受」是因無罪而罷官，「不能怒」自是指的他已知他罷官的底因，是由於他寫了〈賀皇長子誕生〉那幾篇文章，居然觸惱了皇上，藉詞罷免了他。今雖知乎此因，也不能怒也。若一旦因此怒生，必起大波瀾，有性命之虞矣！

又說：

> 夫平情忍辱，忘境齊物，猝而能鎮、撼而不驚者，真道所貴也。以故隆聞謗之日，怡然安之；以無怒為養性，以不辯為忘言。雖舉國不平，交友搤擘，而隆未嘗以一芥蒂於胸懷。未嘗芥蒂著，不肖希達人之蹤，而搤擘不平者，友朋抗同仇之義也。

關於這一段話，我們只要一讀《白榆集》中的那些書信，就會感於屠隆的這些話，

7　楊太宰名巍，字伯謙，海豐人。嘉靖二十六年進士。時任吏部尚書。

並非事實。上一節，我們已引述到一些了。何嘗「無怒」？何嘗「不辯」？何嘗無「一芥蒂於胸懷」？尚能「安之」而已！非無怒也，非不辯也，非無芥蒂也！

又說：

> 夫友朋高義而事故（固）宜然，而隆始未敢輕以此理望明公，則以與明公無生平之素也！

怪哉！既「未敢以此理（友高義）望明公」，又何必以書函明之邪？其心態，豈非顯然有所望乎？

又說：

> ……而隆所坐，不過詩酒。詩酒之罪，隆實有之，不為枉。

可是，在此話的後面，卻又一再述說自己不善飲，每飲「不能盡柿子大一杓，即面赤頭眩上下四方易位」。居然前言不搭後語。何以？前言所說「詩酒之罪，隆實有之，不為枉。」乃謙抑之詞，寫到後面，真情壓抑不住，遂又不得不愬冤矣！

又說：

> 六年之間（斯時當為萬曆十七年或十八年），寄聲日至，而不肖又恬然安之，了無半札一言為謝。……譬之候蟲，時未至而暗暗無聲，時至而嘒嘒不已。彼蓋無求無營而自鳴，其天機也。

第一，屠隆罷官六年以來，友朋們的不平，仍在「寄聲日至」。益可想知屠隆的罷官，並不是單純的個人之間的挾仇誣陷，乃別有他因。若不是涉及了皇長子的冊立問題，所寫賀詞觸怒了皇上的不懌，遂主動罷免了他，友朋們站在維護國本的心情，因而把屠隆的罷官事件，與盧洪春、孫如法、姜應麟、雒于仁等人的遭遇，同抱不平，又怎會在屠隆罷官的六年間，還「寄聲日至」而不息！此一事理，不是非常明顯了嗎？

第二，屠隆說：「了無半札一言為謝。」卻也不是事實。在《白榆集》的書信中，為了他的罷官，答言友朋者，何止十件？不過，尚能「恬然安之」，未作憤懣之辭而已。（《白榆集》的詩文集，寫作時間雖在《栖真館集》之前，但《栖真館集》則出版在前；序刻於萬曆十八年，《白榆集》則序刻於萬曆二十八年。）

第三，屠隆對於友朋們的不平反應，之所以能「恬然安之」，只是不願作望影聞聲的瞎吠，所以他以候蟲為喻，待時至而嘒嘒鳴也。

那麼，屠隆的內心不平之鳴，應鳴於何時呢？

我們再讀這封給楊太宰書的語言。

又說：

> ……今日水旱沓仍，疫癘繼作，去年元元大被其毒，今歲益甚。吳越之間，赤地千里，喪車四出，巷哭不絕。隆竊念主上英明，總攬大臣，寬仁愛人，明良在朝，政刑脩舉，不應致眚而災眚若此，此或前人鷙猛束濕之餘烈也。……

范文正公有言：「居廟堂之高，則憂其民，處江湖之遠，則憂其君；是進亦憂退亦憂。」斯亦儒家人士的持身處世之道。屠隆飽讀經書，那能脫此？是以他見及吳越災眚，便忍不住要向這位身為太宰的大員，為大眾訴苦情，斯即「退亦憂」也。雖然信上說「主上英明」，又說「總攬大臣寬仁愛人，明良在朝政刑脩舉」，但卻「不應致眚而災眚若此」！這話的內涵不也是極清楚的在指斥當政嗎？儘管，屠隆為「災眚」之生，尋了一句託詞：「此或前人鷙猛束濕之餘烈也。」把致眚的責任，推給了張江陵。我們可以想到，這話決不是屠隆的內心話。

關於王胤昌太史的信，屠隆在這裡也提到了。

他說：

> 頃王胤昌太史書來，欲得隆憤滿不平言吐冤人之氣，激壯士之肝；長留天壤，山川生色。夫憤滿不平事，世上所有，隆胸中所無。隆雖至不肖，不敢為世上所有事，不能作胸中所無語，而且以寂寥幽適之辭答之耳。士大夫以尺牘遺其交知，抒心寫愫，垂名流照者，在古昔則有史遷、李陵、揚惲、鄒暘、江淹，在近世則有唐寅、陳昌積、盧柟，吾鄉則有陳來，皆以高材發為雄文，沈痛悽惋，掩抑頓挫，有足悲者。並不聞胸次鬱結，蒲紙佗傺，豪儁之徒，賞其悲壯，清遠之士，陋其煩競。才雖高矣，量不足取也。

屠隆一再表白他不願傚效司馬遷等人之「抒寫心愫」，「以遺交知」；雖罷官之事，乃世所不平，他則說他「胸中所無」。還說：「往託名山著書，以規不朽。此校之一不得志猖狂婬逸從日暮途窮之計者，固也勝之，然隆以為非上策也。」他認為像司馬遷〈報任安書〉的這種作為，固勝日暮窮途而哭者，而他則以為「非上策」，何以？這樣作，只是為一己的心中不平愬苦而已。

那麼，屠隆的「上策」如何呢？顯然的，他要做個候蟲，待時至而喈喈，而且是「無求無營而自鳴」。斯其所謂「鳴」之「上策」也。

屠隆對於當前時政，也非常縈心。

又說：

天下之事，方大集於公。隆竊思此時，國本未定，朝議多端，宗室失所，邊防懈弛，吏治粉飾，官守貪污，人情傾反，俗尚浮夸，費用太繁，徵求頗急，閭閻空虛，黔首痼瘵。又如，以災情事，大有可虞！夫天下仳離，則治平繼之，治平之後，所繼非復治平矣！

試看屠隆這一段論驚時政的語言，其所急者，何嘗是個人無罪而橫遭免官的憤懣，迺急天下之治平，所繼非復治平也。像信中所論及的時政之弊，不正是萬曆朝的缺失嗎？試想，屠隆如把此一憂國憂民的懷抱，發之為文，著之竹帛，良乎！高於史遷多矣！

六、屠隆待時至而嘖嘖的時機

屠隆是一位胸懷大志的作家，情操清遠的哲人，所以他能向遠大處著想，更能壓抑了胸中的不平激情。雖說，在他的書信中，字裡行間，仍難掩蓋他無罪而罷的不平心情。卻能安之，大是不易。當萬曆十七、八年的時際，不惟「國本未定，朝議多端」，而且「邊防懈弛，吏治粉飾，……」他已看到天下要起變亂了。

關於國本問題，上一節我們業已說到，廷杖謫官者比比矣！士大夫上疏規諫，率多直愬皇上的寵幸措施不當。這時的常洛，已經八九歲了，既不行冊立太子之禮，也不讓他讀書。臣民之請，總是藉口推託。越是推推拖拖，臣子們越是懷疑。要求皇長子冊封，並馬上出閣講學的本章，越來越多。這位皇上曾向首輔申時行發牢騷說：「近來只是議論紛紛，以正為邪，以邪為正。一本論的還未及看，又有一本辯的來了。使朕應接不暇。難道這要我點起燈來連夜閱覽嗎？這怎算個朝綱？……」到了萬曆十九年秋，被逼不過，只得下令詔訂二十年春舉行東宮冊立禮。八月，工部主事張有德，認為東宮冊立禮既訂明年春，儀注所需，應開始準備了，遂上疏請。結果，皇上大怒，責張有德瀆擾，罰薪三月，並把原訂冊立時間，延至二十一年舉行。嚴飭各衙門，不得再來瀆擾。二十年正月，禮科給事中李獻可，偕六科諸臣，疏請預教。認為元子已十一歲，不能不讓他唸書了，疏上，皇上又大發脾氣，還摘出疏中誤書弘治年號的問題，責以違旨侮君，貶一秩調外，餘奪俸半載。戶科給事中孟養浩疏救李獻可，則責孟養浩疑君惑眾，命錦衣衛杖之百，削籍為民。可是到了二十一年，則手詔三子並封為王，立儲的事，少待數年，若是皇后未生嫡子，再行冊立長子。這時的首輔，已換了太倉王錫爵，雖上疏力爭不可，請下廷議也不許。後來，雖迫於公議沸騰，追寢前命，但冊立太子的事，則諭：「少俟二三年再議。」這一次，光祿寺丞朱維京，刑科給事中王如堅，因抗爭三王並立事，疏文激憤，均謫戍極邊。這年七月彗星出現，王錫爵以星變為辭請冊封，也只慰答了事。冬間萬壽節，再請行冊封禮，諭言仍待皇后有出。但長子年將十三歲，那有曠學之理。

到了閏十一月初一，方始下詔，訂明春舉行豫教出閣禮。二十二年二月，皇長子出閣講學受教了。

關於皇長子出閣講學，朱國楨在他所著《湧幢小品》，曾予記載。文謂：「萬曆二十二年，光廟以皇長子出閣講學。故事講必巳刻，遇寒暑傳免。至是，定以寅刻，也不傳免。」講書訂在「巳刻」，傍午時間。到了常洛出閣講學，則改訂為寅刻，「寅刻」，日尚未出呢。天寒天冷也不傳免。不惟不傳免，朱氏記稱天大寒時，講堂連個火爐也不設。又說講官們在叩頭時，方始發現這位皇長子袍內，止一尋常狐裘，而且是年年冬天所著，都是那一件。萬曆爺虐待他這個兒子，竟至乎此種情景。本來，講官進講畢，必賜酒飯，且比常宴精腆。可是到了萬曆二十二年常洛出閣講學，則自食其食，每五鼓起身，步行數里，黎明講書，備極勞苦。大暑天氣涼，出入猶便，大寒衝風，幾於裂膚。先朝的銀幣、筆墨、節錢賞賜，至此已成絕響。端午節到了，連一把扇子也不給。所以朱國楨感歎云：「聖上教子，可謂極嚴極儉者。」實則，《湧幢小品》的這些記述，又何嘗是贊頌萬曆皇帝教子之嚴之儉呢？言外有音也。

再說宮廷以外的故事如何呢？屠隆寫給楊太宰的信，業已詳確的一一說到了。下面，我們再從《明史》之〈神宗本紀〉，摘錄這數年間的大事記如下：

(1)十七年春正月己酉朔，日有蝕。宿松賊劉汝國作亂，安慶指揮陳越討之，敗死。吳松指揮陳懋功，方討平。雲南永昌兵變。始與妖僧李圓朗作亂，犯南雄。六月，浙江大風、海盜。浙江大旱，太湖水涸。

(2)十八年四月，湖廣飢、賑。青海部長火落赤犯舊洮州，副總兵李聯芳敗沒。七月庚子朔，日有蝕。七月，火落赤再犯河州，臨洮總兵官劉承嗣敗績。

(3)十九年春正月，緬甸寇永昌、騰越。四月，四川四哨番作亂。七月癸未諭廷臣，「國是紛紜，致大臣爭欲乞身。此後有肆行污衊者，重治。」十二月，河套部敵犯榆林。是年，畿內蝗災，浙江大水。

(4)二十年三月，寧夏致仕副總兵哱拜殺巡撫都御史黨馨，副使石季芳，據城反。四月，總兵官李如松提督陝西討賊軍務。西亂未平。五月，東方倭寇犯朝鮮，陷王京。朝鮮王李昖奔義州求救。八月，兵部右侍郎宋應昌經略備倭軍務。李如松甫平西亂，又著提督薊遼保定山東軍務，充防海禦倭總兵官救朝鮮。

(5)二十一年春正月，李如松攻倭於平壤，克之。但進攻王京時即遭敗績。朝內大臣則為三王並封事，力爭未已。朝鮮倭寇雖平，而是年之江北、湖廣、河南、浙江、山東，均大饑荒待賑。

(6)二十二年春正月，由於各省災傷甚重，山東、河南、徐淮尤甚。盜賊四起。兼且有司玩愒，朝廷詔令不行。夏四月己酉時朔，日有蝕。六月己酉雷雨，西華門災。七月

河套部長卜失兔犯延綏。播州宣撫使楊應龍反。十月，炒花犯遼東。雖然亂事平了，終究有了這些叛亂事件。

我們看，自從屠隆罷官後的十年歲月間，可以說是內憂外患，日亟一日。尤其國本問題，到了萬曆二十一、二年，常洛業已十二、三歲，不惟未行太子冊立之禮，而且連書也不讓他讀，不是顯然的不希望讓他來接掌大位嗎？這情形，不正是屠隆說的「國本未定，朝議多端，宗室失所，邊防懈弛」嗎？像皇長子的雖已出閣講學，竟是一反常規的虐待他，「寅刻」就要講學了，且時在農曆二月，燕都尚在嚴寒，連個火爐也不予備。這情事，應是屠隆所期望的候蟲之「時至」而「嘒嘒」的時際吧？我基此推想，則《金瓶梅》之草創於此際——萬曆二十二年，正其時也。

《金瓶梅》文稿，最早傳抄於萬曆二十四年（1596）冬，這年的八月，礦稅的惡政，已派中官四出開之徵之矣。不也是激發屠隆送出《金瓶梅》稿的憤滿時機嗎？

按《金瓶梅》之最早傳播者是袁宏道，斯時袁尚在吳縣令任內。據袁所說，乃從董其昌手中得來。這時的董其昌已由翰林院調湖廣提學副使。正巧，屠隆也在萬曆二十四年間，到了蘇州。從袁宏道寫給王輅（以明）及湯顯祖（義仍）的信，可以想知他們這年是初會。袁對屠極為贊美，說：「遊客中可語者，屠長卿（隆）一人，軒軒霞舉，略無些子酸俗氣，餘碌碌耳。」給湯氏書則說：「長卿舅人，東上括蒼，不知唾落幾許珠璣？有便幸賜我一二顆。」自可想知袁之推重屠氏。惜乎在屠隆文集中，尚未發現與袁中郎的往還辭語。不過，屠隆與董其昌，早在董未中進士時，他們就頗有往還了。（《白榆集》中有書信提到董玄宰。）也許，屠隆這年抵吳，已把部分《金瓶梅》稿，給了董其昌了。當袁中郎函詢董其昌「《金瓶梅》從何得來？」我們之所以至今尚未能見到董其昌的答覆，但卻極有可能董已回答，卻彼此誰也不便宣布作者的真實姓名而已。

黃霖推想《金瓶梅》稿，最早獲得閱覽的人，可能是麻城劉延禧，（應是延禧之父劉守有思雲）此一推想，也有可能性。劉守有是屠隆罷官後，知遇最重的師友。他離京後的八口之家，都交給了劉大金吾（錦衣衛指揮）照顧，在《栖真館集》中的〈與劉大金吾書〉，已說到了。董其昌由麻城劉家得來，也有可能。而我的推想，則認為是董在屠手中直接得來。屠隆在此時送出《金瓶梅》稿，在意念中，也只是企圖一觀友朋的反應而已。但除了袁中郎的兩句：「雲霞滿紙，勝枚生〈七發〉多矣！」他如名利心重的董其昌等，都不敢妄置一辭。何以？蓋有關政治諷諭，大則喪身傾家，小亦謫官遭戍也。

關於此一問題，我在拙作《金瓶梅的問世與演變》一書，對於《金瓶梅》的問世與演變，業已探討清楚。它之所以遲遲沒有成書，它之遲遲無人梓行，放在明朝、嘉、隆、萬年來說，其阻礙卻只有一個理由，就是政治諷諭問題，不是淫穢問題。這也正是《金瓶梅》稿的傳抄，只圍於文士階層，而未曾公開的真正原因。

屠隆卒於萬曆三十三年（1605），在《金瓶梅》稿送出傳抄，抵屠隆過世，恰好十個年頭。在這十年之間，曾兩遇「妖書」事件，一是萬曆二十六年有人以「朱東吉」之名為問答體，作〈憂危竑議〉一文，梓出遍發，諷諭皇三子常洵將掌東宮。此事雖也冤謫了三位臣子，一是刑部侍郎呂坤乞休准，二是給事中戴士衡及全椒知縣樊玉衡謫官。終算未釀事端，便焚版了事。可是到了萬曆三十一年五月，一本假名「鄭福成」（鄭氏子福王必成功入大位也）的〈續憂危竑議〉又出現了。這時，常洛雖於萬曆二十九年十月草草冊立，已是太子。但福王卻未到河南藩府，仍在京城。太子呢？則有官不具。所以臣民們還是懷疑。因有〈續憂危竑議〉的出現，此一問題，曾鬧得全國沸騰，皇上非要查出作者及梓版者不可。鬧了整年，方始斬了一個倒楣的秀才，此事方行不了了之。但這兩次「妖書」事件，豈不是阻礙了《金瓶梅》成書與梓行，以及有了改寫計畫的重大原因嗎？

雖不易查明《金瓶梅》的改寫計畫，是不是屠隆的本意，但今日卻可以肯定的說，自袁中郎的《觴政》寫成，居然以未梓行而又未成書的《金瓶梅》與《水滸傳》相配，作為酒場甲令，即足以證明他們即已有了改寫《金瓶梅》的計畫了。沈德符的《萬曆野獲編》，越發透露了他們計畫改寫《金瓶梅》的消息。當我們發現了薛岡的《天爵堂筆餘》，這條論及《金瓶梅》的資料，不是把《金瓶梅詞話》之未在明朝公開發行，說得夠清楚了嗎？（本文〈金瓶梅的新史料探索〉，已發表在《中華日報·副刊》七十三年十月十九、二十日，參閱本書附錄五。）

我們如果認真讀了屠隆的《白榆集》、《栖真館集》以及《鴻苞集》，準會感於屠隆是一位熱誠求真的作家，所以他改字緯真，書名《栖真館集》，又號赤水，赤水，血水也。可是，他行文遣辭，則極端謹慎，對於他之罷官冤枉，雖「不敢受」，也「不敢怒」。雖知禍起「雕蟲」，卻不願學馬遷之〈報任安書〉，以其非上策也。今者，當我們認真讀了《金瓶梅詞話》，雖說已改纂過了，則屠隆的所謂「吏治粉飾，官守貪污，人情傾仄，俗尚浮夸」，不還存在於西門慶的無法無天間嗎？想來，像《金瓶梅》的這種諷諭，實為屠隆發洩心中鬱憤的「上策」也。

我們把問題討論至此，可以說屠隆有其可能寫作《金瓶梅》的動機，不是很鮮明了嗎？遺憾的是，我們今天所能讀到的《金瓶梅詞話》，已非原稿矣！

附錄三　關於《金瓶梅》中的酒與馬桶

　　我的《金瓶梅》研究，判斷《金瓶梅詞話》的作者是江南人，根據的是蘭陵笑笑生寫於書中的語言、飲食，以及生活習尚，乃一整體的綜合研判。我想，凡是認真讀過《金瓶梅詞話》，而又認真讀過我的《金瓶梅》研究論述者，都不至於否定我所研判的《金瓶梅》作者乃江南人的結論。何以？因為西門慶家的飲食，大率都是江南人喜愛的風味。即以酒類一項來說，偏嗜者乃「金華酒」以及各類配花釀造的酒，寫到北方人習飲的白酒之處極少。他如菜餚、瓜果，更加若是。在我的研究計劃中，「《金瓶梅》中的飲食」將是我要寫的一本書。那時，我將運用統計歸納的方法，將《金瓶梅詞話》中有關飲食部分，予以列述，再加考證論說。那麼，有關《金瓶梅詞話》中的飲食，究係南方人的風味多，還是北方人的風味多，就是未曾讀過《金瓶梅》的人，也能一目了然的。今者，既然鄭培凱先生向我提出了此一飲酒方面的問題，我卻不得不先寫這本有關飲食的書。雖然，我的朋友童世璋已經寫過一些，但尚缺考證。這一工作，還應再作。所以我還要寫這本書。

　　鄭先生提出的酒類問題，引徵所證，只說明了一件事，在明代，黃酒亦流行於北方。可是，鄭先生的論述，卻未能證明黃色酒類纔是明代南北通行的酒，在明代，白色的酒類，尚未普遍流行。所以蘭陵笑笑生筆下的山東人西門慶家，以及其他等，所飲用的酒類，率多是黃色酒。鄭先生更說明代的金華酒，在南方已身價大貶，相反的，在北方仍有市場。意為明代末期的北方，卻正是金華酒盛行的時期。可是鄭先生尚未提出證言，證明在萬曆末葉，南方的金華酒纔是北方人（尤其是山東人）最喜愛的杯中物，已取代了其他任何酒類。否則，如何證明這位「蘭陵人」笑笑生是那麼喜愛「金華酒」？

　　我是北方人，雖原籍山東而非山東生長，但出生地以及童年生活，則在山東鄰近地域，是以語言、飲食，以及生活習尚，悉與齊魯無異。我家產酒，造酒人家，稱之為「酒坊」，而且是世代相傳，其歷史自不止百年二百年。然所造者，悉為白酒，所謂「高粱」，所謂「綠豆燒」。釀黃酒者，則未之聞。即鄭先生所引明人顧清在《傍秋亭雜記》指出的天下名酒，亦以山東之「秋露白」列冠，淮安之「綠豆」列亞，悉白酒也。「婺州之金華」，則列為第四矣。可見在第十六世紀初期的明代，金華酒尚未能取代北方的白酒。再說，人類的生活習慣，基於水土，何以北方人嗜愛白酒，風土習尚然也。西門慶家的

餐飲酒類，竟以金華為主，白酒極少飲用，良有違齊魯人的習尚，這一點，非鄭先生的徵引所能否定。因為鄭先生沒有證據說明，在明代尚不流行白色酒類。

關於「馬桶」，我非常同意鄭先生的看法，「北方的大戶人家，想來與南方大戶的生活享受差不了多少，當然會使用馬桶。」然而我看西門慶家使用馬桶的情形，與北方人使用的情形，大不一樣。請看第八十五回第三頁第三行到五行所寫：「須與坐淨桶，把孩子打下來了。只說身上來，令秋菊攬草紙倒將東淨毛司裡。次日，掏坑的漢子挑出去，一個白胖的小廝。」試看這裡寫的：「掏坑的漢子挑出去」，以及前面那句：「令秋菊攬草紙倒將東淨毛司裡」，則全不是北方人使用淨桶處理糞便的生活情實。談到此一問題，卻又不得不多說幾句。

第一，我們必須了解北方的農耕施肥，與江南大不相同。江南用水肥，把廁坑中的糞便，加以水以桶挑出，用水瓢舀出，一舀舀直向農作物灌施。北人用的是乾肥，他們要把糞便發酵後曬乾，使人碾碎成粉末，用車送到田中，用木掀（ㄒㄧㄢ）鏟起，一鏟一鏟的撒在田中。是以北方人家的「毛司」（茅廁），不是水坑，乃平地。廁內經常置土一堆，鏟一把、帚一把，便後，以鏟鏟土蓋之。處理糞便時，通常以柳條圓筐挑出，用鏟鏟入柳條筐，挑出倒入糞坑。這種糞坑，若在農家，每家必有一個，城內的商家，宅第大，也備糞池，宅第小，就不一定有。這種糞池（坑），如不是在雨季裡，糞池中的糞便，不是水類，而是泥類。將滿時，便掏出，再加土製成餅塊或球形，放在太陽下晒乾，作成粉末，堆成糞堆，發酵成熟，方能用車輸到田中使用。若未發酵成熟，施肥田中會生蟲。

第二，在北方，任何縣市，城之四方，都有不少家糞場，他們經營糞便的生意。城中的大戶人家，糞便的處理，便包給這些經營糞便的糞場。鄉間的農家，全是各家處理各家的。所以北方人處理糞便，不是把「淨桶」裡的糞便，倒在「毛司」裡，而是傾入糞坑。像西門慶這樣的大戶人家，不可能沒有「糞池（坑）」。我在前面說了，北方人的「毛司」是平地，不是水坑，潘金蓮小產到淨桶中的孩子，如何能「倒將東淨毛司裡」，而秋菊不曾發現？再說，「掏坑的漢子」，若是一位北方人的話，他掏的應是北方人的大糞池，不是南方人的「毛司」——水坑。北方人的大糞池，所蓄糞便已加土成泥，淨桶中孩子，縱可傾倒在這大糞池中，也沉不到泥中去，也只是如同傾倒在平地上一樣，如不加工在泥中挖坑，那小產的死孩子，便無法掩沒了。試想，寫了這番話的作者，怎會是北方人？在生活習尚上說，這位作者必是江南人也。

第三，北方有所謂「拾糞」的名詞，且可作為職業。當可想知糞便在北方的貴重，人類的糞便，更是此中的上品。南方則無「拾糞」之說，因為處理糞便的方式不同。說來，又是題外話了。孟子云：「淫辭知其所陷。」又何必遠徵費辭，故意淆亂聽聞！

　　最後，我想再為鄭先生發表於《中外文學》的酒色財氣之說，略答數語。鄭先生認為《金瓶梅詞話》第一回中的入話，只是承襲了元明人的寫作傳統，拉不到政治諷諭上去。可是今年美國印地安那大學召開的《金瓶梅》討論會，不是有人說到蘭陵笑笑生筆下的西門慶，寫得像個皇帝嗎？此話則與我的論點合焉。鄭先生你正好是此一會議席上的成員也。

附錄四　巡按御史稱柱下史的問題
——屠隆是《金瓶梅》作者補說

　　《金瓶梅詞話》第四十八回有一封開封府通判黃美，寫給巡按御史曾孝序的信，信的開頭這樣寫：「寓都下年教生黃美，端肅書奉大柱史曾年兄先生大人門下……」多年以來，我總認為巡按御史為「大柱史」乃是小說家言，未去理它。近來讀屠隆的《鴻苞集》，其中有一篇〈古今官制沿革〉，卻明白的說到巡按御史可稱「大柱史」的史料。

　　該文在寫到「都察院」時，說：

> 都察院臺卿、御史、臺郎，總為「臺官」。今都察院稱內臺，按察司稱外臺；俱
> 上應，執法星；故官服俱用薦獬。左都御史，右御史大夫，副僉都，古御史中丞；
> 十三道御史，其屬也。御史大夫，秦官，漢因之，位上卿。漢御史大夫，有兩丞，
> 一曰御史丞，一曰中丞；以執法殿中，故曰中丞。中丞在殿中執法。外督部刺史、
> 御史，周時不過贊書記之職，至秦漢始為督察之官。糾彈不法，百僚震恐，以其
> 為糾彈憲臣，故為臺卿屬，而不相制，與他屬官不同。在周為柱下史，老聃嘗為
> 之，掌天下圖書史籍，不主彈劾；彈劾自秦漢始也。後漢亦謂之「蘭臺」，掌秘
> 書，是猶存周官遺意也。至今日，則專掌糾彈，而秘書文字，專屬翰林矣。漢時
> 侍御史，出巡方國，號繡衣直指使者，即今日之巡按御史也。……

　　可見，巡按御史稱「大柱史」，還是有歷史根據的，只是我們讀書太少，未能蠡知而已。此一稱謂，我曾請教多位研究文史的朋友，都說沒有聽說過，或說距離太遠。近來，我又在文翔鳳的《太微集》中，讀到一篇〈崇禎甲戌（七年）春正月人日巡按應天等處監察御史東海門人遲大成沐手書〉的序文，下鈐兩方私印，上朱文，曰：「遲大成印」，下白文，曰：「柱史之章」。也自稱監察御史是「柱史」。

　　按文翔鳳是陝西三水縣人，萬曆三十八年進士，遲大成是天啟五年進士，自稱是「東海門人」。按遲大成是山東萊陽人，或可稱籍「東海」，可能是文氏門人。但其鈐曰「柱史之章」，此一稱呼，想是援用了屠隆的說法。

　　再者，另一屠隆的鄉人薛岡，在所著《天爵堂集》卷四，有一篇〈御史楊公九載考

滿序〉一文，一下筆即云：「古有侍御史主柱下方書，糾察不法，及秦監郡國，稱監察御史，威烈赫奕，莫之能犯。」薛岡亦鄞人，稱監察御史為柱下史，想必也是援用了屠隆的說法。

我尚未能查出在屠隆之前，有沒有像屠隆所寫〈古今官制沿革〉上的這種稱「監察御史」為「柱下史」的稱謂，如果在屠隆之前無此稱謂，那麼，我們可以肯定的說，寫於《金瓶梅詞話》第四十八回中的這封稱監察御史曾孝序為「大柱史」的信函，可能也是援用了屠隆的〈古今官制沿革〉之考說。縱然屠隆不是《金瓶梅》的作者，《金瓶梅詞話》的寫作時間，亦必在萬曆三十年前後，絕難上推到嘉靖去。斯亦證也。

我們如援用此一證據，認為屠隆是《金瓶梅》的作者，似乎比《開卷一笑》中的〈別頭巾文〉更具證據價值。此一說法，乃屠隆考證所得也。[1]

屠隆不惟讀書多，下筆亦勤。他自萬曆十二年罷官後，直到萬曆三十三年故世，二十餘年來，一直賣文為笙。有些官場稱謂，往往獨樹一說。像監察御史稱之為「柱上史」或「柱史」、「大柱史」，尚有史乘可稽，他稱禮部為「蘭省」，則就難知其以何史為據矣。

在他的《白榆集》（萬曆二十八年刻）書牘中，幾有十次以上的書信，稱他服務的禮部為「蘭省」。此一稱禮部為「蘭省」的說法，如以史論，委實令人納悶。可是屠隆一次又一次，說了如此之多。如卷十書五〈報龍君善司理〉云：「……濫次蘭省，居恆有柱笏西山之意。」同卷書五〈答李惟寅〉云：「含香之署如僧舍，沈水一鑪，丹經一卷，日生塵外之想。蘭省簿牘，有曹長主之，了不關白。……」再同卷書五〈與沈嘉則〉云：「婆娑蘭省，曹務總歸曹長，了不關白。平明入署，如坐僧舍，焚香讀書，亦甚清適。」又卷十一書六〈報董伯念〉云：「蘭省客，亦大豪舉哉！」同卷書六〈答胡從治開府〉云：「而屠生者，今低回刺促龍鍾白首，一蘭省郎，余恐青蓮笑人也。」又卷十四書九〈答方眾甫〉云：「與足下別，三見蕙草矣，花縣飛觴，蘭省促膝，故驪杳然。」再同卷書九〈與李濟南〉云：「一旦以無罪罷蘭省，困可知已。」再同卷書九〈答胡從治開府〉云：「不穀待罪蘭省，與足下都無生平懂，……」無疑的，屠隆這些書信中說的「蘭省」，都是指的禮部。

按屠隆於萬曆五年（1587）中進士，選任穎上令，再轉青浦令。之後，遷禮部儀制司主事，年餘即因事罷官。〈與李濟南〉書中的「一旦無罪罷蘭省」，更顯明的，乃指稱

---

1 黃霖指出屠隆為《金瓶梅》作者，重要的依據是明刻《開卷一笑》（一名《山中一夕話》）卷五的〈別頭巾文〉（包括〈哀頭巾詩〉），也出現在《金瓶梅詞話》第五十六回，作者「一衲道人」，乃屠隆的筆名。

禮部為「蘭省」。再者，屠隆的親家翁張應文寫的〈鴻苞居士傳〉，曾說：「居士舉萬曆丁丑（五年）進士，出為穎上青浦令，治行第一，遷禮部儀制司主事，以讒去官，林居二十歲，乙巳（萬曆三十三年）八月二十五日病卒，享年六十四歲。」那末，越發證明了屠隆那些書信中說及的「蘭省」，全是指的「禮部」。亦足徵禮部就是屠隆口中的「蘭省」。

以「蘭省」代稱「禮部」，不知在屠隆以外，尚有何人？關於此一問題，我也曾請教過一些治文史的朋友，無不頗感茫然。足以說明把禮部稱為「蘭省」，乃極少見到，也極少聽到的代稱名詞。

再按「蘭省」一詞，乃唐朝官制尚書省的異名。唐之尚書省總括吏、禮、兵、工、都官（刑部）、度支（戶部）六曹，與尚書令下的左右僕射，合稱八座。一如我們今日的行政院，乃全部政務的總匯。換言之，「蘭省」既是尚書省的異名，那麼，六曹的每一部，都可以稱之為「蘭省」矣。想來，似不合適。查《大漢和辭典》之「蘭省」一條，記有「唐無名氏」除鄭明工部尚書同平章事制：「諫垣蘭省，常推讜正之風，廉俗登壇，克懋撫循之職。」則此說所指，乃臺諫之官署矣！

又一說，「蘭省」乃「蘭臺」的異名。那末，「蘭省」既是「蘭臺」的異名，則又是史官的官署矣。屠隆的〈古今官制沿革〉一文，論及「蘭臺」時說：「古有史官、太史、太史令，掌修史起居注，起居郎掌逐月記事，以授國史，今則一以翰林兼之。」是以明朝人稱翰林院的翰林等官為「太史」。屠隆在該文中又說：「翰林院古無其名，東漢置秘書監，掌典圖書古今文字合異同。又置蘭臺、東觀，蘭臺有令史，東觀有校書郎、著作郎。……」蓋「蘭臺」乃漢時宮廷之藏書所也。《漢書·百官公卿表》：「在殿中蘭臺，掌圖籍秘書。」這樣看來，明之翰林院，或可稱「蘭臺」、「蘭省」，可是，身為禮部儀制司主事的屠隆，則一再稱述他服務的禮部為「蘭省」，頗令人不解。

像屠隆的這些說詞，監察御史稱「柱下史」，尚有考說可據，稱禮部為「蘭省」，可就不知以何史為據矣。可是，那些收信人，都是當朝一時雋彥，也未見屠氏文集中，有與友人討論禮部稱「蘭省」的問題。想來，屠氏的此一說詞，總是有史據的吧？還是另有喻義呢？尚待考索。還有期於賢者教之焉！

附錄五 《金瓶梅》的新史料探索

　　自從美國芝加哥大學馬泰來先生，發現了謝肇淛的〈金瓶梅跋〉，使明朝人論及《金瓶梅》的史料，增加到九人；如今，上海復旦大學的黃霖，說到薛岡的《天爵堂筆餘》，王重民提要到一則，共十一則矣！全文如下：

> 往在都門，友人關西文吉士，以抄本不全《金瓶梅》見示。余讀數叟，謂吉士曰：「此雖有為之作，天地間豈容有此一種穢書，當急投秦火。」後二十年，友人包嚴叟以刻本全書寄敝齋，予得盡覽。初頗鄙嫉，及見荒淫之人，皆不得其死，而獨吳月娘得善終，頗得勸懲之法。但西門慶當受顯戮，不應使之病死。簡端序語有云：「讀《金瓶梅》而生憐憫心者，菩薩也；生畏懼慎心者，君子也；生歡喜心者，小人也；生效法心者，禽獸耳！」序隱姓名，不知何人所作，蓋確論也。所宜焚者，不獨《金瓶梅》，《四書笑》、《浪史》，當與同作坑灰。李氏諸書，存而不論。

　　薛岡的這一番話，有以下幾個問題，需要我們探索討論。第一，薛岡的生活背景及其著作，第二，關西文吉士是誰？推繹薛岡何時讀到抄本？何時讀到刻本？第三，薛岡文中的「簡端序語」問題。第四，薛岡文中的這位包嚴叟，生活背景如何？第五，抄本與刻本的內容，有無出入？第六，薛岡這則史料的研究價值。

(1)薛岡的生活背景及其著作

　　從薛岡的《天爵堂集》看，有李維禎、米萬鍾、范汝梓、薛三省等人的序文。李序於天啟甲子（四年），米序於天啟乙丑（五年），范汝梓則序於崇禎壬申（五年），則此書刻於崇禎五年稍後，殆無疑問。

　　至於《天爵堂筆餘》的寫作年代，薛岡在敘中說：「余自乙未至癸丑，其間觸於目，騰於耳，而欲宣洩於口者，輒以條紙筆而篋之。」按乙未乃萬曆二十三年（1595），癸丑乃萬曆四十一年（1613）。但此一部分在萬曆乙卯（四十三年）冬，為其友人周野王取去，編成八卷四冊，未付剞劂而野王病故。待尋回時，餘不過十之三四，刻諸都下。久而觀之，頗覺冗長，遂又合續寫總為芟刈再刻之。是以這兩卷筆餘，有神廟以後事。那麼，所記《金瓶梅》事，自是天啟或崇禎間所記，自亦無疑問。

按薛岡乃鄞縣人，布衣。在其自傳〈織履道人〉文中，說明生於嘉靖辛酉（四十）年七月十日，又在〈重刻天中稿序〉文中說「……歲戊子年二十八」，戊子為萬曆十六年，則堪證薛岡確應是生於嘉靖四十年（1561），抵崇禎元年已年六十八矣。

(2)關西文吉士是誰？推繹薛岡何時讀到抄本？何時讀到刻本？

薛岡最初讀到的《金瓶梅》不全抄本，究在何時？關鍵在上錄文中的那位「關西文吉士」的生活背景；那麼，這位「關西文吉士」是誰呢？

查《天爵堂集》有幾卷尺牘（卷十六、十八），其中有一封給〈文太青光祿〉的信。按文太青（亦作清）是文翔鳳的別號，陝西三水人，萬曆三十八年進士，三十九年任山東萊陽令，四十一年卸任，後升到光祿寺少卿。著作頗豐，知名當世，乃晚明學界聞人。我們先看薛岡寫給文太青的這封信：

> 數月金陵，解衣推食，而又每每先於所往。二十年肝膽，愈久愈真，何敢忘也。
> 不佞弟賣文為活，是天所命，不當逆天浪遊；既鮮遊福，亦短遊才。頃奉命走彼
> 地，主人誠如葉公，有好龍之癖，門堂几席，畫龍滿前，而獨不好不佞弟，以弟
> 為足下推轂，是張僧繇所畫之龍，試一點睛，即便飛去，不能為其馴狎耳。然不
> 佞弟寧為足下屋上之烏，不願為他人軒前之鶴，而況肯以此身為此君之畫龍乎！
> 兒下第歸，弟亦將就北道。兒年尚少，需三年不妨，但此三年間，不知望七老人
> 之容面何若也！致所欲言，不他及。（卷十七）

由此信上語言觀之，足證薛岡與文翔鳳相交，已「二十年」，而且曾「解衣推食」，乃肝膽相照的朋友。這信還說到被文氏推薦到某處，竟未被青睞而歸，寧願作文太青屋上的烏鴉。尤其最後，竟將下第的兒子託寄給文太青管教三年，以期下闈再試。他們的交情，可以稱得上是推心置腹的莫逆之交。

那麼，這封信寫於何年？文中有「望七老人」之語，顯然已是天啟末崇禎初了。

再查薛岡有子二人，長之璞，喜讀書，二十歲亡故。只餘一子之璜，已中秀才，文集中有喜璜兒游泮的歡愉詞語。此函中，所謂的「兒下第歸」，自是指的鄉試未捷。若以之比對他的「望七老人」之說，這封信的寫作時間，當為天啟七年丁卯（1627），薛岡年六十七歲。蓋翌年崇禎元年戊辰有春闈之試，天啟七年的丁卯，正是秋闈期。是以我們可以肯定薛岡此一信函中說的「兒下第歸」，自是指的天啟七年，已無可爭議。

此信既可肯定寫於天啟七年，則此信中所說的他與文太青相交已二十年，則其初交恰好是萬曆三十七年（1609）前後。通常，遠地舉子中試後，總要晉京作明年會試前的準備，即吾人常說的「晉京趕考」。文翔鳳是萬曆三十七年的舉人，家在關西陝之三水，秋闈後即行晉京，自是一種事實。薛岡在燕都滯留三十年，他們可能相交於此時。由萬

曆三十七年數到天啟七年，為數十九，縱以萬曆三十八年算起，也十八年了。古人習以成數計年，那麼，薛岡與文翔鳳相交自萬曆三十七、八年間始，自然可以稱之為「相交二十年」。

再說，薛岡文中的「關西文吉士」，怎麼就能據此肯定就是文翔鳳呢？第一，文翔鳳是陝西三水人，而且文氏是三水的望族，他們都是宋朝名臣文彥博的後裔，「關西文」氏置於文翔鳳這人的頭上，應是沒有問題的吧！第二，文翔鳳是萬曆三十八年的進士，翌年（三十九）方始選任山東萊陽令。在文翔鳳中了進士，尚未獲得選任職官的這段日子，如何稱呼他呢？稱之為「文進士」嗎？不大恭敬。在進士中，有選為庶吉士的，可以稱為「吉士」。雖文翔鳳並未膺選為庶吉士，薛岡在文翔鳳中了進士而尚未派官的時期，稱之為「文吉士」的尊敬詞，自也是行文的常理。所以我認為薛岡筆下的這位「關西文吉士」，除了文翔鳳太青可以當之，其他，無法尋到別人。雖說陝西三水的文氏，在萬曆一朝有四位進士，(一)甲戌（二年）的文運熙，(二)癸未（十一年）的文在中（翔鳳父），(三)辛丑（二十九年）的文在茲，(四)庚戌（三十八年）的文翔鳳；此四人都無選任庶吉士的紀錄。在薛岡《天爵堂集》中，只有文太青這一位相交二十年而肝膽相照的朋友。這位「關西文吉士」，不是文翔鳳又能是誰呢？

我們把問題探索到這裡，可以說，薛岡讀到《金瓶梅》（不全抄本）的時間，應為萬曆三十八年間無疑。由萬曆三十八年（1610）下數二十年，則正好是崇禎初年（約在崇禎三年——1630——前後）。薛岡讀到的《金瓶梅》刻本，自然是所謂的「崇禎本」。

(3)薛岡文中的「簡端序語」問題

另外，在薛岡論到《金瓶梅》的這段話中，曾說：「簡端序語有云：『讀《金瓶梅》而生憐憫心者，菩薩也；生畏懼心者，君子也；生歡喜心者，小人也；生效法心者，禽獸耳！』」按薛岡所錄刻本《金瓶梅》的「簡端序語」，乃東吳弄珠客序文中的話，把東吳弄珠客的序置於「簡端」（第一篇），是崇禎刻本的形態，因為崇禎本無欣欣子的序文。在所謂「萬曆本」的《金瓶梅詞話》，共有三篇序跋，第一篇是欣欣子的序，第二篇是廿公跋，第三篇纔是東吳弄珠客的序文。到了「崇禎本」，欣欣子的序便刪去了，東吳弄珠客的序，置於第一篇。那麼，薛岡既然說東吳弄珠客的序文是「簡端序語」，他讀到的刻本，當然是「崇禎本」了。

還有，薛岡又說：「序隱姓名，不知何人所作？」這話更加說明了，薛岡讀到的是「崇禎本金瓶梅」，不是所謂的「萬曆本金瓶梅詞話」。何以？薛岡讀到的如是《金瓶梅詞話》，就不致於說「序隱其名，不知何人所作？」因為欣欣子的序文，已說明《金瓶梅》的作者是「蘭陵笑笑生」，雖是筆名，並非真實姓名，但「蘭陵笑笑生」也是名字。薛岡如讀到了欣欣子的序，怎的還會說「不知何人所作？」這一點，豈不是也說明了薛

岡讀到的刻本《金瓶梅》是「崇禎本」嗎？

(4)薛岡文中的這位包嚴叟，生活背景如何？

薛岡文中的這位包嚴叟，是寄《金瓶梅》刻本給薛岡的友人。在薛岡的《天爵堂集》中，有數處提到這位朋友，他是薛岡的知交，也是鄞縣人。卷四有一篇〈送包嚴叟赴德州判官序〉，乃知此人曾任德州通判，他是南雍（南京太學）監生入選的。在德縣志的職官表中，萬曆末年（四十五、六年間）有一位名包士瞻的通判，就是這位包嚴叟。但在《寧波府志》，則無此人的任何記載。《天爵堂集》卷二，有一篇〈妄談序〉，就是序包士瞻的著作《妄談》。可以想知此人尚有著作。

在寧波府的〈藝文志〉中，目錄有薛岡的《天爵堂集》，可是包士瞻的《妄談》，則未列入，自可想知此人在鄉里中的聲望，極為低微。

不過，他寄給薛岡的《金瓶梅》刻本，業已推繹確定是「崇禎本」，似不必再為此人多費筆墨了吧。

(5)抄本與刻本的內容有無出入？

過去，曾有人認為最早的《金瓶梅》無淫穢的描寫，如袁中郎第五世孫袁照曾在《袁中郎遺事錄》中說，以及清朝乾隆五十九年王仲瞿序之《古本金瓶梅》，也持此說。實則，《金瓶梅》在傳抄時期，就有淫穢的描寫。袁小脩的日記《遊居柿錄》，謝在杭的《小草齋文集》（〈金瓶梅跋〉），記述到的抄本《金瓶梅》，全有淫穢的描寫。如今，又多了一則《天爵堂筆餘》薛岡論及《金瓶梅》的話。關於《金瓶梅》的內容是淫穢的問題，在傳抄本中就是如此，自是不必爭論的了。至於抄本與刻本的其他內容有無不同，薛岡的這段說詞，卻也提供了一句可以推演的話。

我們看薛岡讀了抄本之後，有一句話說：「此雖有為之作，天地間豈容有此一種穢書！」這話中的「有為之作」四字，當是指的內容乃「有為」而寫，一如欣欣子序文中的「寄意於時俗，蓋有謂也。」自亦同於袁中郎說的「雲霞滿紙，勝枚生〈七發〉多矣！」我們可以據薛岡的這句「有為之作」來推想他讀到的抄本，其中尚有諷諭的筆楮，到了他讀到刻本時，則未再說「有為之作」的問題，只著眼於淫穢部分之應付秦火而已。基此，自可想知抄本與刻本的內容必有出入。

事實上，所謂「萬曆本」的《金瓶梅詞話》，與「崇禎本」的《金瓶梅》，在內容上也是有出入的。譬如「崇禎本金瓶梅」的第一回，便與《金瓶梅詞話》的第一回，內容完全不同。「崇禎本金瓶梅」已把「萬曆本金瓶梅詞話」第一回中的政治諷諭，全部刪除而纂改成西門慶熱結十兄弟了。同時，第四十八回的「蔡太師奏行七件事」，也被刪減得七零八落。還有第七十一回最能隱喻泰昌元年的一年兩冬至，也被改得無從印證。光是《金瓶梅詞話》與「崇禎本金瓶梅」，內容也有了異趣。只是淫穢的部分還大多相

同。

　　那麼，所謂「萬曆本」的《金瓶梅詞話》，是不是原始《金瓶梅》的內容呢？我在拙作《金瓶梅的問世與演變》（時報公司印行）及《金瓶梅劄記》（巨流公司印行）兩書中，業已推斷出《金瓶梅詞話》並非《金瓶梅》的原始稿本，是改寫過的本子。在《金瓶梅詞話》之前的《金瓶梅》，是不是西門慶身家興衰的故事？尚值懷疑。我在本書中，寫有一篇〈賈廉、賈慶、西門慶〉一章，在第十七回與第十八回已尋出了改寫的痕跡，推想原始的《金瓶梅》可能不是西門慶的故事，而是賈廉的故事。《金瓶梅劄記》中的一篇附錄，也說到了。至於袁小脩寫於萬曆四十二年間的日記，謝在杭寫於萬曆四十一年以後的〈金瓶梅跋〉，都可能有所掩飾。也就是說，他們明明知道《金瓶梅》的內容是政治諷諭，也知道作者是誰，卻怕牽連到「妖書」（萬曆三十一年間，有人用假名問答，暗諷當今皇上寵幸鄭貴妃將廢長立幼的小冊子）事件，惹到滅族的麻煩。遂有計畫的掩飾了他們讀到的《金瓶梅》乃是西門慶與潘金蓮等人的家庭淫靡故事。從袁中郎寫於萬曆三十四、五年間的《觴政》來作推想，可以說，他們在萬曆三十四年間便已計畫改寫《金瓶梅》了。我的理由是：袁中郎寫《觴政》的時候，他明知道《金瓶梅》尚無刻本問世，連原稿他也只讀到一部分，何以竟把《金瓶梅》與《水滸傳》列為酒場甲令？而且說：「不知此典者，乃保面甕腸。」像袁中郎這樣有智慧有才名的人，怎會如此唐突而孟浪邪？若說此時的袁中郎已有了改寫《金瓶梅》的計畫，則《觴政》之說，就有了理由了。

　　總之，《金瓶梅》在未刻成《金瓶梅詞話》之前，有二十餘年的時間都在傳抄中，極可能在萬曆三十四年之後，傳抄的《金瓶梅》就是改寫過的稿本。果爾，則薛岡在萬曆三十八年間讀到的「不全抄本金瓶梅」，可能就是改寫後的傳抄稿本。

(6)薛岡這則史料的價值

　　薛岡這則史料的發現，證明了《金瓶梅詞話》在明朝雖已刻出，但並未普遍發行，是以明朝論及《金瓶梅》的這九人，並無一人談到欣欣子的序文，自也無人論及蘭陵笑笑生。像薛岡，他是一位由嘉靖四十年生活到崇禎年間（最少活到崇禎十年左右）的人物，他讀到的《金瓶梅》，雖由抄本讀到刻本，竟然沒有讀到《金瓶梅詞話》，也未提到《金瓶梅詞話》，豈不足以證明我在《金瓶梅的問世與演變》一書中的推論是正確的。我的推論是：《金瓶梅詞話》約在天啟二三年間刻出，刻出後，正遇上天啟朝在修《三朝要典》（挺擊、紅丸、移宮等三案，即萬曆四十三年一名男子持棗木棍打入太子宮庭的事件「挺擊」；萬曆四十八年八月末，光宗常洛食紅丸送命事件；熹宗由校登基光宗的選侍還住在中宮，楊漣等逼這位李選侍移宮事件），因為《金瓶梅詞話》第一回就寫有漢劉邦寵戚夫人有廢嫡立庶的入話，還有其他政治諷諭等，所以不敢發行。《金瓶梅詞話》既然沒有敢公開發行，當然明朝人大多不知道《金瓶梅詞話》這部書，「欣欣子」與「蘭陵笑笑生」自然就無人知

曉了。有機會獲得這部《金瓶梅詞話》的人，卻也不敢聲張。後來，遂有了改寫第一回及其中有關可能會惹起麻煩的政治諷諭，全一一加以刪改。今所謂「崇禎本」的《金瓶梅》，便在崇禎初問世。薛岡的這則史料，不是清楚的提供出了嗎？

薛岡的這則史料，業已明白道出了崇禎本《金瓶梅》問世的年代，也清楚的對證了《金瓶梅詞話》之不曾在明朝普遍發行。關於這一部分，都是前有的十則史料所不曾提供的。可以說，這一則《金瓶梅》史料的出現，對於《金瓶梅》這部書的問世與演變，助益大矣！

附錄六　《新刻繡像批評金瓶梅》（內閣文庫藏本）出版書肆之研探

荒木猛原著，任世雍譯

眾所周知，現存之《金瓶梅》有以下三種版本：一、東吳弄珠客序於萬曆丁巳（四十五年）之《金瓶梅詞話》本；二、發行於崇禎年間之《新刻繡像批評金瓶梅》本；三、發行於康熙年間，張竹坡評之為「第一奇書」本。今依出版年次，第一種版本稱之為「萬曆本」，第二種「崇禎本」，第三種「康熙本」。「萬曆本」與「崇禎本」之間有以下六處相異：

一、「萬曆本」刊有欣欣子序及開場詞，而「崇禎本」則闕如。

二、「萬曆本」回目之字數及對偶有不齊稱之處，而「崇禎本」則經潤修，已無此弊。

三、第一回之開頭處全然相異。

四、五十三至五十四回之全文亦全然相異。

五、「萬曆本」第八十四回有吳月娘赴泰山進香還願，歸途遭強梁劫持，後幸為宋江所救之一節，乃是受《水滸傳》之影響，而「崇禎本」則全部刪除。

六、「萬曆本」多山東方言，而「崇禎本」或改或刪，閱讀容易。

至於「崇禎本」與「康熙本」[1]之間，除康本改題為第一奇書，書首處加增謝頤序、竹坡閒話、苦孝說等，以及本文內增添張竹坡論評而外，本文並無太大出入。但出入處果真僅止於此乎?!尚有待查證[2]。

向來《金瓶梅》之研究，除上述之版本問題，泰皆焦聚於題材和作者之探索。但是

1　有關「萬曆本」與「崇禎本」之異同，已有學者專家多人指出。本處之主要參考文獻為(一)鳥居久靖〈金瓶梅版本考〉（《天理大學學報》18 輯，昭和 30 年 10 月），(二)小野忍〈金瓶梅解說〉（平凡社刊《中國古典文學大系》33 所收，昭和 42 年）。

2　參閱前揭鳥居氏文。

「萬曆本」、「崇禎本」、「康熙本」到底是由何家書肆（店）發行之問題，卻未見有人探研。筆者認為研究有明一代之小說（不限《金瓶梅》一書），出版書肆之研究實為不容忽視之問題[3]。伊藤漱平氏早在其《中國八大小說》（昭和40年，平凡社出版），一書中之中國近世小說序言中指陳，探研小說作者或改撰作者，應先著眼於出版書肆與彼等間密切的關係。

有關「萬曆本」，最近臺灣魏子雲於其《金瓶梅探原》[4]一書中，雖未能舉列確鑿之證據，但卻能推陳出二項結論：

(一)弄珠客序於萬曆丁巳年之詞話本方才是《金瓶梅》之初刻本。

(二)有此財力發行《金瓶梅》之出版商，無疑應是發行袁中郎家集《袁石公集》或楊定見敘之《水滸全集》之袁無涯。美中不足者，上二論僅止於推測而已。與當時眾多書肆中何獨雀選袁無涯，魏氏尚乏令人信服之確證。況且丁巳序本確屬北方刊，早有鄭振鐸一說。魏氏今後應當蒐尋有力的線索，並予綿密之過濾，方能令人心折。此外，魏氏《探原》一書，慢酌細慮各方資料始判《萬曆野獲編》內有關《金瓶梅》之記事，可信度甚微。由此復推論《野獲編》之撰者絕非「萬曆本」之作者。由於《野獲編》中有關《金瓶梅》之記事，向為闡明《金瓶梅》出版歷程之重要資料，因此魏論對於今後《金瓶梅》之研究，具有意義深遠的啟示。尚祈魏氏百尺竿頭能做更精密之查證，以強化所論。

至於現存之「崇禎本」有以下五種：

一、《新刻繡像金瓶梅》，北京首都圖書館藏本。

二、《新刻繡像批評金瓶梅》，內閣文庫藏本。

三、同二，東京大學東洋文化研究所藏本。

四、同二，天理大學藏本。

五、同二，北京大學圖書館藏本。

上列五種雖皆屬「崇禎本」。但據故鳥居久靖氏，除二與三同版外，餘一、四、五，皆在本文字句上有些微之差異[5]。日本現存之「崇禎本」有內閣文庫本、東大本，以及天理大本三種。筆者有幸能拜讀者僅內閣文庫本及東大本，方始確認故鳥居氏所言不虛，即內閣本與東大本乃完全一致之同版本。同時，另由內閣文庫本發現一耐人尋味之事。內閣本原應有封面、東吳弄珠客序、廿公跋，及圖五十頁百張等。據說於運搬等紛亂之際

3　參閱上書頁 26-28 之註 1。

4　1979 年 4 月，臺北巨流圖書公司刊。

5　參閱前揭鳥居氏文。

散失，現僅存線裝百回本文二十冊。而筆者發現的是，二十冊線裝之表紙係用印刷物之背面張貼而成。由於迄今似尚未有人注意此事，故借此發表以就教博雅之士。奇怪的是東大本並無此象。由於印刷物正面貼有未印刷過之紙一張，故無從直接知悉印刷物之內容。後經透視方才辯識其上文字。或能因此尋覓出若干線索，故將其中具有特徵之部分摘錄於下：

（上記表中，□之部分表示印刷不明之字。又傍線部分原以魚尾書寫之部分。阿拉伯數字則為敘述

便利計而加附之。)

這些不明印刷物經筆者再三推思,當應發生於以下二種場合:

(一)裝訂妥善之書籍,由於表紙或損或失,後世遂有人以印刷物之背面為表紙來張換。

(二)出版書肆於裝訂之際,用自家印刷物中粗劣理應廢棄者以為表紙用。

此二假設,筆者認為第一種說法似難成立(稍後有說明,不在此贅言),故僅以第二說試予闡明。如此,筆者發現二條較為明晰的線索,即 2 之《逸品繹函》(因下接目錄,故推斷為書名),和 22 之《十三經類語》二書,當與內閣本《金瓶梅》版於同一書肆。於是再度查閱《內閣文庫漢籍分類目錄》,始知:2 之《逸品繹函》屬《八品函》之一部,而《十三經類語》之藏書有二種。遂立即調閱此二書,始知《八品函》全書共計十九冊:一至三冊為詩函,四、五冊賦函,六、七冊文函,八、九冊書函,十、十一冊四六函(雖為題簽所掩遮,翻閱內面發現有啟函),十二冊至十五冊史函,十六至十八冊子函,十九冊為逸函。各函首皆有陳仁錫序及目錄。內容則以內容形式為別,分納古今名文。此當為元明以來大量出版之通俗類書物之一種。將此(《八品函》)與用於《金瓶梅》表紙之印刷物相較,發現二者完全一致——即 2 之部分與第十九冊目錄起首處,8 之部分與同書第九冊,9 之部分與同書第八冊,13 之部分與同書第十八冊皆一致無異。《十三經類語》之兩書皆為十四卷七冊,再加載記明。何兆聖編之《十三經序論選》一卷一冊,計共八冊。明·羅萬溙編,魯重民注,序於崇禎十三年。如以內容別,分一百三十四類,納十三經,仍屬通俗性讀物。將之用於《金瓶梅》表紙之印刷物來相較,即可發現 14 之部分與該書(《十三經類語》)第五冊卷三、立教類一之部分一致,又 22 之部分亦屬同頁之一部。如此,我們泰可判知《金瓶梅》之部分表紙乃是採用《八品函》和《十三經類語》印刷殘餘之劣紙。

序《八品函》之陳仁錫,可見諸《明史》卷二八八〈文苑傳〉。依此,陳字明卿,父元賢亦為進士出身。仁錫於天啟二年進士及第,曾官至翰林編修,因違拂魏忠賢而遭貶。崇禎登基後旋又復官,並累官至南京國子祭酒。生性好愛著述。《東大東洋文化研究所漢籍目錄》曾列舉其自身著作,以及其為他人著作附加論評者,計達三十二種之多。作者不欲在此一一贅舉。其中,書商為促銷而借用其名者當亦不在少數。《四庫全書總目提要》(以下簡稱《四庫提要》)卷二十三、《重訂古周禮》六卷第一條有如此評語,本書雖為陳仁錫所撰,然「其註釋多剽竊朱申句解。體例尤為猥雜,殆庸劣坊賈託名,未必真出仁錫也。」除此,《四庫提要》尚有陳之其他著作:卷八之《繫詞十篇書》十卷(二),同卷之《易經頌》十二卷(三),同卷三十七之《四書考》二十八卷(四),同卷六十五之《史品赤函》四卷(五),同卷九十六之《性理綜要》二十二卷(六),同卷之《性理標題彙

要》二十二卷(四)，同卷百七十四之《蘇文奇賞》五十卷(六)，同卷百九十三之《古文
奇賞》二十二卷，《讀奇賞》三十四卷，《三讀奇賞》二十六卷，《明文奇賞》四十卷(七)，
同卷之《古文彙編》二百三十六卷，計十類。其中，(五)之《史品赤函》四卷，與前述
《八品函》之一部雖未能完全一致，然而不僅書名雷同，且卷數亦如一。眾所周知，清於
乾隆三十七年（1772）起，曾動員眾多之學者網羅全國書籍以撰著《四庫全書》及其他提
要。當時雖曾葬埋了甚多不利於大清之書物，但無可諱言亦周延而廣泛地蒐集了全國書
物。是故，《四庫提要》於通行或存在於乾隆年間之書物，提供了可信度頗高之書目。
如從《史品赤函》與《八品函》之一部相互脗合來看，《四庫提要》僅著錄《史品赤函》
一事，即表示明亡後百二十年間，《八品函》已漸成珍品。另亦意謂除《史品赤函》而
外，餘已無復觀閱。但是用於內閣文庫表紙之印刷物上有「書函」、「子函」、「啟函」、
「逸函」，獨缺「史函」之部分。稍前筆者曾論結，《金瓶梅》之表紙乃後世於重新裝訂
之際更換使用一事，實難以成立。其根本原因即基於以上之顧慮。羅萬藻其人，亦見諸
《明史》卷二八八〈艾南英傳〉。〈傳〉云，羅字文止，江西人，天啟七年中舉人。福王
時任上杭縣知縣，與同鄉艾南英、章世純、陳際泰等主持豫章社，後世並稱「江南四大
家」，恬淡寡欲，其有關記事可見諸於《四庫提要》卷百三十八《十三經類語》之條，
及同卷百八十《此觀堂集》之條。至於何兆聖其人則無線索可尋。餘剩魯重民一人。《四
庫提要》卷百三十八《十三經類語》之條內載記魯民重，想來必是魯重民之誤。經筆者
查閱《東大東洋文化研究所漢籍目錄》，發現魯參與或與之相關的著作，除《十三經類
語》外，尚列有《官制備考》二卷，明李日華撰、明魯重民補訂、崇禎元年武林魯氏刊
本、四六全書之一。依此，魯重民當為明末杭州經營出版業之書肆名。又，查閱《京大
人文研究漢籍目錄》，其上除《十三經類語》十四卷（景印岫廬現藏罕傳善本叢刊本）外，
尚載有《輿圖摘要》十五卷、明李日華撰、明魯重民補訂（《四六全書》之一）一書。由
此觀之，魯重民為明末杭州之書賈，經其手至少發行有《十三經類語》、《輿圖摘要》、
《官制備考》三書。又從發行李日華書之書肆以推察，其與李日華（1565-1635）之關係當
頗為密切。是故此人雖未必是內閣本《金瓶梅》之發行者，然其發行年代應是明祚大限
已盡之崇禎十三年或稍晚。

　　昔鄭振鐸氏，從「崇禎本」二百面附圖上簽署之刻工名——劉應祖、劉啟光、洪國
良、黃子立、黃汝耀等，進而慧眼獨識「崇禎本」刊行於崇禎年間，發行地是杭州[6]。今
經筆者查證所識果然不虛，不覺讓人欽佩其觀察之敏銳。

　　如若杭州魯重民氏確為發行崇禎本之書肆，將詞話本蛻變成「崇禎本」者，又是何

6　鄭振鐸〈談金瓶梅詞話〉（1933 年 7 月，北京：生活書店刊），刊載於《文學》創刊號。

許人也？魏子雲氏認為「萬曆本」之作者仍活在崇禎年間，頗有執筆改訂之可能。但鄭振鐸氏卻認為是杭州當時一無名文人為便利南方人閱讀起見，遂將充盈於「萬曆本」內之山東方言予以修改，並大刀闊斧刪其應刪處。鄭氏所言對錯與否，今後尚待專家學者校對分析「萬曆本」及「崇禎本」後方能論定。

  本文乃荒木猛先生偶然發現，雖係探討崇禎本之出版書肆，似亦可以據而研究崇禎本之梓行年月。不過，薛岡的《金瓶梅》史料，卻已提供了崇禎本的最初梓行年月，約在崇禎三年前後。日本內閣文庫之崇禎本是後刻，出版於崇禎末年，可以符契。可參閱附錄四。

子雲附記

後　記

　　在本書印刷校勘期間，接日本友人荒木猛先生（北海道函館大學）來信，就拙作《金瓶梅的問世與演變》一書，提出了幾個問題，率皆有關我提出的涉及政治諷諭者。第一，荒木先生認為關於「詞話本」的入話，寫了項羽、劉邦的寵幸故事，乃援乎《大宋宣和遺事》。不錯，《大宋宣和遺事》的入話，也寫了周幽王寵褒姒，貶太子、廢申后，招來犬戎之亂，以及楚靈王寵嬪嬙之色，起章華之臺，為平王所逐，死於野人家；再寫陳後主之寵張麗華、隋煬帝之寵蕭氏妃。正因為《大宋宣和遺事》寫的宋徽宗這位皇帝的事，自以帝王的寵幸為入話，方能冠於帝王頭上。試想，《金瓶梅詞話》寫的是清河縣流氓西門慶的身家興衰，一開頭就寫帝王的寵幸，豈不是戴不到平民西門慶頭上的一頂王冠嗎？後來，西門慶雖然賄得了五品武職，終究戴不了帝王的王冠。這一點，就是我懷疑傳抄本的《金瓶梅》，其內容可能不是西門慶的故事。《金瓶梅詞話》是改寫本，不是可以肯定了嗎？第二，關於《詞話》第七十回、七十一回中，隱喻的泰昌、天啟兩個元年的冬至，荒木先生則認為此一冬至時日，在萬曆十年、十一年兩年的冬至，也正好相合；（萬曆十年冬至是十一月二十八日，十一年冬至是十一月初九日。）按荒木先生所據乃今人鄭鶴聲編之《近世中西史日對照表》。鄭氏的此一編製，雖以科學方法推算而來，但與明朝實際使用的曆日，頗有出入。蓋明朝萬曆的曆日，文獻上可以尋出三種不同的紀錄，有萬年曆（即耶穌紀元曆）、大統曆、授時曆；當時政府的紀日，則以大統曆為準。到了萬曆朝，節令交替，已有差誤，且有提出重新推算之議。我在《金瓶梅的問世與演變》中，業已說到。是以我依據的節令紀日，乃以明朝帝王之實錄為則。那麼，有關我提出的「一年兩冬至」的政治隱喻，悉據《明神宗實錄》所紀。《實錄》中所紀的冬至節令日期，方是他們當時所遵行的實際日期。譬如荒木先生提出的萬曆十年冬至是十一月二十八日，十一年的冬至是十一月初九日。這日期只是鄭鶴聲的《近世中西史日對照表》所紀，非萬曆朝實際的冬至日也。查《明神宗實錄》卷一三〇，所紀萬曆十年的冬至，是十一月癸未，乃十一月二十九日，非二十八；卷一四三紀萬曆十一年冬至，是十一月初十，亦非初九。萬曆十一年十一月初九日實錄的文白：「丁亥，以明日冬至，遣公徐文璧祭南郊，侯李偉告太廟，公朱應順、侯吳繼爵、大學士申時行、余有丁分祭四壇。」按「丁亥」是初九，說明「明日冬至」。何以初九遣大臣舉祭，猜想是交節時

刻在夜，且近於初九，故於初九舉祭之也。總之，實際上的萬曆十年的冬至是十一月二十九日，十一年的冬至是十一月初十日，非鄭鶴聲的對照所記者也。

特在此向荒木先生說明此一問題。並致萬分謝意！

至於荒木先生提出的屠隆問題，本書附錄二，可作答覆，這裡不多說了。

我在《金瓶梅》一書的研究進行過程中，十五年來，卻一直是匹馬單槍在廝殺，雖未至於不眠不休的困頓於斯事，卻未嘗一日不在此一研究的問題上耗費思考。每在深夜夢中警覺，也立刻起身，開燈展紙，提筆記下，以便明日據以推敲。可以說，我筆之書中的每一問題，都是在千萬輾轉中而焦思熟慮得來。當然，我筆之於書中的每一字，都是心血滴鑄出來的。關於此一心血的凝鑄，曾多次說過，有如老蠶吐絲結繭，己所期者，並非織絲成衣，於焉炫耀外表，而是希求成蛾下子孳生於後世。所以，我決不反對別人依據我的研究去發展新說。所期者，應加註腳也。

說來，我的研究環境，最為寂寞。在臺灣只有我一位從事《金瓶梅》的研究者，連我的家人──妻子兒女（五位子女，均已大學畢業），也從無人來瞅睬我的研究問題，更可以說他們從不問我在做了些什麼？就是有人問他們任何一位，知不知道我這老人已出版了些什麼著作？可能無一人道出一本書名來。他們只知道我在《金瓶梅》的研究工作上，已出版了不少書而已。平常日子，也沒有朋友在這方面相互切磋。近三、五年來，雖有他校學生找上門來，說是有志研究這部書，卻往往一年之後，便一個個失去了影蹤。我知道，這部書難讀，他們消受不了。在朋友中，除了翁同文先生業已洞然了我的研究問題，有時在電話上聊聊，或時與老友莊練閒聊一些有關明史上的問題，其他，幾無談話的對象。試想，我是多麼的需要這方面的朋友啊！

我曾企盼老友水晶回國，卻又無力促成。二十年前，水晶在國內的時候，我們每次閒聊，都過午夜。三公里的路程，他總是徒步返家。如今想來，時不再矣！

大陸方面，雖有數位《金瓶梅》的研究者，頗通靈犀。但所處天各一方，也只有在論文上，交換研究心得而已。

近數年來，我的研究，多著眼於書中情節的錯誤，冀望提醒《金瓶梅》的研究者，別再誤判了內容，鬧出笑話來。說起來，像《金瓶梅劄記》以及這部《金瓶梅原貌探索》，都是為所有有志於研究《金瓶梅》的人，研究出來的工具書。像我這兩部書摘錄出來的情節詿誤，過去，大都未曾被人提出。也許，還有我未能周詳或摘錄有誤的地方，尚有盼智者指正。

今後，這種在情節中挑錯的研究工作，尚待繼續去做。曾有人約我把《金瓶梅詞話》作一澈底的校勘。由於我的思維中，尚有不少問題，亟待繼續探索，未敢應允。校勘的工作，比一個專題研究，要艱鉅得多。我已是望七老人，雖體力尚健，奮進未懈，也得

隨興而為。我計畫中的研究工作，尚有不少專題待作，一年寫一本，二十年也寫不完。
所以，我是多麼的企盼海內外的學者，來共同切磋啊！

　　最後，還有一點，必須在此說明的是，乃本書第二篇中的「詞曰」四闋，乃元人中
峯禪師的作品。多謝王國良教授告知我，得在校勘中改正。足徵朋友們之間的共同切磋，
多麼重要！

國家圖書館出版品預行編目資料

《金瓶梅》原貌探索

魏子雲著. – 初版. – 臺北市：臺灣學生，2014.09
面；公分（金學叢書第1輯；第1冊）

ISBN 978-957-15-1616-5 (精裝)

1. 金瓶梅 2. 研究考訂

857.48   103011436

《金瓶梅》原貌探索

著　作　者：魏　　　子　　　雲
主　　　編：吳　敢、胡　衍　南、霍　現　俊
出　版　者：臺　灣　學　生　書　局　有　限　公　司
發　行　人：楊　　　雲　　　龍
發　行　所：臺　灣　學　生　書　局　有　限　公　司
　　　　　　臺北市和平東路一段七十五巷十一號
　　　　　　郵　政　劃　撥　帳　號：00024668
　　　　　　電　話：（02）23928185
　　　　　　傳　眞：（02）23928105
　　　　　　E-mail：student.book@msa.hinet.net
　　　　　　http://www.studentbook.com.tw

定價：精裝 16 冊不分售
　　　新臺幣 20000 元

二　〇　一　四　年　九　月　初　版

金學叢書 第一輯